中場過冬
妄言熱戀——著
MN——繪

目錄

台灣獨家作者序

仔細想想，寫《過冬》的時候似乎一直是安寧的，沒有熱烈地出遊，也沒有跌宕起伏的心緒，和之前截然不同。這其實也正契合了這個骨架上略顯沉悶的故事的需求。因為它不是肆意奔放的，而是瘋狂，卻總藏著揮之不去的隱痛。

但是，或許是在冬天寫冬天，所以對溫暖的渴望也尤為強烈。就像夏季會讓人偏執怨毒的太陽，在冬季卻被人熱切期盼著它的出現一樣。時節這樣模糊著我們對高懸之物的感知，也同樣能模糊我們對愛、對自身的認識。

於是佟戈反反覆覆猶疑著的無數次時間，都是他在這些含混的時節裡試圖看清自己也看清愛的努力。這種努力很主觀，也很私密，甚至不被理解。但不是沒有意義。因為意義無須外人評判。

縱然我不是純粹的理想主義者，但我還是相信有些張揚能打破高牆，有些痛能被看清與驅散，有些糾纏是通向幸福的必經。或許走這條路的過程如隆冬一般遍布嚴寒，但也正因如此，才讓太陽顯得彌足珍貴，舉世不二。

我曾經做過一個自認為還算貼切的比喻，如果《綠日長夏》是倚靠著冰鎮檸檬水的拼貼畫，那《中場過冬》就是掉落在壁爐邊毛毯上的連環畫。它被翻閱，像某個晴天的空隙偶然降臨的一場雪，結束後天地明澈，抬眼依舊明日高懸。

當然，我說了是自認為，便沒有計算旁人讀來的感受。不過，無論你讀來如何，我都期望書中他們追尋的愛與力量總與你有關，期望你不掩埋真心，不害怕勇敢，在每一個冬天，都有太陽和暖爐為伴。

妄言熱戀

十／熱吻地

水面被太陽灑了金光，音箱裡的搖滾樂也不知疲倦。

城郊別墅的戶外泳池裡，大概四、五個男孩吵嚷著要比誰游的速度更快，倒數三名通通要含著酒下水憋氣一分鐘。

程修聳聳肩無所謂，這群人裡最愛游泳的就屬他。

也不知道是大家都集體忘掉這回事，還是對自己太有自信，七嘴八舌攪和成一團就叭叭吹哨了，等最後程修一騎絕塵碰了壁，站在終點悠然自得看他們在水裡撲騰的時候，這才有人氣急敗壞地冒個頭罵罵咧咧，說下次一定要把程修從遊戲裡除名，邊罵邊被水嗆得直飆淚。

程修無奈，看著那人就顧著吵吵結果自己越掉越遠，折騰到倒數第一時，又著急忙慌地追趕。

他笑得眼睛快睜不開，卻捨不得挪開目光。

但是本就被池子裡晃蕩的水光照久而眼睛難受，他忍不住了才捏著鼻翼甩甩頭，一頓暈眩。

地上的汽水只剩一個空殼，他想再去撈一瓶，在翻揀了一圈發現全是啤酒之後，他才想起來，佟戈他們說要進去找找看還有沒有可樂來著。

不過已經進去好一會兒了。

他忽然想到什麼一樣，幾不可見地蹙了下眉，稍微有點走神。

一群人的喊叫聲和音樂混在一起的時候會格外吵，也不知誰的歌單點到單曲重覆播放，同一首歌至少已經播到了第十遍。程修剛不自覺揪起的思緒逐漸被重複的旋律攪亂，耳朵都快起繭。

連他都覺得吵鬧，這些人也真是受得了。

他揉揉額頭，正想喊一聲是誰幹的，嘴一張，迎面一陣水浪，嘩啦啦澆了他滿身，從頭到腳的清涼。

他抹把臉就想潑回去，但一看見始作俑者又壓根生不起氣來了，剛生出來的一堆亂七八糟的想法也被順帶沖得乾乾淨淨。

那就先不去管那些無關的事情吧，程修想著，撲通跳了下去。

池邊趴著的男孩笑得比日光還耀眼。

❄

「再一遍好不好，哥。」

歡聲笑語被隔絕，年輕的聲音在昏幽中格外誘人。

和外面截然不同，二樓的儲藏室像關了燈的放映廳，沉暗又曖昧，窗簾縫裡漏射的一條細長光線被佟戈拉得晃晃悠悠。一雙黑亮的眼睛直勾勾地望著佟戈，祈求般地說完就隨意摸摸嘴角，又去撥開紅通通的軟肉輕輕啜。手心裡彎曲緊繃的大腿抖個沒停，舌頭卻更加用力像要把他化在嘴裡。

佟戈緊咬著唇垂下頭，沒預料和幽亮的雙眼撞了個正著。他瞬間像被人扒光一樣，驚覺自己大概也病得不輕，跟賀司昶躲在這個昏暗濕熱的地方擠得一團糟。

他感覺汗珠從肚皮滾到大腿上，輕細磨人的癢，癢得喉嚨痛。他抓著賀司昶的頭髮胡亂地推。

「閉嘴……」佟戈伸手想去捂上，溫熱的唇舌就放過哆哆嗦嗦的軟肉，去吃掉不斷往下滑落的水漬；那人也不惱，抓住凶巴巴又無助的手扣到手心裡，沿著大腿吻到膝彎。

佟戈仰起頭難堪地閉上眼，淚就倒進耳朵裡嗡嗡響個不停。他不知道為什麼明明已經深秋了還會讓人熱得想死。

熟悉的前奏又斷斷續續地流進狹小的房間，賀司昶說這首歌唱八遍他還沒停就罵他，把他踹出去都行。但這人狡猾又賴皮，挑了佟戈喜歡的曲子又用他最受不住的方式。

佟戈早就沒力氣數過去幾遍了，卯著勁抬腿想踢開身下的人，卻被抓著腳踝狠狠一口，咬在大腿根上，咬完又沒事一樣含著腫得高高的陰核在牙齒間撥來撥去，手指捏著穴肉微微翻出來，像撒嬌的嘴唇。

賀司昶見著這個，心裡又忿忿，也只有下面這麼乖這麼可愛。他不解氣地嘬幾口，氣得頭皮發痛。

佟戈的手心裡全是汗了，整塊陰戶像要燒起來。「我不行了，你放開，唔……住口……」

他不知道要怎麼說才能得救，男人的嘴含住他的情慾，小腹在抽搐，但賀司昶根本不聽，爬上去舔舔脆弱的肚臍眼，整個手掌包住陰戶又重又狠地揉搓，嘴裡溫柔又委屈。「你都還沒有到，哥，我想看。」

佟戈兩眼發黑，聲音乾啞得像壞掉的收音機，推著賀司昶的肩膀叫他滾開。

賀司昶又爬到乳頭上輕輕淺淺地啜，滋滋的吮吸聲在他耳朵骨上撓，腿撐不住，軟軟地往下掉，又被強健有力的大手撈起來。他受不住地搖搖晃晃騎著那隻手，還有滿臉醉了酒的酡紅。

賀司昶盯著這張臉硬得要發瘋。

嘴裡是在罵他，軟嫩的穴肉卻柔成水吸著手指頭往裡縮，他勾一勾，或者從上到下地摸，身子就發抖，在他耳朵邊迷迷糊糊地哼哼，埋著頭在他手裡高潮的時候，黏膩濕滑的熱流會乖乖地全送給他。

所以他根本看不懂。

他不懂佟戈為什麼默許自己跟他窩在這裡發瘋。

他說想喝汽水，他說難受得要死了忍不住了就和他一起溜進來，嘴裡說著推拒的話，一舉一動卻都在順從他。

不過他說服自己可以不需要懂。

他現在的快樂又不比外面任何一個人少，泳池派對陽光草地那些燦爛的東西好得很，但比不過。這麼漂亮的人窩在他懷裡輕輕皺著鼻子，溫吞泛紅的一雙眼睛斷斷續續落雨，那他可以不看那些東西，關起門來被淋濕。

反正越是不懂越心裡癢，癢得狠慾望越強。

他目光狹隘，心思淺薄，心裡癢可以撇開了暫時不去撓，但被撩動了身體那便是丟掉臉皮也耐不住分毫。

「哥，你摸摸我，我快死了。」

賀司昶含著佟戈的耳垂，把他整個人都抱起來，火熱緊繃的腰胯把雙腿頂得大開，褲鏈還沒有拉開，擠得鼓脹飽滿的一團可憐兮兮地縮在褲子裡。

賀司昶抓了他的手去摸，佟戈一碰到硬挺凶戾的傢伙就抖著手，難以抑制地緊張，下意識瑟縮又被拉回去。手指胡亂地勾住細小的金屬扣受蠱惑一樣往下拉，整個掌心連同小腹一瞬間被狠狠地打出啪地一聲，沉悶厚重的在腹股間迴蕩。

佟戈眨著眼睛發懵，意識先一步感受到羞恥，把耳朵連同脖頸塗得通紅。熱，熱得口乾舌燥，汗水滴到他心裡也解不了渴，泳池撲通噴濺的歡呼都起不了作用。熱死了。

賀司袒在他面前，年輕得就像外面正午最烈的太陽，陰莖滾燙，赤裸地杵在他腿間擦過皮膚，插向他的神經。他就是躲在陰翳裡也像被炙烤。

賀司袒大概實在是忍得辛苦，控制不住甩了甩脹得通紅的肉棒，擱在佟戈手心裡開始緩緩地磨，儘管在竭力不發出低吼，也耐不住沉重的喘息在空氣裡打鼓。

佟戈也腦袋轟轟像鼓風機在搖，垂著眼皮向下瞥了一眼，抿著嘴收緊腿心，腳背都繃起來，還是不明白為什麼十七歲能長這麼大，粗長的，仰著頭，驕傲又漂亮。

賀司袒不知道佟戈在想什麼，對方不動，也不專心，輕飄飄的，思緒像快要脫離自己。他憋著的情慾忽然就濺上了火星，拉過柔軟的手臂搭到肩膀，青筋虬結的肉根啪答拍上陰戶直接凶狠地往上撞。

他幼稚地想懲罰對方，卯足了勁，結果一被肉呼呼的嘴咬住，沒幾下就沒了氣。

好會吸。操。

年輕的性器雀躍著感嘆，隱隱地愉悅又得意，他緊緊貼住下面的嘴緩緩地頂磨，就像被佟戈捲著舌頭軟軟地舔吻一樣。他很快又變回不爭氣的小孩，還是絲毫不知分寸的那種，忍不了一會兒就輕重緩急全亂成一團，擦著被他舔吸親吻吃得敏感柔軟的逼肉，眼角通紅，凶神惡煞。

「哥，我能不能插進你屁股縫，好緊……」

他混得光明正大，吃點甜頭便不滿足了，覺得不夠，抓著屁股上肥厚的肉揉開又包緊，氣勢洶洶的龜頭鑽進縫裡探出頭來。捏得用力，問得漫不經心，前前後後來回都插了個遍。

「你不要說話。」佟戈咬著牙哼出幾個字。

他不知道賀司昶又學了些什麼壞東西，一會兒凶一會兒慢地，兩塊肉穴都被操得又熱又癢，滋咕咕地往外流水。

他抱著賀司昶的肩膀胡亂地咬，沒力氣一樣撓著後頸。賀司昶氣不過了，他咬一口屁股就被搧一巴掌，不輕不重地勾得腿一抽一抽想挨操，清脆的啪啪聲把兩個人的耳朵都拍得快滴血。

佟戈開始痛起來，痛得皺著眉哼出聲，賀司昶就換了輕重給他揉，一邊捏一邊揉，揉得變了味，忍不住又蹲下給他舔。舔肥白的肉上面淫亂的紅痕，呼嚕嚕泛水光，被陰莖戳得圓圓的洞口情不自禁地收縮，縮得像個生澀的小朋友。他舔上去，和它接吻打招呼，舌尖淺淺地戳，一路到前面熟悉的領地全招呼一遍。

他像個巡遊的士兵，遊完了滿嘴水淋淋地給他報告戰績，捧著耳朵逼他說他做得好了再抱著人親，親到人趴在他肩上眯著眼叫春。

「哥，你轉過去，我想在你後面。」賀司昶把他摟到懷裡，從後面抱住柔軟的腰肢，話還沒有說完，陰莖早就在他腿心裡插了幾個來回。

「腿再夾緊一點好不好……」低沉誘哄的嗓音熱烘烘地在耳邊蕩來蕩去，「我可以操到陰蒂。」

他炫耀一樣哼一聲，笑得佟戈手腳發軟，敏感的陰道條件反射般瘋狂蠕動，但賀司昶說操到陰蒂，就真的挺著龜頭拚命往紅腫的肉粒上摩擦；佟戈抖得越厲害他越用力，濕淋淋有水澆下來他就又趴在纖細白皙的肩膀上笑。

「好騷，就知道你喜歡。」他不要臉，往腿心裡摸一把，和著水漬在他耳朵邊吸得嘖嘖作響，「和我舔的時候比，哪個更舒服？哥。」

佟戈嗯嗯哼哼漂在水裡早被蕩得犯頭暈，一雙眼含著春情濕漉漉地回頭看他，他不說話，就像勾引人般睨一眼又轉回去了。

賀司昶就是個毛頭小子，皮厚、性子野，哪禁得這種溫吞曖昧的撩撥，兩個眼神就什麼都管不上，大掌擼過紅紅軟軟的臉沒章法地親，舌頭攪得深，牙齒磕磕絆絆邊吸邊咬把嘴唇啜得紅嘟嘟的，口水胡亂流到下巴憋得佟戈唔唔亂叫。

佟戈被整個籠罩在強健的身軀下面根本沒辦法掙脫，屁股下面碩大的一根快要控制不住拚命想往穴口裡操。賀司昶緊擰著眉，鋒利的攻擊性全被壓在零星的理智下，脹得深紅的龜頭吐著熱氣把肉洞戳得凹進去，卻又不敢，渾身上下硬成烙鐵一樣把佟戈燙得快滋滋冒火花。

他胸腔沉得像隨時要爆開，呼呼地在鼓風。

佟戈被隔靴搔癢地操磨搞得快要死，又癢又麻。

會被頂穿的，那麼粗一根真的進來他會死在這裡，他光想像就雙腿打顫。

「不要了，救命，嗚，賀司昶……」他怕再玩下去對方就會發了瘋衝進來，他撅著屁股被撞得火辣辣的痛，痛得騷水直流，沿著大腿爬到地上。

賀司昶兜著他的腰一言不發，從臀縫插到囊袋還不夠，手指拉開肥大的陰唇捏著陰核瘋了般揉搓，腫脹的馬眼張著嘴，杵在花穴洞口被吸得滋咕滋咕地吐水。

好緊。賀司昶滿腦子都是綿綿不斷、瘋狂的吮吸感，他根本離不開，不間斷的高潮已經把整根肉棒都淋濕了。佟戈不停在抖，屁股痙攣般地抽縮，眼角通紅地在哭，一邊哭一邊罵，罵完又汩汩地噴水。

他挺著腰把佟戈緊緊裹在胸口，開口都是壓抑得太狠而變得嘶啞的聲音。「哥，別動，我就射在騷逼的口上好不好。」

「我不進去。」賀司昶粗糙又可憐地在細白的肩頸上嘟囔，「哥，救救我……」

佟戈還困在快感裡淚水掛了滿臉，高潮被拉得很長，他手指尖都泛春色，如緋紅柔軟的棉花含在嘴裡就會化掉的樣子，「哈啊，不要搞了，好癢。」

穴肉被戳得紅腫不堪，賀司昶急得雙目赤紅，手指下汗濕的腰肢滑膩柔軟，他忽然失了力，腰間往前一頂，飽滿堅挺的龜頭噗滋頂開紅嫩黏濕的肉洞，陷進去，像插進喉嚨裡的陰莖——驟然強烈地吮吸得賀司昶頭皮一麻，把佟戈頂得幾乎要跪倒在地上。

「不，不，好大，熱，救命。」佟戈茫然地張著嘴，顛三倒四，撅著屁股淫水兜都兜不住，噗滋噗滋被磨出腥臊的白沫滴滴答答往下掉。

賀司昶從脖子到胸口都是性慾勃發地紅，眉頭緊鎖，想征服，把緊貼的身體和靈魂都推倒生吞。太舒服了。他牢牢盯著佟戈畏縮又沉醉的臉，乾淨爽朗的少年音蕩然無存，掏出滿腹的淫惡囂張跋扈。

「大嗎？」

「不大怎麼搞你，佟戈。」

粗魯又莽撞的自大狂，仗勢欺人，其實威風不過幾秒又咬牙切齒，「你好狠心。」他恨自己答應佟戈不插進去，隔靴搔癢快被折磨到失去理智。想操他想得要死。「你好狠心。」賀司昶還是硬，硬得痛，他這種如狼似虎的年紀，細胞裡都是蠢蠢欲動的攻擊力，他強迫自己不去想插進去又多爽有多緊，只能把腰摟緊了在腿縫裡尋求安慰。

九／留不低

佟戈後來就再聽不到任何音樂或者歡呼聲，高低混亂的哼吟和致命般的低吼夾雜在一起滿世界迴圈。他感覺從頭到腳升了空，踩不到地的錯亂感讓他踮著腳尖著急又胡亂掙扎，扯著窗簾被精液射得頭暈目眩，每個毛孔都被性慾失重的快感灌得滿滿當當。

喉嚨像被操壞了一樣發不出聲音，火辣辣的疼。他扭過頭跟賀司昶嘬著舌頭接吻，抖著手臂勾到脖子往嘴裡舔，反覆攪弄的舌尖被驟地咬住了，他又哆哆嗦嗦開始尿水，汩汩地流到賀司昶的大腿上被抬著往上頂，意亂情迷，眼皮的褶皺裡都夾著淫媚的紅，眨眨眼就會撲簌簌往下落。

「哥，好漂亮，好騷。」賀司昶趴在他身上舔脆弱的眼角，看看凹陷緋紅的臉頰燙成熟透的桃，狠狠嘬一口滿嘴都是甜的。

還好能接吻，賀司昶想，能吃到唇齒間脆弱的曖昧，能吞咽。流連忘返。他覺得吻至少是代表點什麼的，所以他一點也不在乎這樣磨磨蹭蹭要浪費多少時間。佟戈下巴瘆得打顫，他這才戀戀不捨鬆開紅嘟嘟的唇瓣。

「鬆開。」佟戈在餘韻裡回過神，舌尖纏合扯開的水線晃了晃然後啪答斷裂，嘴唇鼻頭都亮晃晃像偷吃的壞小孩，身子卻快速甩開賀司昶在屁股上揉捏的手，抵著嘴靠到牆上心跳亂得一場糊塗。他幾乎死了一遍。

皮膚上舒張震顫的感覺還一直在鼓動他，他想離賀司昶遠點，但是不爭氣的大腿根一直在發抖，走不動路，瘋了一樣射在屁股和肉戶上的精液又多又濃。十七歲的慾望厚重得像摻了三倍奶油，他摸一下就黏住皮膚，鑽進毛孔。

他深吸一口氣，冷著臉沒什麼表情。「你先出去。」

賀司昶像是習慣了，搓搓空落落的指腹，沒轍般地巴巴湊到佟戈面前親親他的臉，抬手脫了T恤蹲下給他擦著亂糟糟的腿根。

好像是有點沒控制住力道，柔嫩的皮膚一道紅一道白，上面射滿了他的精液。賀司昶喉結不自覺地咕嚕打著滾，少年高潮過的聲音性感又撓人。「我出哪去？哥，我都沒進去過。」

他刻意歪曲，理直氣壯，摸摸軟嘟嘟的肉唇像擦不乾淨，亮晶晶的，在他手裡抽縮。

佟戈緊緊攥著手，臉頰還沒褪完的紅看起來像只剩了害羞。他睨一眼，強忍著沒作聲。

賀司昶大致清理完後，站起身離了佟戈一步遠，才釋放了一次還半硬著的陰莖明晃晃地甩了幾下，他隨意拉拉褲腰把它兜了回去，抓著皺巴巴的T恤轉身，大概是有點想瀟灑地離開。

但是幾步快到門口的時候又停了下來，喉結滾動，側過臉沒有回頭。「我晚上回去了噢。」

然後就是寂靜。

佟戈沒有回應，不知道是沒有聽到還是不想回應。他倚在牆壁上望著賀司昶的背影有點思緒渙散。

賀司昶尾椎上那個黝黑的「H」拖出來的橫線像沒有邊際，繞著他裸露的皮膚，環過整個腰一直到肚臍眼消失不見。佟戈是摸過的，前前後後，那個刺青，在結實性感的腹肌上有一種要劃破手掌的鋒利感。

第一次看見的時候，他被賀司昶抓著手腕按在腰上，結實的肌肉快熱得燙手，他夾著硬邦邦的大腿被頂得肉逼痙攣，噙著淚，言語含糊不清，一會說好看，一會說不夠，也不知道是指操得不夠還是刺青不夠。賀司昶問他，但他已經爽得指尖發麻，抽噎說不知道。後面便沒了印象。

現在想來，自己都不記得當時那種的感覺是什麼了。

可他和賀司昶在一起時，就是常被各種奇怪的想法塞滿腦袋，思緒忽然間就會飄到不相干的地方點水再起飛。

他會變得不那麼像自己以為的自己。

在一起起初是羞惱，被肉體的下流感撕裂表皮，後來進入想像的異世界創作，平時難以成形的旋律汩汩而出。皮膚和器官的摩擦交纏幾乎成為他創作的催化劑。

這是一件有些難以啟齒的事情，但他對慾望坦誠。

他本來就是在攝取十八歲像暴雨一樣的痛快淋漓，赤裸撓人，刺痛舌尖的澀意，藉此創作、迸發和滋生，體感流瀉，彙聚成河。不進入身體也不進入感情世界是一切的初衷，他在兩個人之間以這些為防線，開始這場幼稚交易。賀司昶說喜歡，他則抽取靈感。

但今天，頭一回，賀司昶說他狠心，蠻橫地闖進下體，赤裸裸的不滿像海浪一樣地拍向他的耳朵，衝擊身體脆弱的邊境線。

他差一點就被捲走了。

這種類似於違背，反叛，癢癢的心情放肆地在心裡慫恿，不上不下，呼喊著要衝破牢籠。他作為一個被情緒支配的軟弱生物，能扛得住幾次？

門關上的瞬間，佟戈微妙地有點失落。

❄

太陽很曬的時候佟戈總是能躲就躲，寧願睡覺也不要在外面熱得渾身濕透。認識他的人都知道這點。

洗過澡之後，他整個人癱倒在沙發椅上。窗簾擋住了所有刺眼的光線，房間幾乎和儲藏室一樣黑，即使再明媚的天氣，他在裡面也可以不分晝夜。

他回來本來想試著寫幾段旋律，但坐在電腦前面了思緒又有點放飛，體力似乎過分透支，導致精神也不在狀態。強悍有力的手在身上搓磨的畫面時不時地跳出來，毛孔裡都是殘留的酥麻感，好像男孩還摟著他的腰往屁股上撞。

在不自覺抖了好幾個音之後，佟戈煩躁地扔了滑鼠。

全都被攪亂了。

有些念頭一旦在血管裡戳出一個小小的尖兒，後面牽扯出的一大團就會爭先恐後地往外滲透。沒有人說過所有事情都會由著他的計畫進行。

佟戈腦子攪成了一團麻，睡過去之前連姿勢都沒變。

再次醒來的時候，螢幕上已經顯示：02:00。

睡了大概十個小時。

佟戈渾身都沒什麼力氣，腿腳麻得沒有知覺，根本動彈不得，臉貼著桌面按了四次才終於打開螢幕，結果APP的消息通知還有各種群聊好像無窮無盡一樣，他瞬間又失去興趣。

他握著手機呆滯幾秒，這才大致清醒了些。虛軟的手指猶猶豫豫，上下來回劃撥，折騰半天，最後還是在長長的列表中點開了一個聊天視窗。

最新消息來自十七分鐘前。

該醒了。

今天記得來上課。

真是單刀直入把喉管捏住的準確性，這人在他身上裝了監視器嗎？

令人生畏的高中生。

佟戈捧著手機無聲地嘆氣，毛孔似乎在滋滋滋地冒火星，接二連三隱祕的爆破聲像是在全身上下放小型煙火。

操了蛋了。

他反覆看過三遍就關了螢幕，往床上一躺。沒有回覆對方。

漆黑的房間裡只有藍色呼吸燈緩慢綿長地閃爍，他望著天花板，忽然想起第一次去賀司昶家的時候，賀司昶擦著頭髮，上半身滿是水汽，下半身纏條浴巾就從樓上下來了。

他第一反應以為這是個多麼差勁又不懂禮貌的男孩，只偏偏長了一張帥氣蠱人的臉，身形挺拔修長，慢吞吞地走到一半時在樓梯中間停下了，專注地看他，尖銳而有攻擊力。

那一瞬間，他腦海裡閃過幾句罵人的話，如果從對方嘴裡說出來他一點都不會驚訝。

但對方只看了幾秒，很短，等他再反應過來，人就已經走到他面前了。

聲音開朗得像曬過太陽。

「你好，我叫賀司昶。」很客氣的，出乎意料。

「佟戈。」他不知道為什麼，本能地不想客套。

「佟哥？」

疑問的語氣讓佟戈現在回想起來，只覺得滿是不懷好意，可當時他就是自以為是地覺得聽懂了，還耐著性子解釋。

「不是哥哥的哥，是戈壁的戈。」

賀司昶點點頭停下了擦頭髮的手，把毛巾隨手扔在沙發上，低下頭撥弄的時候，微濕的頭髮搭在額頭就是一副乖巧俊朗的高中生模樣，但乖不了幾下就開始亂七八糟地蹂躪，最後乾脆一齊捋到後面去，乾淨優越的臉就湊到他面前挑了挑眉毛。「不過你本來也可以算得上是我哥呀，佟戈。」

他沒想到對方會突然湊近，心上怦地敲了一鼓，鼻尖都好像沾上了水汽，呼吸滿是沐浴後的味道。那時候的賀司昶幾乎和他一樣高，眉眼平齊，對視的時候鼻梁嘴唇都像在對峙。

他不知道回什麼，眨著眼睛沒有說話。

賀司昶大概也覺得氣氛有些奇怪，移開了視線。

他以為對話已經結束，卻又見對方抬起手指了指他的臉頰，勾起的嘴角盛滿了調侃的味道。

「你耳朵上還有唇印，哥，我可不能讓你帶著這個為我上課。」

八／翻風

轟！

那是第一次，佟戈被比自己小的男生一句話說到手指尖都發熱，而且是在第一次見面的時候。

若是平時，他最多也就尷尬一下，但那一刻，不論是驚詫還是羞惱都不合時宜地冒了出來。

佟戈翻了個身把呼吸燈關掉，失落地發現，自己從最初延伸到現在竟然沒有絲毫長進。直白地，戲謔地，賀思袓所帶來的那些，讓他像在太陽底下無所遁形的顫慄感，一如既往地讓人心煩意亂。

在黑暗裡，他長長地嘆氣。

❄

第二天，佟戈頂著若隱若現的黑眼圈和一瘸一拐的姿勢出現在賀司昶家的時候，他和曲阿姨，也就是賀司昶的媽媽，同時被彼此嚇了一跳。

阿姨大概是沒見過他這麼憔悴的樣子，鞋都忘了叫他換，連忙拉著他往沙發坐上去，著急又溫柔地詢問。

而佟戈沒想到阿姨今天剛好在家，太陽穴跳突得厲害。

昨晚醒來之後，佟戈就再沒睡過。程修他們來叫他去吃早飯，他也沒有胃口，本來想回家一趟說不定能躺上一會兒，結果下了車走在路上莫名其妙被一輛自行車撞到。命還在，腳卻扭了。

騎車的女孩本來驚慌失措，他擺擺手抬起頭，兩人對視了一眼之後，女孩一聲驚叫，結結巴巴地說著對不起，說什麼都要帶他去醫院。

女孩乖乖巧巧，力氣還挺大，佟戈挺著個半睡半醒的身子拗也拗不過，精神恍惚就只能被人拖著走。等到終於從醫院出來，時間已經來不及了，所以家也沒有回成，被熱心的對方直接載到了這裡。

佟戈在車上就已經開始噁心發暈，進了屋準備撂下的精力又被咯噔拎了回去，這會兒阿姨說的話都沒有幾句聽得清楚。

但在長輩面前，他還是撐著盡力表現得穩妥，不停強調自己沒事。

「如果真的不舒服我就會請假了，阿姨。」佟戈輕輕拍拍曲阿姨的手，讓她放心。

大概是聽到這句，曲阿姨也覺得很有道理才放他上了樓。

走到賀司昶房門口時，他整個人已經軟綿綿的，甚至懶得敲門，直接推門進去上了鎖，就倒在了床上。

他太熟悉了，賀司昶的房間，他閉著眼睛都能摸出方位。

「為什麼是個女的送你來？」賀司昶從窗戶邊走過來，無比自然地親了親他的眼睛，蹲在床邊給他揉耳垂。沒問佟戈為什麼這麼疲憊，倒是問了些不相干的。

「哥，你不會背著我交了女朋友吧？」

佟戈被捏得又麻又癢，眨動著睫毛眼皮抖得厲害。

賀司昶一天到晚就是個不會好好說話的，他扭過臉換了一邊，聲音悶在床單裡有氣無力。「才幾個小時我去哪裡交女朋友。你有病。」

賀司昶望著黑乎乎的後腦杓笑，佟戈自己大概沒意識到這句話他能讀出幾個意思。好想親他。賀司昶邊想邊順著佟戈的動作，手指換了地方，搓著柔軟的頭髮不肯甘休。

「不過說實話，她挺漂亮的。」

「……」

佟戈睜開眼睛，因為太睏，沒眨一下又闔上了。

「你覺得她漂亮嗎？」

「我能有什麼感覺。我是想著你說的。」

「……聽不懂，說人話。」

賀司昶眼睛也不眨，湊到圓咕咕的後腦杓聞了聞，乾燥的頭髮都有蠱惑人的味道。換個話題。

「倒是你怎麼拐到了？」

「……想想就很蠢，有什麼好說的。」

「嗯？」

「別煩我，讓我休息會兒。」

佟戈緊蹙著眉頭已經有些不耐煩。賀司昶心想，讓他睡吧，他這麼累，嘴唇都乾渴得捲起細碎的皮，嘴角結痂的傷口幽幽發紅，就像伏在自己腳邊疲憊的寵物。

可他看著看著，似乎又把佟戈剛才的話忘記了，不受控制地張口。

「你來不就是要給我上課嗎？想休息幹嘛來我這。」

「你管我。」佟戈哽了一下，閉著眼睛沒動。「我有說不上課嗎？」

「那……你想見我。」

「……」佟戈閉著眼睛都沒忍住翻了個白眼。「賀司昶，高中生都這麼自大嗎？」

賀司昶看著佟戈說完忽然坐起來，垂著頭傻愣愣的樣子，大概是真的被煩得生了氣，進門時蒼白的臉頰滲出些微的紅潤而有了顏色。

賀司昶彎彎嘴角，站起身，把人按了回去。

那你這樣像是能上課的樣子嗎。賀司昶撇撇嘴，腦子裡蹦出來的話在舌尖打了個轉又滾回去了。

好生氣，每次都讓他順著杆爬上去，最後又擱在半路戛然而止。到底誰才是年長的那個。

賀司昶兩手插口袋靠在床頭桌邊，靜靜看了一會兒，沒再說話之後，佟戈很快就睡著了。一陣風吹過來，窗簾呼呼地打了個轉，拍在牆壁上，沉悶而厚重，剛才還十分亮澄的天空現在望過去已經一片灰白。秋分之後，天氣就時常陰晴不定了，賀司昶給佟戈蓋上薄毯便去關窗。

他還是不知道到底發生了什麼，他想知道，但他更想讓佟戈在他這裡感覺放鬆和舒服。他本來也想讓佟戈一進門就安心睡一覺，可他說什麼佟戈都句句回應，他忍不住。

他是見到佟戈就一點都管不住自己嘴的那種人，想說話，想逗他，想親想舔想含在嘴裡分秒品嚐。他也不知道從什麼時候開始，在甚至還沒有進入二十歲的現在，他只是覺得有慾望就去順從，簡單直接地去佔有。

所以他會認真地把佟戈當哥哥，注視對方眼睛裡時常攜帶的不屑一顧、毫不在乎，還有許許多多他不曾知曉的時間裡堆積的見聞和與生俱來的才氣。他喜歡佟戈如同一個一眼就合他心意的昂貴作品，他似乎負擔不起，對方卻毫無芥蒂地跨在他身上翻雲覆雨。

可矛盾的是，有很多時候他也不想把佟戈當哥哥。

他跟自己說，沒有什麼要求他們必須是怎樣的，他們之間沒有標準關係。

佟戈本身也是個隨心所欲的人，所以本可以不回應他的所有邀請。

但偏偏要搭理。

越搭理越要命。

有時候他覺得年齡的差距也許是一種旨意，要他敬仰，要他燃燒，也要他為此受傷。

如果他往別處想，就會認定佟戈是故意勾引他，看自己年紀小隨便玩玩。可能說勾引也不適合，他自己也有往上湊。

佟戈更像那種要下不下的雨，他可能等到雨來，也可能等到烏雲散去。

降雨機率總是五〇％。

好卑鄙啊，賀司昶輕輕地罵了一句。

❄

佟戈上課的時間是每週六，他今天到賀司昶家已過了中午，等睡飽時天都黑透了。聽說曲阿姨還上樓叫他吃晚飯，他也沒醒，所以一直到離開之前他都抿著嘴不想跟賀司昶說話。

「為什麼不早點叫醒我，你媽知道我在你房間睡到九點，還以為我多不負責任呢。」佟戈冷冷地看著賀司昶，賀司昶說要送他就跟著一起出來了。

他靠在門上有些不滿，再加一些不爽。

如果是平時，佟戈不高興的時候會把眼睛往上看，但眼皮又往下壓著，有一種刺傷性的冷漠感。然而現在，他耳朵後面有一撮毛髮偷偷翹了起來，把嚴肅削了大半，是一種不情不願的賭氣感。

賀司昶覺得可愛。

「有什麼關係，是你睡了又不是我們睡了。你怕什麼。」

佟戈就知道不應該跟他說話，挪著步子繞過他往臺階下走。

「……等一下！」

錯過身的時候，賀司昶忽然抓住了佟戈的手。

佟戈站在臺階邊上回過頭，疑惑地眨了眨眼睛，無聲地詢問。

賀司昶自己也愣了一秒，但很快回過神，順勢摟住佟戈的腰把他抱起來，飛快走到旁邊茂密的盆栽旁。空無一人的寂靜，黑暗裡纖細的手腕被手心燙得軟軟的，脈搏混亂。

「差點忘了，你下週可以不用過來，我跟我媽說要讓你在家休養。」

賀司昶看著佟戈的眼睛，幽黑發亮的目光像永不見底的深溝。佟戈的耳邊輕輕迴蕩著那幾句話，強烈又霸道的吻就這樣銜住他的嘴唇，舌頭像要把他燙傷般地灼熱有力，讓他短暫思考的能力消失殆盡。

賀司昶不想聽他說什麼，唇舌交纏的渴望充盈膨脹。

佟戈在他不知輕重的吮吸裡有點不知所措，抓著後背想把他扯開，但賀司昶鉗著他的腰，把嘴裡的軟肉啜得滋滋地響。佟戈力氣被吃得精光，耳朵熱熱的紅透了，張著手指越撓越軟，最後只能無助地攥著領子輕輕地哼叫。

「我去找你。」他好像聽見賀司昶說。

七／揉雲

找我有什麼好心動的，佟戈對自己嗤之以鼻。

快過去一週，佟戈還會時不時想起那天離開時的那個吻，明明也沒有更親密的動作，他就是忍不住會忽然臉熱。也許氛圍太過親密，他這是純粹的生理反應。

佟戈一邊為自己開脫，一邊捏著酒杯在桌上推來推去，興致不是很高。一星期了，程修還沒從別墅回來，所以他今天是一個人過來的。

但願程修玩得開心。

佟戈回憶了一下那天泳池裡小男孩漂亮的臉蛋，又覺得自己的想法有點多餘。

佟戈不是很喜歡這種封閉擁擠的地方，因為今天樂團說要唱跟他的合作曲，他這才答應過來，結果演出時他看著鼓手狂熱敲打的樣子，腦海裡又莫名跳出了賀司昶的臉，帶著放肆，激情又張揚的，不安分。

明明毫無關聯的兩張臉，他卻走了好幾次神。

如果是賀司昶來打鼓會更帥。他腦子裡冒出這句話的時候酒杯啪地一聲，響亮地倒下了。

「你還好嗎？」

清澈的聲音轉了一圈從佟戈背後繞到右邊，佟戈撇著嘴，擦掉桌上灑開的酒水，聞聲抬頭看了一眼。

好像就是剛才那個鼓手。

「我知道你。」男孩忽然湊過來，興奮卻又壓低了聲音。「你是佟戈對不對！我很喜歡你的歌！」

嗯？

和想像中不太一樣。亮晶晶、直愣愣的少年美貌，端到面前更加鮮明。在臺上是那麼專注而有力，佟戈以為對方也是那種不可一世的類型，現在卻發現，他更像一個鼓著勇氣卻藏不住羞澀的弟弟。

果然是不一樣的。

佟戈挑了挑眉，有些驚訝。

雖然他為不同的藝人製作過音樂，但是能當面認出他的人其實很少。他大部分的時間都在工作，出去玩也不會主動說起自己的職業身分，在外面能把音樂和他本人聯繫起來的情況幾乎沒有。

不過已經被表明喜歡的話，也沒什麼好拒絕的，他彎起嘴角認真地說謝謝。

「我能請你喝一杯嗎？」男孩嘴裡乖順地問著，手已經招來了調酒師。

「嗯？請我？」倒是有些出乎意料地直爽。佟戈笑笑，毫不掩飾地調侃：「怎麼能有弟弟請客的道理呢？」

「我年紀也不小。」他不服氣似的，又有種被看穿的窘迫，少年的稚氣和真誠一覽無餘。這樣的小孩在臺上卻那麼一無所懼，天賦真的太好了。

「總是比我小。」佟戈撐著手肘側臉望著他，隨意撓撓他的頭。「其實都還不到喝酒的年紀吧。」

「……有什麼關係。」對方嘟嘟囔囔，聲音莫名地變弱了。「下個月就到了。」

「以為我是好哥哥嗎。」佟戈坐直了身子笑盈盈地湊到他面前。「想喝的話我可不會攔著你喝。」佟戈不愛管別人，瞥對方一眼，叫了兩杯一樣的口味。

「但請我的話，成年了再說吧。」

❄

回家路上，佟戈的腳步都是虛浮的，一不留神喝的幾瓶酒，全成了現在走路總像在踩空的罪魁禍首。

他聽程修說過，自己喝醉的話會特別喜歡跟人親近，溫順又黏人。佟戈最開始打死都不信，為此，程修在大學的時候就拍過一段影片作證。他後來花重金才沒讓影片流傳出去，再之後每次喝酒都會控制自己。

今天失了算，不應該為了裝逼而在小孩面前瞎擺弄。

他抖了抖衣領，但是T恤解不開扣，熱氣也散不出去，混酒的後勁像在他全身上下撓癢一樣。好在他面上不顯，趕人走的幾句話仍還字正腔圓。

他轉過身，想就此止步。

「我就快到了，你先回家去吧。」

喬鉞緩緩停住腳步，大概沒想到都還沒到屋門口就要結束。他短暫地愣了一下，一整排冷白的街燈鋪在佟戈臉上顯得格外疏離，沒有半分在酒吧親切的影子。

這裡本身就離市中心有點距離，四周幾乎沒有路人穿行，喬鉞在突然感受到的寂靜冷清裡望著佟戈的臉。

略帶抱歉，些許忍耐，保持禮貌的姿態裡還有種逐漸滲透的漂亮。

他聽團長說佟戈不只是寫歌，而且人長得好看。

是真的。

無論在什麼光線裡都不會被掠奪的樣貌，讓他頭一次覺得，好像也可以原諒這種造物主的不公平。

佟戈看喬鉞像失落了一瞬，嘴角都掉了下去，他心裡便開始摸不準，感到有點心軟又有點煩。

他好像總是不自覺會對年紀比自己小的人產生不必要的情緒，難道這就是因為過度缺失而自己強行拔出的母愛力量嗎？

但對方再抬起頭的時候一切又平靜如常，稚純的臉上揚起嘴角，把再見說得很認真。

「下次要請你喝酒的，哥，不要忘記。」

計程車上的綠燈在路邊格外扎眼，佟戈聽見對方脫口而出的稱呼和堅定的語氣，無奈地擺擺手。他站著，直到尾燈漸行漸遠才慢吞吞地往回走。

怎麼有種玩弄小孩的罪惡感。

醉意一點點復甦，沒剩幾步路還差點走錯，巷子裡穿來穿去頭更暈。佟戈下意識癟癟嘴，舌尖上滿是苦味。

忽然有點想喝冰可樂。

「你喝醉了？」

沉悶的聲音毫無預兆地響起，佟戈慢吞吞地走著，空曠的門前說話聲都帶著回音。他腳步一頓，大概是剛好不小心踢到空罐子，猝不及防，劈里啪啦一頓亂響。

「誰？」他停住腳步，頓時警覺，有些猶豫地眨眨眼睛。

面前幾乎一片漆黑，沒有清晰燈光的話，他在晚上的視力等同於無。

「跟誰喝酒了？」聲音靠近的同時，人也出現在身後，堅實的胸膛靠過來，帶著躲不開的熱氣。

「嗯？」懷疑和驚亂讓他有點懵，他條件反射性推出去的手肘半道收了力，是熟悉的聲音。「賀司昶?!你……怎麼在這裡？嗯，等……」腦袋跟不上，脈搏心跳都被暫態打亂，毛茸茸的腦袋擱在他肩窩，整個身體都被貼住了，「等一下！」

「我來找你的呀，哥。」賀司昶乖乖回答，叼住一塊脖頸肉細細地咬，向上舔濕了耳垂又含住往外輕輕拉扯。

佟戈全身還冒著醉意，分心來按密碼的手簌簌發抖。腿是軟的，酒精在往頭上衝，機械的報錯鈴響了三次。他掰著賀司昶的手臂想掙脫，但是完全沒有力氣。「開門，唔，開門，你發什麼瘋。」

「密碼多少，１２０２？」

強勢有力的手掌抓住佟戈的手，像上課一樣，一個個按下去，錯音無情地震動。「嗯？」

「……１２０１。」

打開門的瞬間，佟戈脫力般往下掉，像在缺氧，惺惺醉態被攪得一團糟。即使被賀司昶摟著他也站不住，紅著耳朵尖尖吐著熱氣。

賀司昶乾脆把人橫抱起來，嘴上還在耿耿於懷。「１２０１是什麼？」他向著嘴唇親一口，惡狠狠地。

佟戈不安分地在他懷裡扭來扭去，大概是姿勢不舒服擰著眉頭掙扎。「關你什麼事。」他想也沒想，根本顧不上賀司昶在說什麼，「好熱，放開我。」

賀司昶不聽，逕自走進去。

但這是賀司昶第一次來佟戈家裡，他根本就不熟悉。

佟戈住的是他自己改的小型鐵皮房，賀司昶之前聽說過。雖然格局簡單，但空間很大，一堆樂器設備擺著就跟倉庫一樣，牆上貼很多五線譜塗鴉和亂七八糟的海報，他一個人工作睡覺都在這裡。

而賀司昶只聽說過是因為，佟戈幾乎不帶人去自己家裡。

這個也是聽說。

最開始，他以為佟戈只是不想帶他回去，然後就尋著法子在和他們一起出去玩的時候旁敲側擊，得到的資訊基本就是，應該只有程修去過。

他點頭，覺得在情理之中，但心裡難免嫉妒，而且時間越久越眼紅。雷雨交加的紅。他自然知道自己比不過程修，但他跟程修又不一樣，他們目的不同。他有自己的試探法和忍耐力。

上週，他撿了個藉口，佟戈沒有拒絕那大概就是默許，他這樣想。可此時此刻，真的來了才能體會到，自作多情是要不得的，計畫的心情、算好的時間都只想和著佟戈揉碎了。

他心知肚明成年人去喝酒，自己沒有絲毫立場和理由生氣，彼此也沒有達成什麼約定。但他見著佟戈半夜喝醉了紅著臉回來，心裡就是不開心，甚至生氣，這會兒找不到燈、找不到開關也不想去找。

兩人進了門就一路跌跌撞撞，混亂中有什麼東西被踢倒了，滴答滴答的水聲曖昧得讓人窒息。

佟戈被賀司昶抱在懷裡動也動不得，只有手掙扎著掀開衣襬來透氣，裸露的肚皮劇烈地起伏收縮，醉醺醺的一雙眼睛扇得毫無防備心。

「你自己回來的嗎？」賀司昶急切地想知道佟戈和誰去了哪裡，他知道佟戈喝醉的樣子。

佟戈被煩得已經沒有半點耐心，感覺自己悶得就快喘不過氣。「你不是看到了。」他好像應該推開身邊的人，或者乾脆叫對方離開，但他昏沉沉地沒餘力拒絕，還黏糊糊地直想往人身上貼，只剩嘴殘留丁點意志。

賀司昶逐漸習慣了黑暗，大致能藉著夜光分辨出位置。電腦、音箱、鍵盤，還有衣服、遊戲機，很多東西亂七八糟躺在屋子裡。他粗糙地掃視一遍，圈著佟戈堵在牆邊的沙發上，捧著熱烘烘的臉親嘴。

不想說話就不說。賀司昶隱隱約約地有一種在佟戈的領地胡作非為的快感。

佟戈憋得臉蛋通紅，舌頭軟得像魚在他嘴裡游。他揉揉暈開了水液的下巴哄著人再讓他舔深一點，再貼著滑溜溜的舌面咬到舌尖。

「明明嘴這麼軟。」賀司昶收著喉嚨要把他吃掉一樣，負氣地一次次逼到佟戈嗚嗚亂叫才從嘴裡退出來，吐著熱氣勾勾鼻尖，又把手指插進去夾著舌頭捨不得離開。

「唔唔唔唔。」脆弱的眼睛裡堵滿了水汽，佟戈被賀司昶居高臨下地俯視。他看不清，舌頭嘴巴被吃得又熱又腫，腦袋沉腿也沉。佟戈卯著力氣抬腿往硬邦邦的肚子上踹，隨後就聽見一聲悶響，還有桌子被撞倒的聲音。

好像踢到了，他心跳得飛快，想爬起來，一隻強硬的手臂抓住了他，猛地把他抱起來翻過身去。他全無防備，軟著腰就跪趴在了沙發靠背上。

完全使不上力，手腳都在灼燒，他撅著屁股感覺被裡裡外外的視姦吃透了。他張張嘴想說話，但是忍不住喘息，T恤被拉到胸口，兩隻手掐著腰來來回回地撓，指甲摳到乳頭的時候他哼叫出聲，輕輕的笑聲就從他耳朵震到胸口，惡劣的手指按住乳珠像要把它塞回去一樣，又凶又色，一邊按一邊討好地揉中間細軟的乳孔。

「還有沒有人像我這樣摸你，腿分開。」

賀司昶只解了褲頭，就摸到夾在腿心裡小小的陰蒂，他整隻手兜住熱乎乎的陰戶，半睡半醒的陰莖被擠壓在手臂和小腹之間滾來滾去。

他順著脊背往上舔，跪立的臀擳著輕輕地扭，他手掌用點力佟戈就夾緊了往上縮，越縮越熱，肥厚的軟肉受不住開始張開嘴咬他的手心，被磨得又紅又熱了就開始哭，滴滴答答地流水，滑膩得兜都兜不住。佟戈被撓得又騷又癢，坐起身子把整個手臂夾在腿心上上下下地磨。陰莖早就脹開了，蹭著手臂一搖一擺，他軟軟地靠在賀司昶的肩膀上，又舒服又急，喘得哼哼唧唧。

「濕透了。」賀司昶從手到腳都被磨得血脈賁張，佟戈每次騎在他手上，他就會想像以後佟戈騎在他胯上或者騎在他臉上，求他操求他舔。

他勾勾手指，屁股縫裡膽小又淫蕩的肉洞就開始收縮，有黏濕的水液流到股縫。他不懷好意地笑，忽然抽動手臂，狹小的指縫來來回回剛好夾住細小的陰蒂，微微粗糙的指腹按住陰唇從前往後摩挲。「別跑，想去哪裡。」他空下的一隻手托住傻乎乎潮紅的臉，看佟戈抖著屁股可憐兮兮地想逃，又被扯著肉瓣捏在手裡揉成眼淚。

他手指抽得越來越快，邊磨邊揉，汩汩滲出來的騷水又被他擠著塞回去。「為什麼不打耳洞，哥？」賀司昶貼著佟戈的後頸漫不經心地問。明明跟現在沒有任何關係，他也沒覺得不妥，舔著耳朵後面的皮膚又重又慢地吮。耳垂上沒有孔，光滑完好的白嫩，含住一會兒就紅通通。像佟戈這種男人，他第一眼就臆想對方身上應該配什麼會更漂亮。

他胡思亂想，也不指望佟戈回答，邊親著又忽然好奇哪裡是佟戈不敏感的地方，為什麼不論他親哪裡陰部和屁股都會輕輕抽動，在他嘴邊膽小又色情。

他不看都知道手裡的肉戶已經又軟又紅，夾著一堆滾燙的害羞不肯張嘴，幼稚地愉悅感在他心裡瘋狂慫恿。他不問了，蹲下身子抓著大腿根往兩邊拉開了就親嘴，親下面被玩得肥鼓鼓的肉珠。肯定是亮晶晶的，還掛著水，賀司昶吸的時候一邊在想。

他有些隨性地去刮陰蒂上狹小的縫隙，含住肉唇啜到佟戈喊痛再吐出來輕輕地舔，舔得輕了佟戈又不樂意，拱起屁股夾著腿一抖一抖。

「好肥，把你吃了。」

六／舔月

賀司昶拖著他的腿往下拉，舌頭壓著陰蒂像舔著快要融化的甜筒。要死了。

佟戈撅著屁股給賀司昶舔，腳踝被捏在手裡哪裡都去不了，手上有他流上去的騷水。

「只有我能摸我能舔，好不好。」賀司昶擠著被啜得又騷又厚的兩片肉唇，親昵地親一口，寵溺地摩挲過一遍再拉開了深深地舔進去，進進出出還不夠，他舔舔唇捲著舌頭惡劣地翻攪。

「出去，唔。」佟戈的神智快飛散了，艱難地伸手推他的頭，但是賀司昶太喜歡自顧自玩弄，根本不聽佟戈說什麼。「不要那裡，不，不要舔了。」

「哥，我舌頭能插進去，手指是不是也可以？」賀司昶把舌頭抽出來，還亮晶晶的手指夾著肉唇搓得快要起火，他捏著軟噠噠的肉往外扯，嗖嗖的涼風就往縫裡鑽。「讓我摸摸裡面……」

佟戈挺著腰瘋狂地扭著屁股，他蹬腿想把肉逼合上，但是熱乎乎的大手揉得屁股直流水。他渾身酥麻，又把腿往兩邊擺，裂開的肉縫晶亮柔軟，是從來沒有吃過男人的嬌氣生澀。

「翻出來了。」賀司昶湊得近，吐出的熱氣呼呼地吹在陰戶上，「是在跟我打招呼嗎。」他忍不住，鼻尖抵住翻捲的嫩肉輕輕地蹭，又含在嘴裡咂摸了半分鐘，「好乖。」他獎勵般地一直親到直挺挺貼在肚皮上的陰莖，大大方方地口交。

「哈啊……」佟戈像突然洩了氣，全身上下的神經都被賀司昶含在嘴裡，他無助地張開手指想拉住什麼東西，但是只抓到了沙發的皮。他又著急又熱，細長的手指忽然就毫無預兆地插進身體，軟綿綿的喘息瞬間被插成呻吟。「不……出去，賀司昶誰准你……嗚。」佟戈慌亂地揮著手臂，碰到腿上毛茸茸的頭髮時，自暴自棄地抬起屁股往他嘴裡去。

「好嫩好熱，哥，好舒服，我摸到你的逼裡面了。」

佟戈聽見賀司昶的喉嚨咕嚕嚕地滾，他渾身就一陣臊，挺著腰一個深喉感覺靈魂都被吸走了。「你他媽……話好多。」

「你若不喜歡，我舔不到這裡的。」賀司昶把陰莖吐出來，親親漂亮的龜頭，他轉轉手指有些不捨得，但還是抽了出來。

賀司昶坐到沙發上，把佟戈抱在前面讓他躺在自己身上。他伸伸手往前摸到吐著熱氣哭哭啼啼的小嘴，像安慰似的邊揉邊哄，但沒兩下就沒了耐心，又再狠狠地插進去，另一隻手兜著佟戈的下巴不依不饒。「好緊，好想幹你。」

賀司昶渾身都興奮地鼓動，手臂上青筋和肌肉散發出的熱氣全部流到騷紅的穴裡。他控制不好力道，時重時輕，自己的陰莖快要戳破褲襠。他衣服都沒有脫掉，後背大概濕透了，而手指被佟戈夾著就像雞巴被咬住了。他有些暴虐地想把手指全都插進去，但是看著佟戈皺著眉頭委委屈屈的臉就心軟了。「佟戈，張嘴。」

賀司昶耐著性子，另一隻手插進他嘴裡，夾住舌頭讓他舔濕，下面也兩根指頭扣進去，按著壁肉重重地揉，他想摸到能讓人徹底失控的那個地方，但他又貪心，捨不掉外面被冷落的肉核，掌心壓著陰阜摩擦。

他目不轉睛地看著，即使是暗得幾乎沒有的光線，也不妨礙他想去看佟戈的臉，如果能看清的話，他覺得自己下一秒就能射出來。

「麻了，麻了賀司昶，救命……住手。」

賀司昶夾著陰蒂瘋狂地抖，要命的高潮被拉得沒有盡頭一樣。佟戈感覺靈魂都被磨破了，尖叫不受控制地衝破喉嚨，他曲著腿，軟乎濕淋的肉唇夾著手指頭大剌剌地翕張著，他有種被把尿的痠脹感，「賀司昶，放過我，真的不行了，唔……」彎折的腿哆哆嗦嗦，繃緊了又伸開，足弓彎彎，承受著巨大的快感。

佟戈的鎖骨肯定都紅透了，凹進去的肩窩盛滿渴望高潮的悸動，賀司昶伸手去摸兩根細瘦的骨頭中間那顆小小的痣。青澀黝黑，夾在中間明目張膽地勾引人，想把它掐下來。他手腕跟著指頭動，又剛好壓到右乳，白花花的乳肉上面嫩紅的乳頭頂在手臂硬得他發痛，鼓鼓脹脹地跟著淫蕩的手指晃，想舔，想吸，還想操。

賀司昶盯著尖尖的、翹得抬起腦袋的乳頭喉嚨越澀。「怎麼這麼漂亮。」他好渴，他想像著佟戈淫媚的癡態覺得不夠，一點都不夠，「燈在哪裡，佟戈。」他把人緊緊扣在身前，他想看，在自己手裡搖搖欲墜的理智轟然倒塌的場景。

佟戈艱難地捕捉到賀司昶的聲音，他反應了一會兒，被嚇得猛地抬起腦袋小腿亂蹬。「不行，不行，賀司昶你敢。」

開燈豈不全被看到了，他的姿勢，紅通通的臉和身子，軟弱吞吐著手指的陰部和下面抽動的屁股。他慌慌張張地數落自己現在一塌糊塗的樣子，著急地去掰賀司昶的手。「不准，不准開。」

賀司昶想，想看想得發瘋，佟戈的威脅根本沒用，但他被咬得好緊，滴答答的水好像全部掉進他褲子裡，粗挺碩大的雞巴喝著水膨脹得越大。

他忍不住，拉開褲頭把壓抑得太久的陰莖拿出來，又長又凶悍的性器直挺挺地杵在佟戈的屁股上，一貼上軟乎乎的陰唇他手腳便麻得痛，後面的肉洞也貼著根部的囊袋一收一縮。「不開嗎。」賀司昶忿忿地咬著牙，用凶狠的語氣嚇唬他：「那就不開，佟戈，是你讓我不開的。」嘴角卻噙著笑，親昵地親親他的耳朵，「那你讓我操好不好，我不插進去也能把你操得尿出來。」

賀司昶不留餘地地抓住佟戈的大腿，粗長的陰莖貼著陰道口伸到陰唇的夾縫裡，肥胖的唇肉努力咬住肉棒，又笨又騷。佟戈直接被蹭得泄了水，汩汩地全往肉袋上流，瞬間的高潮讓他還來不及反應，夾在肉唇中間的莖身就卯足了勁開始操，從咕嚕嚕的洞口到上面哆哆嗦嗦的陰莖，上下左右都被佔領了。

佟戈躺在賀司昶身上只顧得上爽得發抖，身體的興奮度脫離控制，被賀司昶操縱，雞巴熱得驚人，又粗得讓他夾都夾不住。他細軟的腰肢被操得挺起來，彎曲著像一座搖搖晃晃的小橋。「太大了，你，唔，停下。」

賀司昶陷在軟糯的肉逼裡怎麼可能停得住，佟戈越騷他越硬，抓著不安分的雙腿把人往上提，強硬又卑鄙地把人釘在身上只能敞開腿讓他操。他不想放過一分一毫，肉洞咕咕地不斷被磨出水泡，惡劣的龜頭好像把每個角落都親遍了。他糊著滿嘴唾液去蹭佟戈的肉棒，掰著佟戈的頭沒分寸地舔紅通通的臉頰肉，摸硬邦邦的小乳頭聽他在耳朵邊嗚嗚啊啊地叫。

「今天喝了多少？哥。」賀司昶心又開始癢，想問出句話來，全身上下找準了點揉。「肚子漲不漲？」他嘴唇磨蹭著熱呼呼的耳朵，關心裡滿是陷阱。

佟戈覺得自己沒喝多少，但種類太多了，他記不得。「只喝了一點點我，唔，真的。」賀司昶碰著他的每個地方都像是在往他身上倒酒，他應該是喪失了思考能力，順著賀司昶的話就乖乖開始回憶，「但是我還沒有上……」

他喃喃到一半忽然頓住，大腿根猛地夾緊，急迫又羞恥。「等一下，賀司昶，你在想什麼……」他被兩隻手摸得渾身無力，咬著舌頭語無倫次地兇人：「你不要太過分……」

賀司昶伸著手掌輕輕按佟戈袒露的小腹，紅著眼睛愛不釋手。平時軟軟的腹部有些硬了，他喜歡。他瘋狂地挺著腰，把佟戈的聲音操得支離破碎，無助地散在他身上。

「我會……不要……我會……」

「會怎麼樣，佟戈。」他把佟戈摟在懷裡，「會怎麼樣？」他看佟戈著急又緊張的樣子貼得越近，幾乎是卡在每一個肉縫裡在操，他感覺自己的雞巴已經滑膩得在滴水，從下到上都被佟戈的騷水包住了。

他異常地興奮，甚至又試探性的把龜頭伸到洞口淺淺地親了幾口，感覺身上的人抽搐般回吻的動作，心裡惡意狂湧。

「會尿嗎。」賀司昶明知故問，裝作一知半解的語調裡滿是得意。他不徐不疾，一個個字吐到佟戈的耳朵，一邊擼著他不知什麼時候射過一次的肉棒，一邊忍下把身前這個人玩壞的衝動。

「會被我操尿嗎。」他赤裸裸地重複，口無遮攔地攤開讓人覺得羞恥的東西，「但是有一次哥也尿過的，在我面前。你也喝醉了在我面前抖著腿射尿，你是不是不記得了？」

賀司昶被夾在柔嫩緊實的大腿根裡，哼哧地喘氣聲拖長了往佟戈身上流，前後兩個肉穴都坐在他身上扭動，扭得他喉頭緊繃嘴上又停不下來。「我好久沒有看到了哥，你不給我插，那就讓我看看好不好。」

賀司昶完全口無遮攔，佟戈的耳朵都被臊得沒了骨頭，他心裡怕但身上爽，一邊被瘋狂的請求問得腦袋發懵，一邊被賀司昶的手揉得尿口痠澀，夾緊了腿沒尿出來，先縮著肉逼再次高潮了，折著腳尖在空氣裡張開又合攏。

他不知所措，慌亂地想去拉開賀司昶的手，反被賀司昶抓住了往自己肉珠上摸，按著指頭撥幾下再疊著一起插進肉洞，插幾下拿出來逼他握著粗大駭人的雞巴在自己腿心裡操。佟戈終於受不住，咬著唇輕輕地哭，側著頭埋在賀司昶頸側討好地親親舔舔，發出貓叫般的哭吟。「好大好熱，賀司昶，別，別搞，我夾不住了，我真的會……」

「哥，你看著我。」賀司昶撫著佟戈的下巴要他和自己接吻，毫無章法地舔舐和吸咬，鹹甜的眼淚流到舌頭上像催情劑。

佟戈收著喉嚨咕嚕嚕地吞咽，唾液還是不斷地往脖子上流。他後仰著頭沉浸在舌交的快感裡，下半身無處受力，一晃腿踩到沙發邊緣在男人身上又挺成一彎漂亮的弓。「再側過來一點。」賀司昶往下瞥了一眼，性感模糊的肋骨在紅通通的乳肉下面若隱若現，「舔舔乳頭。」

佟戈伸著舌頭還來不及收回去，擰著上半身就被含住乳尖，整個胸部都挺成了一個尖尖的小三角形。賀司昶含了一口吐出來看呆了，頓頓地吞口水。「好騷。」他罵完臉有點熱，柔軟又強勢的舌頭卻順著爬上去像要把它磨平一樣，貼著來回瘋狂地搔刮，繞著鼓出來的乳暈轉圈。

佟戈上半身都被舔麻了，乖乖地，一邊叫一邊還緊緊握著手裡的肉棒，好怕把他的乳頭舔壞掉。賀司昶一見人變乖有點捨不得用力，輕輕勾勾乳頭再慢慢吻到腋窩下面的軟肉，但是眼神已經撐不住。

他按著佟戈的小腹往上頂，開始是慢的，後來就越來越快，胯骨把肥厚的臀肉撞得又痛又癢，佟戈的叫聲就變大了，水也汩汩地流了滿屁股，陰唇和肉洞全都張開呼呼地朝他吐熱氣。

賀司昶另一手勾著佟戈的腿，細瘦凌空的腳踝彷彿一捏就碎。他看著小腿搖搖晃晃，忽然鬆手，頂著身上的人猛地站起來，赤裸熟透的男人被他從後面抱著貼成密不可分的樣子。他推著男人往前走，磕磕絆絆地憑著直覺，紫紅充脹的雞巴插在腿間，不依不撓地逼佟戈停下彎著腰高潮。

「我帶你去廁所。」他走了幾步，貼著佟戈的耳朵說得認真又懂事。「佟戈，你看看我走得對不對？」手指擷了一片濕滑的汁液抹到乳頭上揉捏，他玩得起勁，任由佟戈在他懷裡掙扎著扭動。

「賀……」微弱又隱忍的輕哼，帶著一點嬌憨的尾音戛然而止，身前的人傾著身子忽然不動了。靜了幾秒，就聽見淅淅瀝瀝的水聲輕輕地，像進門打翻的那團水，斷斷續續地掉落，帶著色情，難以控制的羞恥。

賀司昶還啜著佟戈耳朵後面薄薄的肉反覆折騰，佟戈敏感的地方他掐得準，不能插進身體的燥怒都被發洩到其他地方，不遺餘力地要他瘋。

他不知道自己和佟戈究竟是誰更能忍，所以佟戈半弓著雙腿抖得像篩糠他都沒有多想，等鼻子耳朵都反應過來時，才清楚地感覺到自己從尾椎骨開始全身都被點了火。他熱得臉紅，耳根子在燒，胸口疼。

他嘴上說得凶，口出狂言但其實就是愛逞口舌之快，心裡沒想著真能把人給操尿了。他剛才嚇唬佟戈說他在他面前射尿，其實只是佟戈喝醉了意識不清被他摟著去小解，他騙他的。他只在做夢才見過，佟戈被他磨逼、被他操著腿失禁。

甚至他還想過更壞的，被含進嘴裡，被咬進身體裡，但此刻都比不上眼前的實際發生的，他沒見著，光是聽著就被沖昏頭了。

賀司昶的理智差不多瞬間餵了狗，自己臉紅通通的和佟戈沒個兩樣，粗魯又莽撞到最後就沒了章法，陰莖被滾燙的液體澆得瘋狂彈跳，啪啪地拍打水淋淋的肉逼。

佟戈夾著一點哭腔哼得百轉千迴，全被強健的手臂撈著才沒跪在地上。賀司昶的控制力本就所剩無幾，他粗魯地摟著佟戈的逐漸凹陷的小腹，卯足了勁貼在佟戈胯下大開的肉縫上磨；他抓著佟戈的手讓他握住自己的陰莖，在濕糊的軟肉瘋狂地吮吸下突突地全部射在他手裡，杵得直愣愣地抽動從上到下給塗滿，再逼他摸著被磨得發燙的陰阜，把精液全部插進肉道裡。

賀司昶射得肌肉都有點虛軟，但懷裡的身體緊繃著，嗚嗚咽咽想縮成一團。他吞咽著口水艱難地哄：「不要夾著屁股，哥，尿完就舒服了，腿張開我給你摸摸。」他把人轉過來緊緊摟著，撈起一條腿揉著腰讓他放鬆，舌吻，潮紅的臉頰和濕潤的眼睛，佟戈在他嘴裡呻吟。

「唔，好舒服。」佟戈像獵殺後被馴化的小狐狸，紅著嘴舌尖還哆嗦地翹著，唇上都是咽不下的唾液，仰著頭被賀司昶舔掉。他有點像漂在沉緩的波濤上，熱呼呼的手沒有放過他一秒，嘴裡說著給他摸摸，手指插進去了就不出來，彎彎曲曲把他按得夾著腿撒嬌。「手好熱，我站不住了，唔。」

「好想拍下來。」賀司昶舔舔唇嘆氣。「哥，你說哪天我幹進去是你會瘋，還是我會瘋？」

佟戈氤氳著雙眼，咬住了他鼻頭。

五／急救中

程修進門的時候，踩到了昨晚賀司昶踢翻的鐵皮罐，哐當一聲，陡然把他嚇一跳。

他早上過來的話佟戈多半都還在睡覺，所以直接按了密碼進來。本來家裡有些雜物沒什麼奇怪，但一路走進去，他還是被屋裡的混亂程度驚到。

這是打架鬥毆案發現場嗎？

粗略掃視一圈沒見著人影，他便直接走到床邊叫了一聲。被窩裡鼓鼓的一團紋絲不動，程修倒不介意，跟以往一樣直接掀開被子，準備冷靜地站在邊上看他睡到什麼時候。

沒想到他還是低估了這人。

佟戈臉上還留著被精液澆灌過的潮紅，眼角鼻尖都是做愛的痕跡。他懵懵地瞇著眼看向床邊的人，被掀了被子的怒氣大致削去一半，好一會兒才哼了一聲，有種誘人的嗔怪感。

程修被他這一抬臉震退一步，大腦飛速運轉，開始顱內檢索。最後他靈光乍現，反應過來，讓罵人的話都到嘴邊時又咽了回去。

他擰著眉頭，一臉不認同地看著佟戈。

「你是不是太縱容他了？」

「……」

佟戈還沒完全清醒，剛看清是誰之後意識才漸漸回籠。他慢吞吞地坐起來，說話悶悶的毫無力氣。

「你怎麼來了。」

「……看你有沒有死在高中生手裡。」

「……」佟戈閉上眼睛又拉著被子縮回去。「什麼事情快說，說完讓我再睡會兒。」

「他走了嗎？」程修四周望了一圈，沒看見人影。

「不知道……」佟戈下意識回答完，突然又坐起來生氣地看著他，聲音瞬間高了幾個度，「你到底是找他還是找我！」

大概是佟戈看起來確實是有些不高興了，程修畏縮地摸了摸鼻頭，半分調侃半分擔憂地道：「別生氣嘛，你起來看看自己現在是什麼樣子。」

對於佟戈來說，上床這種事情算不得什麼，但程修感覺最近的頻率和狀態有些超過常態了。他不知道佟戈自己有沒有察覺，或者就是他有意放任。

佟戈深深地看了他一眼，倒是沒有再躺下，沉默幾秒下了床，開始找衣服。

他沒避著程修，邊穿邊滿不在乎地說：「我什麼樣子，生活自理，工作賺錢，還能勾引高中生，不好嗎？」

「你真是……」程修嗤一聲，抱著手肘轉身決定自行退避，不跟他計較。

佟戈不爽其實不單純是因為起床氣，而是他發現自己竟然睡死過去了，賀司昶什麼時候結束什麼時候起床，他一點記憶都沒有。

儘管肯定是因為本來就喝醉酒，還被賀司昶按著弄了一晚上，但他還是不爽。好在人不在身邊，不然他只想原地去世。

「來幹嘛能說了嗎？」佟戈困頓地打了個哈欠，隨便套完T恤短褲，搓著亂翹的頭髮去搗鼓咖啡機。「你喝不喝？看你也一副精力被掏空了的樣子。」

「行，借你手。」程修也不介意他報復性的回嘴，走到沙發上坐下，並終於悠悠地想起正事。

「之前有個小明星要了你，說是跟他們去做一個音樂旅行專輯，你還記得嗎？最近他們好像準備得差不多了，來問你什麼時候可以出發，說聯繫你很多次都沒聯繫上，就找到我了。」

「什麼叫要了我，說得跟強搶民……男一樣。」

佟戈瞥了程修一眼，不急不忙地按下開關，等機器啟動才皺著眉認真回憶。

兩秒之後，他確認自己確實忘記了，坦然地點點頭。

「嗯，我忘了，最近窩在家埋頭苦幹沒看那些東西。」他語氣裡沒有太多的抱歉，只有些奇怪。「但錄歌不是去工作室錄嗎，非要帶我上路幹嘛？」

上路……好像也不是什麼恰當的詞。

佟戈說得自己有點想笑，等咖啡還要一會兒，就乾脆也過去沙發那兒，頭靠在沙發邊上，腿伸直了撂到程修腿上，整個人沒骨頭一樣癱著。

程修早習慣他懶散的樣子，被搭腿也任由他，邊回著消息邊說：「我怎麼知道，人家也不會跟我說這些。大概也就是錄製形式的原因，叫你一起去更方便討論吧，應該也沒多久，一個月？之後可以詳細討論吧。你可以當作離開一陣子，免費去旅個行。」他說著微頓了一下。「不過你要真不願意接也可以商量，求求我，我就考慮替你去回絕。」

程修說完，不懷好意地笑著看了眼佟戈，但擠眉弄眼了好半天也沒見佟戈有反應。

佟戈倒不是沒聽見，他只是聽到程修說離開一陣子的時候，心臟忽然像被輕輕敲了一下。

他倒還沒有考慮過這件事。

程修一句話哐當提醒了他。

人會因為習慣而看不清真相，他可能也只是短暫地習慣了跟賀司昶做愛，習慣了那種對各自身體都無限縱容的快感，而忘記彼此從年齡到身分，無論哪一部分都難以持平的落差。

賀司昶年輕帥氣、熾熱多情，而自己似乎全然相反，懶惰散漫，膽小猶疑。當賀司昶洩露的感情越來越強烈，他開始有點害怕這種喜歡。

佟戈的戒備心見縫插針地冒出來，不分場合叫他給心臟築起高牆。

在程修還以為他又這麼睡著的時候，他忽然朝程修吹了聲口哨，好像剛才只是斷了線，現在重新恢復連接。

「不用！你說得對，聽起來也不錯。我先安排安排，沒問題的話就跟他們約時間……就不麻煩你了噢，程老闆。」

他最後一句故意討人厭地拉長聲調，程修咬著牙微笑，心裡只想把他踹下去。

程修還在思考著這個舉動的可行性，忽然，只聽見門口傳來電子鎖解鎖的動靜，清脆的一聲叮鈴之後，門便開了。

程修迅速看向佟戈，勾著嘴角無聲地詢問。佟戈也一怔，只感覺心跳莫名快幾分，隨即反應過來，和程修對視一眼，皺起了眉。

賀司昶擔心佟戈還在睡，聲音太大會吵醒他，刻意放輕了腳步。進門後看到應該是昨晚踢到的罐子還倒在地上，扁頭扁腦，心裡便湧起一股悸動。結果剛走沒幾步，餘光就瞥到沙發上似乎有人影，一轉頭，兩個男人正面無表情地看著他。

賀司昶微怔，悸動停了一半，剛好咖啡機結束工作，輕微的提示音伴著咖啡香氣緩緩流過來。

賀司昶輕輕笑了一下，目光從佟戈搭在程修身上的腿上劃過，極快地蹙了下眉，便面色如常地走了過去。

「你醒了啊，我去買早餐，你這附近什麼都沒有，我找了好久才找到一家……程哥吃了嗎，我買挺多的，可以一起吃。」

他沒問程修為什麼會出現在這裡，只邊說邊把早餐放到佟戈面前，順便把佟戈的腿拉了下來。

側身的時候，高大的身軀剛好擋住程修的視線，他歪頭，嘴唇從佟戈鼻唇間擦過，快得彷彿一陣風，就好像只是錯位時的意外。

佟戈當然不會傻到以為真是意外，只是賀司昶在別人面前這麼放肆，莫名讓他有些不舒服，抬起眼睛看著對方。「今天不是讓我放假了嗎，你怎麼回來了？」

他們倆剛鬧了一晚上，他也不是真的多生氣賀司昶趁他喝酒胡來，純粹只是因為他不擅長處理隔夜事後閒聊這種場景。這跟做完就穿褲子走人的煩躁程度完全不在一個層面啊。

今天程修的存在某種程度上也算是解救了他，如果現在只有他一個人在這裡，他就沒這麼有底氣。他必然要面對兩個人在極度瘋狂地亂搞了一夜之後，尷尬的清晨獨處時間，昨晚被酒精浸泡的前因後果都勢必要被掏出來攤平曝屍。

程修不知道，自己就這樣默默被記了一功。

賀司昶垂著眼，早晨還沒有打理的頭髮也垂順的蓋在眼皮上，他極輕地「嗯」了一聲，中指彎曲著抽了一下。

他不開心，很明顯，嘴唇抿成一條向下的弧線，這在佟戈眼裡就和微信裡那個難過的小黃豆一模一樣。賀司昶很喜歡給他發那個。

在賀司昶聽來，自己就是在趕他走吧。

佟戈默默把自己罵了一遍，但沒有再說什麼補救的話。

程修對突然變得怪異的氛圍有些不明所以，又隱約察覺到什麼，正準備說點話調解一下，就見賀司昶伸手拍了拍他，在剛才被佟戈的腿擋住的地方扯出一塊衣角。

「程哥，挪一下屁股，壓到我衣服了。」

程修驚訝地看過去，馬上側身往旁邊讓，只見賀司昶拉出一件輕薄的外套，隨意搭到了肩上。

他這才發現，賀司昶出門買早餐身上只穿了件短袖。

賀司昶走了兩步又回頭定定地看著佟戈，眼神幽深，看不出情緒。

他回想起昨天來之前興致勃勃的自己，不由覺得有些諷刺。除了換個地方做了一場混亂不堪的性愛，走時依舊兩手空空，甚至適得其反，真是他媽的，太糟糕了。

他嘲弄地扯了扯嘴角，再用力扯大點，就變成平日一般爽朗的笑。

「我走了，下週見噢……老師。」

佟戈有一瞬間僵住了。

賀司昶平時不叫他老師，即使是開玩笑也不這麼叫，除了要在他媽媽面前顯得禮貌點的時候，會端端正正、規規矩矩的一句，沒有起伏。

佟戈對此不在意，甚至不喜歡被叫老師。他反而還有些慶幸，想像若是換個語調、換個場景從賀司昶嘴裡說出來，指不定多臊人。

但此刻，賀司昶說出來的時候，他那如同沒有失落般的酷帥背影，與這個突如其來的稱呼，兩者混在一起，讓佟戈在面上微臊的同時，還前所未有地察覺到一絲……後悔。

儘管微乎其微。

四／臨崖勒馬

佟戈這個人在感情上慫，且愛逃避，但固有的工作他不會怠慢，每週例行課程當然也不會因為那點事受影響。

所以下週見是確實……

……會見。

只是佟戈本以為這回見面真的只是上課，上完課就結束了。畢竟上次無情地把人趕走，小男生心裡估計還彆扭著，不想跟自己多說話，所以他也沒多聊，邊給他複述功課，邊收拾東西。

結果剛起身準備說再見，就突然被賀司昶拉住了手。

賀司昶圈著佟戈的手腕，佟戈白皙細瘦的腕節上小巧的骨頭突立，旁邊還襯了一顆黝黑小痣，跟鎖骨中間那顆一樣大。

賀司昶大拇指按住緩緩摩挲，輕描淡寫地對佟戈道：「哥，你要是覺得尷尬，就當那個沒發生過好了，我們都忘了，我不介意的。」

他按著小骨頭撥來撥去，甚至還微微笑出來。

佟戈一挑眉，覺得他們真有意思。

他以為賀司昶會因為他第二天的冷淡而彆扭，賀司昶以為他會因為那晚他酒後的性愛而尷尬，於是都憋著情緒。但仔細一想，明明他們每次上床都是這樣啊，做得瘋狂，做完就沒事人一樣。

怎麼這回氣氛好像變得奇怪起來。

佟戈被摸得手心發熱，又想了許多，一時不自在地抽了抽。沒抽掉，又抽了一下，反而被握得更緊了。

他疑惑地看過去，就見賀司昶在看著他抿著嘴笑，他便不掙扎了，索性由著他，無奈地說：「沒有，我至於嗎，又不是第一次做，還要失憶是怎樣。」

他說著也笑出來，站靠在書桌前面頓感輕鬆了許多。

賀司昶笑意更深，瑩亮的眼睛撲閃，好像無辜的是他。

「嗯？……我說的是失禁，哥，我以為你很介意誒……」

佟戈一口氣沒吸上來，差點背過去。

他心裡巨浪滔了天，憤懣地腹誹。賀司昶你在說什麼……你他媽一本正經地把這個說出口不會害臊嗎。

但他沉默了，他無法阻止大腦回憶起那個時刻，甚至回憶都讓他顫抖。真他媽的。

所以他只能沉默，眼神沒地兒去，在空中飄飄蕩蕩。

賀司昶還沒放過他，一臉認真思考的苦惱樣望著他。

「如果不是因為這個，那你為什麼第二天那麼急著要我走？為什麼哥？因為程哥嗎？……但他認識我，其實也知道我跟你的事，對吧？」

賀司昶順便扯了一句，看向他的眼睛裡裡還帶著促狹之意，讓佟戈牙根一緊。

這人是故意的。

「不會是因為早上醒來的時候我沒在你旁邊吧……呵，哥，你又不是這種人……」

賀司昶絮絮叨叨地猜，窮追不捨，越扯越多，好像不得到答案不甘休。

佟戈聽著耳根都熱起來，無奈又惱。他怕洩露了情緒被賀司昶得寸進尺，忙斂了神色，嚴肅的眼神掃過去。

「你很閒是吧？有空多用功，落後了兩週的內容補上沒有，阿姨不是每月都要來檢查？」

賀司昶輕佻地撇撇嘴，暗嘆佟戈真是沒什麼長進，猜都能猜到這人會用什麼理由來岔開話題。

不過他喋喋不休的嘴終於頓住，笑盈盈地仰頭注視著佟戈的眼睛。

他喜歡極了佟戈半垂著眼皮懶散又冷漠的臉，特別是這種居高臨下的時候，特別撓人。因為這個，他一度覺得自己不太正常。

但正不正常不重要，這人就是好看啊。

他喉結小心翼翼地上下滾動，摸著佟戈的手腕其實能清楚地感受到這人的脈搏跳得有多快，比起虛偽的表情簡直不要誠實可愛太多。

但他知道佟戈這種時候就是硬得像塊石頭，再說下去可能適得其反。他不和佟戈計較，不甘心地放棄了。

「算了，你不說就不說……」他一把將人拉至身前，鑽到佟戈寬鬆的毛衣裡，整張臉埋進肚皮，深深地嘆氣，輕蹭了幾下之後，忽然挪到側腰邊憤恨地張口咬上去。

「啊！」

佟戈沒防備，被咬得一痛，卻本能地更癢，直接打了個哆嗦。

賀司昶得意一笑，伸著火熱的舌頭開始繞著側腰打圈。

佟戈腰細，又敏感，被他舔著渾身都繃緊了，但腰邊還是軟軟的，嘴唇細緻地吮著，滋滋的泛水聲被罩在衣服底下曖昧得叫他眼睛蕩起水。他隔著毛衣情不自禁地撫摸賀司昶的頭，像孕婦摸著大肚子一樣，剛才微微發熱的耳朵徹底紅了。

他張張嘴想說什麼，卻忽然不忍心，咽回去化作一聲哼吟。

濕潤柔軟的唇一路往上，細細密密地啄吻，吻到胸口含住乳珠飛快地啜，啾啾地吮吸吸得佟戈瞬間就硬了，雞巴硬了但是肉穴開始發軟，他這才陡然清醒，去推賀司昶，神色難耐但堅持叫他停下。「好了，別弄了……」

「為什麼，不想要嗎哥？」

賀司昶鬆了力道，唇瓣夾著乳頭輕輕地抿。

他有些不解，他感覺得到佟戈也很興奮。

而佟戈慶幸賀司昶看不到他現在的表情，挺直了身子竭力控制自己。

賀司昶這一週都沒有聯絡他，平時自顧自發在微信的消息也一條都沒有，所以他今天來的時候沒有想那麼多。不對，是沒有往那方面想。他又被剛才賀司昶一連串的問題搞得心裡亂，儘管知道現在不應該放任對方，但拒絕的時候還是掙扎得相當沒有底氣。「嗯……嗯。」

賀司昶舔著乳頭旁邊堆起來微微鼓脹的軟肉，喜歡得很，蠕動的舌頭一圈一圈地轉著，心跳也被他勾到舌尖上去了，咚咚地和舔弄變成相同的頻率，快得叫他喘不過氣。他焦急地揉賀司昶的頭，手指用力卻只抓扯到外面的衣服。

「我沒鎖門，停下……」

他胡謅了一個理由，剛說出口，就被舌尖狠狠一個頂弄壓得渾身一顫，高高地仰起頭繃直了腳尖，整個人都拉長了向後倒，輕柔綿長的呻吟壓都壓不下。「啊！……慢點……」

賀司昶翹起嘴角，把人拉回來，乾脆把衣服掀起來推到鎖骨，更加瘋狂地舔弄白嫩柔軟的胸乳。

他緊緊地環抱著佟戈的上半身，雙腿插進佟戈腿間把人困在自己和書桌之間。他坐著，佟戈的腰被牢牢禁錮在臂彎裡，結實鼓張的肌肉像要把皮膚都燙紅。佟戈腿有些軟，微微向前傾，貼著他的臉微微地蹭。

他眸色更深，抱佟戈的手收緊了，伸長了，手指穿過腋窩摸到另一邊挺翹微涼的乳頭狠狠夾住，快速地揉搓起來。另一邊乳頭被他含在嘴裡已經紅嫩欲滴，口水把整塊胸部都沾得濕漉漉，佟戈漲紅了臉，被手臂收著快喘不過氣，靠著他全身發起抖來，抖得乳尖一顫一顫地在他嘴邊搖晃。

「哥，你奶子好敏感……」他眼睛鋥亮，往上看了佟戈一眼，賣力地吮吸，「把你舔射好不好……」

他這麼說著，卻放開了那兒，去舔胸下一根根肋骨的凹陷再到側腰，再一點點滑上去，舔到乳側、腋窩，咬住那裡異常白嫩的肉狠狠地啜。

佟戈徹底沒了力氣，屁股往下掉坐到賀司昶的腿上，膝蓋跪在大腿兩側的椅子上，濕潤冰涼的內褲直接擠進翕張的肉戶，隨著賀司昶的動作快速摩擦。

他劇烈地震動起來，被賀司昶高高舉起的一條手臂開始發麻，他挺著腰往前撞，碰到賀司昶高聳緊繃的巨物像是得救般，情不自禁地貼上去發出舒爽的呻吟。「唔，好硬，好大……」

他被弄得舒服了，就什麼念頭都拋開了。

賀司昶緊繃著背，耳根子被叫得又麻又軟，他手臂發力把人往身前猛地一帶，直接叫佟戈緊緊貼到他胸前坐上他胯間。他夾著乳頭的手沒停，肌肉收得越厲害揉得越重，舔著腋窩往上去，卻被衣服擋住了手臂，憤懣地咬住乳側吮出一個深深的印記。

雖然是他在玩弄佟戈的身體，他卻感覺自己快要飄起來，他被拉著，像一根線環在他腰上，佟戈叫了滿意了他才能隨心所欲地釋放。

他又急又凶，沒個章法地在佟戈胸口肆掠，啜著小小的乳頭舔到舌尖都麻了。他感受到佟戈抱著他的頭，蜷縮起上半身細細地發抖，隱隱的哭腔在他耳邊斷斷續續，特別可愛，於是撥著乳尖的速度越來越快。

佟戈咬緊了嘴唇，他感覺內褲裡面濕得一塌糊塗，下面那團硬邦邦的褲襠快被賀司昶的東西戳破了，粗大的雞巴猛地插進來狠狠地操。

他舒服又緊張，一時不知道哪裡的快感更強烈，跪坐的腿往前蹭了一點，把自己貼得更近，再一聳一聳地扭著屁股往下面撞，「啊……」他沒忍住一個哆嗦，泄出一聲滿足的嘆息。

賀司昶揚起嘴角，抓在腰上的手快要把人捏碎。他伸長了舌頭從下往上地舔，歪著頭去看佟戈，眼神赤裸滾燙，佟戈熱乎乎的臉更紅了。

他慌亂地遮住賀司昶的眼睛，感覺緊縮的肉道開始抽搐，陰莖也硬得痛。他眼前都變得水濛濛，熱氣呼呼地往外散，胸部怦怦地膨脹起來，順著肚皮小腹下去，過電一般麻得他挺起胸膛，手不自禁去拉扯褲腰。

他急切卻怎麼也扯不掉，賀司昶悶悶地笑他，抓著他的手把寬鬆的運動褲一把拉掉，俐落得不給佟戈反應的時間，粗細錯落的手指疊交著就直接摸上去，興奮地抽動起來。「乖乖，好濕。」

賀司昶親昵又討好地吻他紅撲撲的臉頰，黏膩滑嫩的肉阜夾著手指貪婪地收縮，他被迫跟賀司昶一起從上到下地揉。

沒一會兒窒息般的快感從胯下向四周擴散，他僵硬地跪著，整個人都伸不開，只能窩在賀司昶胸口崩潰地嗚咽：「賀……我……」忽然他說不出來話了，掙扎著抽出手跪立起來，緊緊摟住賀司昶的脖子咬上後頸，顫抖著噴出一大波汁水。

賀司昶托著陰戶的手接了滿捧溫熱的水流，手掌托不住的都穿過指縫滑向手背。佟戈在他胸前像被蒸熟一般整個身子都熱烘烘的，衣服還半掛著卡在胸上，下面一截白花花的腰綳著，抖得根本停不下來。

他感覺自己的衣服前面也濕了，貼在肚子上涼涼的。

他咕嘟吞咽著津水，喉結滾動，滿足又貪婪地輕撫佟戈的背，手一點點往下滑，滑到細窄幽深的溝壑上時陡然頓住。

佟戈還弓著背急促地喘息，似是沒有知覺，他手指微曲，緩緩揉著尾椎骨正準備繼續。

突然，樓下門鈴驟響，尖銳的聲音如針一般刺進房間，兩個人頓時都被驚醒，渾身一顫。

佟戈很快反應過來，著急忙慌地鬆開手往後一退，想離開賀司昶，但跪久的腿虛軟無力，顫抖著，一下落便差點直接跪在地上。賀司昶一把抓住他，卻被他神經反射般快速地甩開了。

他臉上情潮未褪，手忙腳亂地拉起衣服，背過身去，微微哆嗦的身子靠在桌邊，半耷著頭不知道在想什麼，剛剛還旖旎的氛圍忽而散了個乾淨。

賀司昶瞪著他的背影，想抓住他用力扣在桌沿而充血的手，把人拉回來。

但最後只是抵著牙根，捏緊了拳。

門鈴響了相當長一段時間，而兩人就這麼僵著。

等終於停下之後，賀司昶艱難地鬆了一口氣。

他快神經失常了。

他清清嗓，想漫不經心地說幾句，叫佟戈別這麼緊張，結果還沒開口，手機又開始震動起來，讓他瞬間有一種魚刺鯁在喉嚨的疼痛。

震動仍在持續，他忍無可忍，煩燥地拿過手機一看，臉色一變，還是乖乖接了起來。

「喂媽……嗯……不是……」他眉頭快堆成大山，語氣卻特別乖順。「……噢好，馬上來了。」

賀司昶扔下手機也站起來，T恤前面一大團水漬太顯眼於是乾脆脫掉，赤裸著上身抱了抱佟戈，並在他反應過來之前飛速親了親他的耳朵。

「我媽忘了帶鑰匙，我去幫她開門，衣服還是在老地方放著。我在樓下等你。」

佟戈聽賀司昶冷靜地在他耳邊說完，忽而自嘲般勾起嘴角，「嗯」了一聲表示自己知道了，沒有扭頭去看他。直到賀司昶出了房間，他才脫了全身力氣般癱坐在地上。

指尖到現在都還微微麻痺著，冰冷濕潤的下體和疼痛腫脹的乳頭都讓他驚慌又難堪。他不想承認，卻逃避不了。他剛才又被賀司昶玩弄到高潮，並且在驚慌失措地抽身後還要被告知，接下來該怎麼做。

這一切都讓他瞬間手腳冰涼。以往每次做完，都是他用冷靜自持把人拎開，就算他再怎麼享受或者沉溺，最後也不能被對方牽著鼻子走。

儘管眼下情況並沒有那麼糟糕，但他不安的心跳快把他震得無法思考了。他耳邊甚至固執地響起剛才賀司昶的聲音，從輕柔變得冷漠，變得無情，變得像前一秒和他溫存、下一秒就不聞不問的垃圾。

他對於感情的恐懼瘋狂地發酵，而最關鍵的是，他以前從來不會這樣。不論是負罪感、道德感，還是身分的本末倒置，都沒有到讓他喘不過氣來的地步。

但現在他感覺到了。

他腦子裡有一半的聲音跟他說自己在小題大做，但另一半卻如同那道門鈴一般，大聲叫嚷著要他快跑，然後牢固地釘在神經上。

他神情懨懨的，地上越坐越冷但又不想起來，手插到T恤口袋裡摸了幾下，結果摸出根菸來，倒是終於笑了笑。

賀司昶在幫著媽媽整理買回來的東西。

一開門當然免不了被說幾句，「都已經十一月了還赤著胳膊身體好得很是嗎？一天天的衣服不好好穿，到冬天家裡的暖氣還不是要開個遍……」

曲凌女士，也就是他媽，對他這種習慣極其不滿（佟戈也是），但礙於他身材好並且確實不怎麼生病，也就只是反覆地念叨。

這種時候賀司昶總是討好地去抱住她，不害臊地說：「我身上可比妳暖和多了，妳自己出門多穿點我就更不冷了。」

他好像就是有一種把一切都說得穩當，叫人安心的本事。

上高中之後媽媽問他，只有她自己一個人把他撫養長大，又沒能時常陪他，他是不是缺少很多安全感。他卻說，不。安全感不是只有父親或者男人能給，妳這麼愛我，對我來說這不就是安全感嗎？

他說的時候也許是為了安慰媽媽，自己心裡也帶著十分疑惑，但有一點他是確信的——糾結太多不必要的東西，並不能讓生活更好過。他一直這麼覺得。或許，他應該感謝上天，沒有在他出生的時候扔給他一個多愁善感的套餐，叫他至少一眼看上去還算個陽光帥小夥。

賀司昶給自己打足了氣，抱著一桶牛奶準備放進冰箱，就聽見她問起佟戈。

「誒，你今天的課上完了？小佟走了嗎？」

他眼皮跳突，稍有些不自在地朝樓上瞥了一眼，正準備想個由頭，就看見佟戈緩步從樓梯上走下來。

頭髮有些濕了，衣服卻還是來時的那身。

他看著佟戈走過來，眼神輕飄飄地從他臉上點水般掠過，然後笑著和他媽寒暄，語氣是慣常的溫和得體。

「阿姨您回來了……剛結束呢，洗了把臉不小心把身上也弄濕了……真的非常不好意思，我得趕緊回去，下次……」

佟戈看上去沒有絲毫不妥，抱歉的樣子自然到所有人都會確信那是發自肺腑，粉飾天下的本事不知比他游刃有餘多少倍。

自己只是在媽媽面前竭力掩飾，但他可以在任何地方把禮貌信手拈來。

他忽然感覺有些厭惡，直到佟戈離開也沒有說一句話。

剛剛還僥倖自己看得開傻樂呢，這會兒立馬惆悵得偃旗息鼓了。

他憤憤地握緊拳頭，砰地一聲，用力關上冰箱的門。

三／停站飲冰

佟戈走到社區門口才長舒了一口氣。他知道賀司昶發現自己衣服都沒換，肯定會不開心，但畢竟換與不換阿姨都看不出來。

他就是賭氣，賀司昶下樓之前說的那幾句話聽著太不爽了。

他現在怎麼也不想回去。

因為想到家裡的密碼上週就被賀司昶知道，而且擅自用過了，但他又不想改，於是心情更煩躁，對房子都產生牴觸。

他把手揣進口袋，戴上耳機慢吞吞地朝地鐵站走。

反正順便也有些別的事情要安排。

路過自動販賣機，他隨意掃了一眼，發現裡面還剩一罐可樂，瞬間眼睛發亮。

運氣也不差嘛。雖然不是冰的，但畢竟十月份了，也湊合，至少有「噗滋」讓人心情愉悅的開罐聲。他步子又輕快起來。

賀司昶家外面的這條路向來人就很少，他走在街沿只能聽見偶爾踩過落葉的嘎吱嘎吱聲，隔著耳機聽起來遙遠。

而且今天陽光好，走了沒一會兒就感覺熱。溫暖的氣候讓樹木老去的時間被拖得很慢，一直介於黃與綠之間細微的過渡，和以往，或者想像裡憧憬的漫天黃葉的秋天一點都不同。

他有些失落，有種說不出來、莫名被欺騙的挫敗。分不清夏天還是秋天還是冬天，就像他分不清接吻做愛和有時候突如其來的想念裡，哪個能決定他跟賀司昶之間應有的距離。模稜兩可的季節讓人討厭。

算了，現在除了可樂，什麼事物都能讓他不爽。不如找個地方睡覺去。

於是程修打開門的時候，看到的就是他喝完可樂之後繼續臭著一張臉的樣子。

「現在什麼時間了朋友，來我家幹嘛？」

程修披了個毛毯，全身上下裹嚴實了，頭髮亂得像雞窩，一臉匪夷所思地杵在門口，叫佟戈不合時宜地想起，賀司昶在家穿的薄薄短T和之後脫掉赤裸的……上半身。

人與人之間的差距啊。

「沒事啊……我說，現在還沒這麼冷吧，裹這麼厚。」

他毫不客氣地走了進去，貼心地自行關上了門。

「你不知道我這裡是三寶殿嗎，沒事不接客。」

程修雖然這麼說，但沒阻止佟戈，並跟著他後頭。

「我剛從賀司昶家出來，很煩不想回去，能收容我一……我靠！你什麼毛病，空調開這麼低，是中暑了嗎！」

佟戈在門口還沒感覺到，走進來才知道這人為什麼穿這麼多，比起外面，這裡顯然已經在過冬天。

程修不屑地笑了一下，也丟給他一個毯子。「今天很熱好不好，再說，你有什麼資格說我，你自己不也是這樣嗎，在家生怕凍不死人。」

「那是以前好不好！」佟戈嚴辭反駁，拒絕誣衊。「我現在很養生……」

程修眉毛一挑，漫不經心地看著他。「是，跟你的小朋友待久了，都會保養身體了……養身，沒錯。」

「等等，」程修忽然面露驚恐。「上次叫你抽菸你都不抽，不會也是因為他吧……」

佟戈崩潰地捂住眼睛，他還沒來得及對前面那句，程修就直接把他雙殺了。

「你為什麼不說話……是真的？佟戈，真的是因為他？」程修湊到他身邊，瞪著雙眼還沒緩過來。

「話都讓你說完了……什麼因為他，是我自己想少抽一點。」他別過臉去，已經有點不適應這麼低的溫度，身上又冷又熱的。他也抓到個毛毯狠狠包住了自己。「你煩不煩，來找你不是要說這些……」

程修知道他的脾氣，雖然他抗拒，但其實是有話想說才會來找自己。

「那你想說什麼？」程修微微笑著，看佟戈苦惱得臉上都沒了表情，繼續雪上加霜。「你終於厭倦了，要和他斬斷情緣嗎？」

佟戈看似把人與人之間的關係放得很輕，但其實早在心裡獨自掂量來掂量去，算明白它的重量了。只是他不想先表現出來，或者不敢表現出來。和他相處這麼多年，程修大概是唯一能看明白並在他面前說出來的人。

「你真是……」

佟戈又欣慰又感慨地看向他，脫力一般靠到他肩膀上，也不遮遮掩掩了，把這段時間在腦海裡翻來覆去的東西都倒出來。「我不知道要怎麼辦，老程，那天之後，今天又是……一開始我真的沒有一點罪惡感的，像他們本來就沒有在好好讀書的男生，怎樣不都是玩嗎。上床是玩玩，喜歡也只是玩玩，他有新鮮感我也有新鮮感，這不是很好嗎……」

「你現在感覺有負擔了？」程修問。

「我不知道……我就是會時不時想到他，想他和別人的不同之處，還有和我的差別。他總是話很多，喜歡窮追不捨的，精力旺盛，但是很多時候他卻像算準了一樣，忽然就停下了，那種忍耐和難過若有似無，因為他又表現得豁達……你知道嗎，這很奇怪，他這樣很奇怪，我注意到這些也很奇怪。我覺得我承受不來……然後我就會一直想，我是不是不要再……」

「等一下，佟戈。」

即使是程修也很少見他一次性說這麼多話，但還是打斷了他。「你本來以為賀司昶說喜歡你只是好玩，或者說只喜歡……身體？但你現在不確定了，對嗎？」

「對……吧？怎麼了？」他不解，他說了一堆好像又把自己繞暈了，逐漸找不到主題。

程修沒有回答，沉默了一會兒之後忽然問他：「那你覺得，認真的喜歡應該怎麼樣呢？柏拉圖式嗎？還是說，你就是對他有某種偏見？」

嗯？

佟戈一愣，冷不防打了個噴嚏，身上一陣寒意。

「等一下啊！事先聲明，我沒有在幫賀司昶的意思，我只是就事論事。」程修問完後瞥了佟戈一眼，十分多餘地解釋了一番。

佟戈冷哼一聲，心想，你敢幫他你就完了。然後僵硬地朝程修身邊挪了挪。

他默不作聲思考半晌，大概有點明白了程修為什麼要這麼問。他很清楚，喜歡只是一種很普通的感情，喜歡花草樹木和喜歡一個人都稱作喜歡，跟成長的環境或物質好壞都無關，是與生俱來的。他不能單純地把精神和肉體分離開之後，再去界定喜歡的意義。喜歡有時候很容易，有時候又很難，他沒有辦法對喜歡下定義。

他既然不能對喜歡下定義，那憑什麼定義賀司昶的喜歡。

賀司昶喜歡他什麼，真的還是假的，這一切都是他將對方的舉動用主觀臆斷，然後轉變成自己口中的客觀事實；一開始和現在的差別，也是他自己腦補出來的而已。

是這個意思……嗎？

「你現在的樣子看起來很蠢誒，你知道嗎？」

程修歪頭瞅著他愁眉苦臉的樣子，又有些憂心，出聲叫醒了他。感情的事旁觀者插手太多，也可能會弄巧成拙。

「你是不是從來沒有正兒八經談過戀愛啊，佟戈？」

「被你發現了呢。」佟戈心煩意亂地思索著。他最近用腦頻率過高，聽程修取笑越加咬牙切齒，本來就冷得打顫，聲音出口都像結了冰。

但空調遙控器太遠了，他實在懶得去拿。

「好吧……你無非就是愧疚感作祟，覺得自己收了錢幫人上課卻上到床上去了，產生了心理壓力嘛。」程修又恢復了輕鬆的語氣，好像剛才的討論只是說笑，實際其實只是這麼簡單一回事。「那不就兩個選擇，一不給他上課，二不跟他上床。」

「怎麼樣，是不是說出了你的心聲？」說完他起身，大發慈悲把空調調回了正常溫度。

佟戈白了他一眼，皺著鼻子哼了一聲算是回應，丟開毯子大喘了口氣，感覺自己終於又能正常呼吸。

「那你想好了嗎？」程修問著，沒再坐下，掏了點飼料去餵他的小金魚。

「想什麼啊，想好了還會來你這裡吹什麼冷氣，說一堆廢話？」佟戈伸了伸腿站起來，嘴裡抱怨，但也站起來湊過去看程修擺弄他的魚缸。

「至少我肯定不能無緣無故地不幹了，賀司昶他媽媽對我很好，賀司昶……賀司昶他人也沒什麼問題……就是我自己的問題吧。」

他語氣裡不自覺生出很多複雜難明的感情，神情閃過一絲嚴肅，但很快又被他甩開了。

「所以……」佟戈一個轉折，難得狡黠地笑笑，湊近了去。「我這兩天剛好跟上次那個錄專輯的小明星那邊敲了時間，我本來以為要等到寒假的，但他們那邊週一就要出發，一個月，所以……」

他慢吞吞地說著，愁容一下就不見了，狀似無意又滿眼期待地看著程修。

「……原來在這等著我呢，你這鋪陳也太長了吧。」程修似是料到佟戈來這趟不會那麼簡單，正好餵完魚，幽幽地拍了拍手，意味深長地說：「這麼多年過去你還是這招，跑路，冷場，最好一次性把人耗沒勁，一旦不成，最後你自己不還是要來解決那些爛攤子嗎。佟戈，你怎麼一點都沒長進……」

佟戈就知道免不了要被損得體無完膚，但沒辦法，程修是他的救命稻草。

他業務能力也算熟練，乞討般地拉著程修。「是是是，我就是三歲小孩長不大，遇到麻煩只會哭著找爸爸……老程你就是我爸爸，我只有你了……」

程修見佟戈一副泫然欲泣的樣子，想笑又無奈。

這不是什麼大事，他也不是不願意，就是難以控制地冒出些恨鐵不成鋼的情緒，語氣不自覺加重。「你走一個月他就不認識你了嗎？你就脫胎換骨重新做人了嗎？你這只是暫停，回來之後一切不還是和原來一樣。佟戈，如果你不去面對，事情永遠不會有任何改變。以前那些被你躲掉的人，可能就真的是你運氣好，他們都懶得再計較索性轉身離開了。但總有人是一根筋的，總有人會把你的好運撕碎。」

程修說著說著，見他神情落寞下去，心裡又一陣難受。他知道，佟戈因為爸媽過於難堪的婚姻，一直對愛對承諾不信任，至多淺嘗輒止。但他沒有辦法不去擔心，這樣遊戲的狀態是不會永遠持續的。佟戈總有一天會遇到剋星，他跑不掉，而他徒有其表的冷漠會受到重挫，到時候只會更痛苦。

但佟戈在程修說完之後，也只是短暫地迷茫一下，轉眼就消散無痕。他撇撇嘴角輕輕笑著，滿不在乎地說：「我真的是去工作……」

「好吧，就當它是藉口好了，老程。我的生活就是一邊杞人憂天，一邊得過且過。我能寫寫歌，沒事跟你聊聊，就覺得人生還不錯。我就是懶，所以就算知道可能會發生的事，也一定要留到發生了再說……」

佟戈最後說：「你那麼懂我，你肯定會答應的。」

他眨眨眼，走上前輕輕抱了抱程修，不容置疑地達成了目的。

他才不能嘴都講乾了，還讓程修白指責呢。

二／拆星

佟戈臨行前一天找了個時間去賀司昶家，把情況對曲阿姨一五一十地交代清楚，表示他都安排好了不用太擔心。並且，他因為想著背後的因果，所以隱隱地還有些內疚，走之前無比真心地把歉意放進了擁抱裡。

其實，如果晚上來還能碰見賀司昶下晚課，但他不想到時候兩個人又一句話不說，或者扯些客套話白白尷尬，所以到家之後在微信上給他發了訊息，跟他說明天及自己回來之前的幾週，都會是程修替他過去上課。

然後他就開始在家收拾行李。

鑒於佟戈是個不太會收拾東西的人，所以出門都不會帶很多，當然還有一個原因是懶得拎。偌大的屋子恁是因為雜亂而顯得擁擠。他穿著件薄薄的襯衫家居服走過來走過去，最後還是只隨便拿了些日常用品往箱子裡一塞，塞滿完事。

出發時間是明天早上，他整理完就閒下來，伏在電腦前，準備看看能不能先為明天的工作找點靈感。

直到他感覺有點餓了，才伸著懶腰起來活動了一下。已經是晚上九點。

他想了想是要點外賣還是自己隨便弄一點，但好像也沒有什麼太想吃的，於是想看看冰箱裡還有什麼。他拿上手機往廚房走，打開微信，螢幕上立刻跳出極短促的一聲「噔」，是那種沒有接聽到的微信電話。

他定睛一看，賀司昶給他打了兩次。因為工作的時候他手機會完全靜音，所以難怪沒有察覺。

不過還挺巧，也就兩分鐘前。他看了看時間，想著這人大概還會再打過來，肯定是問他出差的事。他下意識有些頭疼，正要打開冰箱，果然手機鈴聲就響了。

他用力清清嗓，確保聲音正常後，才按下了接聽。

「喂。」

「之前都沒聽你提過要出差，怎麼一下就去這麼久？」賀司昶似乎是早就在心裡打好草稿，連招呼都沒打，開門見山地問他。即使經過了機械地信號傳輸，聽起來也帶著些情緒。

他掰著冰箱門的手倏地停住了，了然地挑眉。

「就一個月啊，也約了挺長一段時間，只是最近才確定下來。」他沒有說謊，告訴賀司昶的都是實話，只是說著頓了一下，有些結巴。「那個……我事情一多也就忘記了。」

他也可以不回答賀司昶前面的部分，多多少少聽起來有點親密的意味，但賀司昶明顯很在意，如果避開，估計會被變著法兒問，問得更直接。所以他最後還是盡量自然地補了一句。

但補完後，感覺氛圍變得更加……微妙？

賀司昶不知是聽出了他的敷衍還是怎麼的，突兀地就直接結束了這個話題，改問他：「那你什麼時候出發？」

「我……」

他剛準備說明天，但突然腦袋一熱，想到這個時間點賀司昶晚課已經結束了，不知怎麼就抽風地心跳加速，神經緊繃，脫口而出變成：「已經出發了，剛出發。」

他聽見自己「咚咚咚」的心跳聲，暗道自己不是有妄想症就是人格分裂。

「……是嗎？」

賀司昶輕輕地呢喃透過聽筒聽不真切，佟戈貼緊了手機卻沒有聽到他再說話，於是鬼使神差地回了句：「嗯。」

「好，一路順風。」

賀司昶說完就掛斷了。

「噔」一聲像突然跳出的休止符，佟戈心一顫，嘴唇微張，陡然有點空落落的。

賀司昶從來沒有主動地、這麼快掛過他的電話。

他表情變得晦澀不明，扯扯嘴角，心不在焉地拉開冰箱，看了一眼下一秒又火速關上。

操，還是點外賣吧。

❄

糾結半天終於下好單之後，他又回到電腦前，卻已經完全沒有工作的狀態了，於是盤起腿放空，撥著轉椅一圈圈轉來轉去。

他覺得自己真挺沒意思的，說起來也快三十歲，要志氣沒志氣，要家庭沒家庭，談到感情，能零星記起來的也就只有年少無疾而終的初戀，以及曾經幾個曖昧不清的對象。但就算是這些，他也不在乎、不追求，只不過夜深人靜的時候，想來想去就很容易想到人生這點無聊的東西，再者想人死後到底會怎麼樣，想宇宙是不是真的有外星人，想人類什麼時候滅亡，不然……

……不然他就會想到賀司昶。

儘管他不願意承認，但剛才賀司昶的反應讓他很在意。賀司昶，怎麼說……很特別。他不自覺笑了一聲，笑自己明明特別不想用「特別」這個詞。

像他跟程修說的那樣，雖然賀司昶有時候愛鬧，嘴停不下來，但總會適時地，不管是巧合還是刻意，收斂起那種沸騰的能量，顯得沉靜安分。不同於他自己的糾結和喜怒無常，賀司昶的陰和晴就像日出日落，懸在他的那片天上，他想看就能看到。這……很複雜。

複雜在於程修說只有他有這種感覺，當然，對這點他表示懷疑；也在於他其實不想要，卻偏偏能感知，並隱隱膚淺地享受。

他習慣遮遮掩掩，只說場面話的那種人，他自己某種程度上也是。虛偽，表面，見好就收，這些都像水一樣，流過了還會有下一波，無止境也就無所謂。

而賀司昶不一樣。

不一樣所以讓他念起這個人想了又想，無法往前，不忍退後，就像現在，就像很多讓他措手不及的瞬間。

是他的生活太貧瘠了還是賀司袓黏得太頑固了，或者同時作用，要不怎麼每到這種時候，他就覺得自己比那台冰箱還空虛，空虛得誰看了都要罵一句：你自找的。

他已經愁容滿面，抱著抱枕啃來啃去，卻還順便發現了另一個讓他苦惱的問題：出差大概就意味著每天都要不同程度地社交。倒也不是說做不來或者十分恐懼，只是疲憊。比起頻繁地與人交流，他更喜歡一個人的時候，讓想像力自行發散，這是創作讓他舒適的地方。但在外面和很多人聚在一起所要面臨的，光是一個小的問題就能炸出無數分支，隨時隨地在他耳邊爆破，他甚至不知道自己能不能搞定，況且這還是第一次長時間要跟組，人也不熟。

媽的。

他煩躁地撓著頭髮往後一倒，轉著圈仰天長嘆，開始懷疑出去一趟到底是放鬆還是折磨自己。

也不知就這樣轉了多久，直到門鈴響起來，他才記起自己還點了外賣。

他拖沓著腳步走過去，推開門，看到對方手裡提著的外賣袋子自然地就準備接過，還快速地說了句「謝謝」。但當他拉過袋子的一角，卻發現對方似是一直緊緊攥著，忘了鬆手。

「？」

他沒拉動也不好用力拉，疑惑地抬頭想詢問，卻在看到對方臉的一瞬間，僵硬在原地。

「你好呀，佟戈。」

那人像往常一樣笑著，笑容比突然亮起的路燈還刺眼。

他有些恍惚，以為自己大概是產生幻覺了，便眨眨眼睛，不自覺邁出一步，更認真地端起臉瞧了瞧。

沒有，是真的。

賀司昶戴了個黑色棒球帽，簡單的黑色運動裝外面套了件深色連帽外套，一手拎著校服，一手拿著外賣，幾乎跟黑夜融為一體。帽檐和碎髮遮著眼，陰影下面只能看見嘴唇微微地翹起一點弧度，硬朗的下巴和微凸的喉結動了幾下，像旋轉的發條把佟戈的心臟擰緊了。

「你這麼快就回來了？」賀司昶的語氣平淡帶些戲謔，好像真的就只是問問。

佟戈卻登時手腳冰涼。

他本來就穿得單薄，這會兒站在門口不停有風往門縫裡灌，但他沒辦法動彈甚至沒辦法張口。他定定地注視著賀司昶，看對方見他沒有出聲又湊近了，呼吸都撲到他臉上，平靜地等待著他。

他尷尬得臉轟地一下變得通紅，眼睛不安地閃動，故作鎮定卻全然失敗了，張口就結巴：「你……你怎麼知道的？」

賀司昶哼笑了一聲，直起身看他微露的鎖骨尖都似紅了，挪開眼神，又往他左邊站了一點，風把他的外套吹得鼓起來。

「你接電話的時候我已經到你家附近了呀，我就站在那邊，聽你電話裡跟我說你出發了。」賀司昶輕描淡寫地向他陳述，甚至還笑著用手指了一下他站的那個位置。

那棵樹邊剛好能看見他餐桌旁的那扇窗戶，亮著燈。

他垂著眼啞口無言，搓搓手指又摳了摳指甲，最後轉過身跟他說：「先進來吧，有點冷。」

這是第一次從佟戈嘴裡說出直接的邀請吧。

賀司昶拎著外賣跟在佟戈身後，看他襯衣被肩胛骨微微頂起來的輪廓，輕飄飄的下襬，不知道是被這件睡衣襯得瘦，還是在賀司昶眼裡他總輕輕的軟軟的。賀司昶覺得他現在肯定很好抱。明明佟戈不是瘦弱矮小的體型，甚至自己最近又竄了個子才比他高出一點點，但卻這麼奇怪的，自己在他背後就像個貪婪的巨大野獸。

賀司昶戳了戳佟戈背心空蕩蕩的凹陷，問他：「誒，你為什麼騙我？」

為什麼不和我玩了，為什麼欺負小動物，那些別人難以啟齒的問題，他問得輕柔又堅定。

在掛斷電話的那一瞬間，賀司昶也想過，也許立刻轉身就走才是好的，才是相安無事，但他又邁不動腿，捏著手機杵在原地，面目陰沉，內心酸楚。

不論有多少理由在勸說他離開，最後他還是想要往前一探究竟。

佟戈聞言也止住了腳步，一股深深的無力感從下往上冒，長長的嘆息就像他面對賀司昶時怎麼理都理不清的心情。「賀司昶，你是不是我的剋星啊……」

他轉過身，面上殘留的紅讓他看起來愛極了又恨極了，拿賀司昶全無辦法的樣子。「哪有為什麼，我想說就說了，今天明天有什麼區別麼？」

賀司昶繞過他把袋子放了，抱臂靠在牆邊似笑非笑地看著他。「我是你的剋星嗎？……所以你最近總是推開我，躲著我，是因為這個讓你生氣了？」

佟戈別過頭。賀司昶既不像憤怒又不像難過的樣子，讓佟戈對賀司昶的目的全無頭緒。這人本就出現得毫無預兆，他只能硬邦邦地說了一句：「你現在就很讓我生氣。」還有些羞惱的怨意。

「我怎麼了……」賀司昶哼哼輕笑出聲，頗有些流氓的味道。「我想見你啊，走之前見一面你竟然都不願意，我還比不上我媽，這點情分都沒有……那你還點烤紅薯，你又不愛吃……」

賀司昶說好聽的話就像風一樣自然，最後一句悠悠的，快吞回肚子裡，卻又剛好飄進佟戈的耳朵。

佟戈只覺得想死的心都有了。

他就記得賀司昶上次給他吃的時候沒有記憶裡那麼糟糕，但具體什麼味道卻回味不起來，今天哪根筋搭得不對，突發奇想又想試試賀司昶喜歡吃的這東西。

就這一回，還偏剛好被看到。這下可太好了，以後再也不會想試了。

他深吸一口氣。這場面已經不是一次謊言被拆穿的尷尬，而是重度社死。他現在在想，是把賀司昶踹出去，還是自己原地消失，要麼乾脆氣死自己。剛才就不該心軟讓他進來，每次進來都沒好事。

他眼波流轉，起了些心思，但牙癢癢地走到賀司昶面前，生生要逞強。「你管我，你想見一面，見我做什麼呢？」他輕笑一聲，伸手摸到賀司昶寬鬆的褲襠，嘴唇堪堪停在耳垂下。

「還不是做這些……」

賀司昶被他摸得呼吸一滯，皺起眉神色複雜。

「你……」

「我怎麼，難道不是嗎？」他斂了笑冷哼，曲起手指兜著那東西揉了揉，再摸到褲腰準備拉開探進去，卻被賀司昶用力地鉗住了手腕，用力到甚至發出一聲皮肉碰撞的輕響。

他驟然抬頭，黑幽幽的眸子定定地對上他的眼。

賀司昶制止他之後一言不發，但漸重的呼吸散在兩人面頰之間，讓氣氛已經非常曖昧。

佟戈掩飾著內心狂跳，歪了歪頭不解地示意，賀司昶這才出聲：「好……」

眼光比聲音落寞，驟然斂去神采，黯淡又晦澀。

「我先去沖個澡。」

這當然是藉口，賀司昶每次都恨不得狼吞虎嚥，幾時這麼講究。他站在淋浴間裡，扶著自己那根已經半硬起來的東西，輕輕地擼動。

他想要，是想要，他不會否認。他對佟戈的慾望一直都很強烈，但他不能急切地就撲上去。今天他也不是為了做愛而在這裡徘徊，他不希望佟戈這麼覺得，可佟戈只想這麼覺得，像一個閉環。

為什麼總是變成這樣？

他咬緊牙關，又痛苦又躁動。

他回憶著佟戈剛才的眼神和動作，感覺連淋在身上的水也變熱了。他一手撐著牆壁，額頭抵在手背上，另一隻手抓握的陰莖漸漸越脹越大，嘩嘩的水拍打在上面，又被他飛速搖晃的手甩開。淡淡的肉紅色愈深，似要把怒氣都從這裡甩出去。

「自己擼能爽嗎？」忽然，浴室響起佟戈的聲音。

他不知道什麼時候進來了，站在洗手檯邊，輕挑的語氣裡滿是調戲。

賀司昶手上動作猛地停住，下意識回憶自己有沒有鎖門。

沒有嗎？

可能忘記了。

他微一蹙眉，低促的粗喘沒有絲毫平息，姿勢不變，側頭看佟戈，看他走過來，手臂又繼續搖，眼底的情慾隔著水簾都沖不乾淨，全身已經變成蓄勢待發的緊繃狀態。

賀司昶現在已不是剛才在外面還努力克制好說話的樣子，狼一般的眼神冷漠地示意著佟戈，趕緊出去。

但求愛的信號分明布滿了整間浴室，浴室又是這大破房子唯一狹窄的空間。現在他們倆擠在裡面，濃郁的賀司昶的氣味叫佟戈有些臨陣怯場，可身體已經先一步反應，走過去握住了賀司昶的手。

「我幫你。」

一／數雨

佟戈穿著睡衣，卻沒穿鞋，赤腳很快就濕了。圓潤的腳趾拍起水花，拍得人渾身癢。他忽視賀司昶眼底的壓抑，說完就蹲下來，跪在牆壁和賀司昶之間的空隙，朝胯下那根昂揚的東西湊過去。

剛要碰上，賀司昶卻往旁邊一縮，便錯開了。

他有些難以置信，抬起頭，對上賀司昶的眼睛。「怎麼，不樂意？」

賀司昶搖搖頭。

他在佟戈握上來的時候就按捺不住了，但他以為佟戈只是用手幫他……他忽然有些不知所措，避開和佟戈的對視，緊張地說：「你不用……」

佟戈隨即吻在胯骨上，手指圈住了陰莖輕輕擼動。他聽著賀司昶戛然而止的聲音，勾起嘴角在小腹上蜻蜓點水，水流罩著賀司昶的身體，瑩亮又更性感。他往上吻過腹肌、胸膛，站起來的時候整個人也濕透了。

水嘩嘩地，讀不懂這畫面，單純地流過身體，流向地面，流進排水口。

佟戈掰過賀司昶的臉，覺得他這樣難得忍耐的樣子很有意思，玩鬧地蹭他嘴唇，在他氣勢洶洶地吻過來的時候偷偷地悶笑。

賀司昶壓在他身上，緊緊地，黑亮的眼睛裡擁擠的慾望推搡著奔瀉出來。「佟戈……」他在反覆的啜吻中呢喃，最後，似是終於放棄了，「是你要湊上來的……」

佟戈被輕吻撩得熱起來，聽著賀司昶說的話翻了下眼皮，咕噥：「……是誰跑到我家說要見我的？」

賀司昶微頓，見他接話，還一副有理了的樣子，就也不再猶豫，逗他的心思就冒出來。

「是誰叫我進門的……」

佟戈瞬間拳頭都捏緊了，忿忿地翻了個白眼，說：「你！」下一秒，賀司昶的膝蓋狠狠頂開他的腿，熟悉壞壞地笑，「好，別生氣，」柔聲命令：「張嘴……」

賀司昶灼熱的呼吸順著眼皮一路往下，吮住他水淋淋的嘴，捏著後頸，叫他抬起下巴嘴唇張開了，紅嫩濕潤的舌頭伸出來，送到男人嘴裡吃得嘖嘖作響。「唔唔唔……」他被含了幾下就滿嘴口水，舌根發麻，下體泛癢。他難受地夾了夾腿，但被頂著，只得仰著頭被舌頭攪得滿臉通紅。

淋浴的水並不太熱，溫涼的，澆在燥熱的身上也舒服。或許是今天自己幹的蠢事讓他對賀司昶感覺愧疚，他這會兒有些彆扭，但還是瞇著眼主動抬起腰輕輕晃動。

賀司昶滾燙的陰莖也不停地擠著他，壓著他肚皮，把兩根肉棍並在一起親昵地擼動，他爽得後腦一陣輕飄飄的，呻吟斷斷續續。「啊，好硬，用力……」

濕漉漉的地板滑得厲害，佟戈又被壓得有些喘不過氣，哼哧著推賀司昶踩到他腳上勾著他腳背，踮高了低著頭和他吻，垂著舌頭哆哆嗦嗦去舔，拉長的唾液流到賀司昶嘴裡被咕嘟地吞下去。他耳根都紅了，手指尖也軟，口舌瘋狂生出更多的津液全都餵過去，柔軟的舌在空氣裡繞著圈，唆唆吮吸口水的聲音混著水聲，腦袋也被攪成糊。

賀司昶的舌頭撩得又快又重，緊貼著舌面，眼睛深深地望著他，看他沉迷，垂著脖子呼呼喘氣，嘴唇合不攏，半吐的舌被他親得通紅。

佟戈鼻子也憋紅了，耳朵嗡嗡的，不停地水流讓他感覺像被困在一場大雨裡，睡衣濕皺成一團緊貼在身上。他難受地想脫掉，有一隻手比他快，粗暴地扯開了他的衣領，大半邊白花花的胸都露出來，火熱的掌心大力抓住整個乳房，捏起乳頭，拇指和食指快速旋轉著揉搓，另一邊尖尖的一顆隔著衣服頂出來，脹得癢。他踢著賀司昶，支支吾吾還沒出聲，不一會兒就被狠狠咬住了。

「啊……」佟戈滿足地繃直腳背，有些暈眩，抱著賀司昶的頭渾身顫抖，牙齒隔著衣料磨得特別癢，跟手指兩邊來來回回，搓得要燒起來，把奶孔咬開。

他嗚咽般呻吟，感覺兩片陰唇一陣陣發熱，滋滋的水從縫裡擠出來，他抽了手想自己去摸，但很快就被賀司昶發現，鉗住了手摁在牆上，他難受地甩著頭。「不，好癢下面，癢死了，摸摸……」

佟戈的手指細長，但在賀司昶面前，卻總顯得小了。賀司昶的手掌牢牢按著他，插進他指縫緊扣著，叫他不準掙扎，另一隻手裡動作更快，邊擼邊壓著他往前頂，橫衝直撞，像操他的肉逼一樣操他的肉莖，甚至杵著他暴起的肉筋悉心地碾磨。「現在不行，忍著，先弄前面……」賀司昶抵在他肩窩裡哼哧，撓得脖子癢癢的，「乖，自己扶好。」

剛交頸貼磨的兩根都硬邦邦地對峙，佟戈渾身燥熱，抿著嘴低頭，看見自己托在掌心肉紅色的一根，筆直粗挺，端正漂亮，但壓著他的那根才叫他四肢顫抖，更大更長，深紅猙獰，筋絡虯結，龜頭怒氣騰騰地衝他張嘴吐出汁來。

他舌根又開始痠，微張著唇口水氾濫，手臂不自覺搖起來，邊擼邊盯著賀司昶的雞巴，挺著胯戳上去，馬眼對著他的冠頭，像親嘴一樣突突地往前頂，撞到的那瞬間他顫抖著泄出一聲高昂的尖叫，全身上下炸開一樣，更用力地往那兒蹭。「啊，好爽！碰到了，唔……」

他黏濕的衣服半掛在身上，側頭挺胸露乳的樣子讓賀司昶腰腹一緊，雞巴也被那一下弄得脹大了幾分，難以抑制的興奮和暴躁愈發強烈。

賀司昶像發現了什麼好玩的東西，握住兩個緊貼的龜頭，挺著腰生生地擠壓畫圈，全然不顧佟戈逐漸渙散的意識和叫喊，愈發用力地對準馬眼，把兩個小嘴按著互相吮吸，操得兩個人都頭皮發麻，透明的清液不停往外冒。

忽然，佟戈踮起腳歪過頭去，小腹一頂，灰白的精液急射出來，噗噗打在賀司昶的陰莖上。

「哈……」他呼著圓溜溜的嘴吐氣，口水側流，背上又濕又滑，突如其來的高潮叫他有些迷糊，時不時抽搐一下，懵懵地攀上賀司昶的肩膀嗯嗯地哼喘，咕嚕說你怎麼不射。

賀司昶看了眼佟戈射在他身上的精液，高興地刮著他的耳朵撓得他咯咯笑。「想多餵點給你，哥……」

水一下就把東西沖掉了，賀司昶還硬邦邦的，杵著弄他的雞巴，漫長的摩擦讓他有些不耐煩，撩著舌頭在賀司昶臉上舔來舔去哼吟，腳一直踮著，想抬高了用下面去蹭垂吊的陰囊。但賀司昶握得緊，怎麼都甩不開，他紅著眼委屈地抬了一條腿搭到他腰上，扯開的肉縫空得直滴水。「用下面，賀司昶……」

賀司昶急忙勾住他的大腿怕他滑倒，手指往下面兜了一把，黏糊的汁液淋了滿手。他眯起眼睛，把它們都抹到陰阜上，併攏了兩指夾住陰蒂，忽然發力，又重又狠地拉扯，掌心來回抽縮，長指摸到後面的穴口也快速地淺淺戳刺幾下，佟戈抖著屁股猛地繃直了脖子，崩潰大叫，肚皮抽搐般急速收縮。「別……噢，麻了麻了啊！」他沉下腰，往手指上湊，「呼，啊……好舒服……」

突然的快感讓他感覺靈魂飛上天，在空中呼呼地旋轉，可賀司昶陡然又收回了手，笑吟吟地看著他，舔了舔手指，含進嘴裡吃得滋滋響。「下面真的好騷啊哥……一個月吃不到怎麼辦？自己摸嗎？」賀司昶笑得乖張，舔乾淨了湊過去親佟戈。「嘗嘗你自己的味道，騷不騷……」

佟戈眼神迷茫，皺著眉頭任他親，他不由得心情大好，但忽然，像是想到什麼，他神色又唰地一下變得陰沉。他摸著佟戈的嘴角輕輕摩挲，語氣卻和剛才判若兩人。

「你，你會找別人嗎？」

這個念頭一冒出來，他瞬間就變得緊張，下面都不動了。

「你會不會找別人，哥……」汩汩水流從頭頂順著臉龐匯聚到下巴。他在佟戈面前淋著水像個可憐巴巴的雨人，有些執拗有些迷茫，還有一閃而過的狡黠，「你會嗎？」

佟戈剛開始沒聽懂，嘴唇也跟著手指蹭，迷濛飄忽的眼神透著不解。

見賀司昶定住一般，表情認真等著他，他才癟著嘴費力思索，明白過來，臉唰一下紅得要滴血。

他被半吊著，高潮上不去，又被扔了一堆問題，耳朵都在冒煙。「你媽的，你還做不做！」他白眼一翻，氣得推了他一把，顫抖的尾音還有些羞憤，「我找誰啊……」

他咬著嘴唇抹了把臉，乾脆吊住賀司昶的胳膊兩條腿都纏上去，自己往胯上蹭，「要做就快點！」扭頭靠在他肩上小聲囁嚅，「下面……」

賀司昶神情一滯，忽而咧開嘴湊上來，糊了佟戈滿臉口水，「我知道我知道。」他得逞的聲音響亮得過分，揣著一身腱子肉把佟戈推到角落，跪在他面前，抬起一條腿搭在自己肩上，仰頭望著他。

「佟戈……看著我，」賀司昶輕挑著眉，舌尖抵著嘴角，「這裡只有我能舔。」

「唔……」

總是這樣，總是這樣。他咬著唇劇烈顫抖，興奮又絕望，拉著賀司昶的頭髮手指都發了白。賀司昶把他的肉逼弄得離不開男人的舌頭，還不准別人碰。

幼稚。

蠢人。

他踩在賀司昶背上，雙腿大開，心裡頭沉甸甸的，倨傲地看著英挺的鼻尖埋進下體，火熱的舌呼呼捲上來，從穴口直拖到陰蒂，勾弄幾下，再往上含住囊袋狠狠吮吸。

「嗯……」他閉上眼，馬眼被一個猛地戳刺，痠脹不已，他硬得彷彿下一秒就要射出來，但賀司昶又轉而往下，壓著肉逼強硬有力地來回舔舐，他瞬間爽得頭皮發麻，太陽穴突突地跳。

媽的，賀司昶就是來折磨他，每一步都叫他不得安生。

「還這麼小……」賀司昶悶悶的聲音對著下面的嘴，吹氣一樣，他一陣悸動，細小的肉核正癢得疼，就被含住了，牙齒在上面細細地磨。

他尖叫一聲，眼淚狂流，咬著拳頭往下坐，「唔啊啊啊！別咬，進來，舌頭操我。」他懸空的腳後跟勾著賀司昶的背叫他再深一點，伸手摸到被咬住的地方伸著手指拉開了，讓舌頭插進去，「哈啊……好爽，唔……」

他繃著腳趾，蜷緊又張開，肉戶大張在賀司昶臉上磨，鼻頭下巴還有嘴唇，上上下下狠狠地姦淫他的下體，每個縫隙都被重重地碾過。他垂下頭，感覺五臟六腑都被吸得往下墜，站立的腿彎曲下來，另一邊勾著賀司昶的頭，扭著胯來回聳動，手指夾住舔著他穴口的舌頭輕輕撥弄。

賀司昶悶哼一聲，托著屁股的手指掐進臀肉裡，連著手指一起把他含進嘴裡，啜得啾啾地響。急促的呼吸像催化劑，他臊得渾身打顫，兩眼發黑，上面痠澀的尿道口鼓鼓的。他頭腦一片渾濁，推著賀司昶的頭往前蹭，「舔那裡，唔，」他像被電到一般，昂起頭，「噢！重一點，我死了……」

正喜歡的時候，賀司昶卻突然停下了。佟戈失重一般頭暈目眩，低頭茫然地看過去，賀司昶濕漉漉的舌頭伸著，舔了舔嘴唇，戲謔的眼睛亮盈盈的。「今天怎麼這麼騷啊哥，我更捨不得了怎麼辦……」賀司昶好像就是特意為了說這兩句話，說完就埋頭抖著舌尖快速拍打那個小口。

剛開始佟戈還綿綿地叫喚，但沒幾下全身就猛地縮緊了，抓著他的頭哆嗦。「別弄了，放開我，別，賀司昶……」

他艱澀地哀求，陡然，一個劇烈地抽搐，痠脹的小嘴擠出幾滴淡色的液體，隨即他整個人受驚一般，大叫著奮力推開了他，呼吸急促，面目漲紅。「叫你放開我你做什麼！你瘋了嗎！」

賀司昶被推得往後一倒，手肘猛地撞到地上，發出一聲沉悶的碰撞。「嘶……」他輕吸一口氣抬起頭，佟戈正滿臉通紅怒視著他，夾著腿簌簌發抖。

他隨意擦了把臉，悠悠地笑開了，語氣卻很認真。「我沒有，」他頓了一下，「你喜歡，你很興奮，哥……我又不介意……」

賀司昶好像真的無所謂，坦蕩地看著他。

佟戈試圖找出一些輕浮或者玩弄，但看得越久只是讓心跳越快。

他四肢癱軟跪坐在地上，說不出話來。不只是因為賀司昶瘋狂的想法，也因為自己。自己的性衝動對賀司昶快沒有底線了，也許是他今天格外興奮，他心裡這麼想，因為反正馬上要離開，在這裡做不就因為是最後一次嗎？

佟戈心裡亂糟糟的，慾望卻沒有半分減退，反而越加饑渴，被放肆挑逗的尿口自顧自痙攣抽搐。

他一咬牙，爬過去騎在賀司昶身上，肉逼夾著陰莖上下滑動著屁股。感覺到賀司昶熾熱的眼神從頭到尾掃視著他，他邊動邊捂住了臉。舒爽的快感很快被喚醒，他頻率快起來，腰像水波一樣柔軟地搖晃，呼吸急促，越聳越快。才一會兒，隨著身體一僵，不知道是尿水還是什麼嘩啦湧了出來，貼合的性器瞬間熱乎乎一片，向四周蔓延開。「哈啊……賀……」他張嘴又噤聲，只覺得夾在肉唇下面的陰莖也跟著快速抖了幾下。

他更沒勇氣睜眼，被羞恥心壓得沒臉見人，但是釋放的感覺太舒服了，他只能忍著強烈的視線，輕輕地小貓一樣地叫喚，屁股卻坐得更深。飽滿的臀肉向兩邊擠出來，扭動著火熱肥厚的嫩逼，從龜頭到囊袋不知輕重地反覆磨蹭。

賀司昶從頭到尾沒有動作，微張的唇邊滿是驚訝和興奮。剛才猝不及防地射精他都懶得管，他看著佟戈，慾望就長滿了身體。佟戈緊縮的腳趾，夾在臂彎的乳房，還有指縫間的臉頰都紅撲撲的，全身毛孔都散發著騷味。

沒幾下佟戈就沒了力氣，捂在臉上的手指張開了，在縫隙裡無助地看著賀司昶。

賀司昶輕嘆一聲，看了看自己胸口凌亂的乳白色液體，直起身子，哭笑不得地湊到他面前。「你是要累死誰啊哥……」賀司昶拖動他屁股叫他撅起來，狠狠拍了一巴掌，「嗯？……尿了嗎，剛才尿了嗎。」

撓人的氣音輕飄飄的，啪啪地拍打聲卻越來越響，臀瓣上迅速浮起火紅的掌印。他瘋狂搖頭又點頭，眼淚四濺，還沒出聲，粗硬的手指又摸到下面濕淋淋的肉縫懲罰似地揪扯，拉開那個圓圓的肉洞，拖著它撞擊那兩顆快速鼓脹的肉球。

「啊！」他終於忍不住尖叫出聲，柔嫩青澀的小嘴被扯得大張，壓在陰囊上面重重地摩擦。他又痛又爽，撐著賀司昶緊致健碩的腹肌，收縮肚皮往下坐。

似是知道這東西進不去，肉洞放心大膽地吮吸，細長的刺青線上全是他用力抓出的指痕，青紅交錯，囊袋上微微的褶皺貼住肉擠進去一點，繞著逼口畫圈，撞到四周雜亂粗挺的陰毛，鑽進縫隙裡像要直接插進騷穴一樣。他渾身一哆嗦，腦海中緊繃的的弦啪啪全部斷裂。「撐開了，啊！癢，別插進去，嗚……」

賀司昶卻還不滿足，搓著火熱的陰唇掰開，露出裡面猩紅的肉，夾住雞巴柱身一起往上頂，他胸膛劇烈起伏，被肉逼的各個地方緊密地包裹住，像被無數個嘴咬住用力吮吸著，瘋狂的想法不停往外冒。

他用這個姿勢把佟戈操泄了一次，就把他抱起來，跪伏在牆上，從背後壓著他，膝蓋插進腿間，叫他合不攏也掙不開。「我也想，哥，什麼時候讓我插……」他咬著佟戈的後頸，口齒含糊，「你摸摸軟不軟。」

他拉著佟戈的手指去摸剛剛被陰囊頂弄的穴口，又按著他的掌心抓住那根饞得流口水的雞巴，甕聲甕氣滿腹壞水。「下次再騙我就插爛你的騷逼，天天張著腿噴尿……」

賀司昶好像完全不知道害臊，面不改色地唬他，從後往前的姿勢，讓佟戈腥騷的性器來來回回反覆地被操弄。佟戈沒力氣跟他鬥嘴，感覺賀司昶想要把之後每一次的份都做完一樣，不停地掐著他敏感的地方，看他哆哆嗦嗦地不斷高潮。

他啞著嗓子說話都糙得刮人，賀司昶還抱著他躺在懷裡，輕輕地戳著屁眼裡脆弱的前列腺。「痛，我射不出來了，嗚……別弄了，賀司昶……」他虛弱靠著賀司昶的肩膀，一邊興奮地顫抖，一邊求他放過自己。

賀司昶也漲紅了脖子，青筋暴起，忍耐著洞穴劇烈的收縮。但他心情暢快，神采飛揚，帥氣的眉目貼著他的臉親昵地吻。「乖，就一會兒，我還想送你禮物呢……」他眼裡跳動的花火星星點點地濺出來，碰到面前滾燙的皮膚，滋滋作響，「那麼久見不到，你會想我嗎？會想我嗎佟戈。」

他期盼又好似不在意，拿下滋滋冒水的噴頭對著胸乳，邊掐邊左右來回沖洗，看著被細水逐漸操大的乳頭，他眼睛發亮，喃喃自語：「奶孔好像變大了，哥……」但佟戈快要麻木了，根本沒有反駁的力氣，只能無力地扭著身子往後頂，沒頂兩下，賀司昶就緊緊摟住了他，「別動。」

話音剛落，噴頭就對準佟戈跪敞開的下體，分毫不移地讓細密強大的水流直接衝擊上柔軟的肉戶，他毫無準備，抖著腿大叫：「不！啊啊啊！」賀司昶瞇著眼笑開，殘忍地壓下手腕，把噴頭整個貼上陰蒂，陰莖霸道地不停戳刺著屁眼，興奮不已。

佟戈伸直了脖子揪住賀司昶的手，喉間只能發出嗚咽的哼吟，強制高潮的汁水混著強勁的水柱四處噴灑。他瞬間脫力，倒在賀司昶身上，失神地癱坐，間歇痙攣的呻吟像水波迴蕩。

「佟戈。」賀司昶扔了花灑，面對面輕柔地吮著他，明明淋浴已經關了，他卻還是好像能聽到不停歇的水聲。

「別，賀……」佟戈以為賀司昶還要弄他下面，虛軟的手無力地推著他。

「我想射你臉上。」

佟戈閉眼的時候，唯一的念頭就是，今天自己大概從頭到尾都神志不清，從賀司昶出現開始，所有的計畫就都是狗屁。

他躺在地上筋疲力盡，睫毛飛快地顫動。賀司昶像是怕他反悔，跪在他肩側，手速飛快，濃重的精液快速地，一股股噴射到他臉上，下巴甚至胸口，巨大的肉鞭熱氣騰騰，咆哮著像要燙傷他，但噴出來的液體卻涼涼的。

他眯著眼，迷迷糊糊，看賀司昶目露紅光，低沉地粗吼，俾睨而下的眼神牢牢鎖住他的臉，手指緩緩地一下一下擼動雞巴。他精神性地感覺自己也再次高潮了。

渾身燥熱膨脹，他不清楚，雖然動彈不得，但是有什麼在飄。而且他心裡忽然有種奇怪的感覺，賀司昶一開始不讓他口是故意的，故意……嗯？但為什麼？他腦海裡好像有個答案，可意識太過昏沉，沒辦法思考。

「哈……」喘息聲壓抑而性感，賀司昶這次射得比之前久，顏射的興奮讓他不斷延緩高潮，呼哧的胸膛劇烈起伏。賀司昶看著佟戈微微出神的臉，不滿地單手俯撐下來，整個身體罩住佟戈，充血的陰莖就垂吊在他面前。

「想什麼，哥……」賀司昶還沒平息下來，聲音粗啞沉悶，見他沒反應，便輕挑地扶著龜頭勾他下巴，輕輕聳動著去蹭他身上噴濺的精液。

佟戈被撓得酥酥麻麻，無意識「嗯」了一聲，緩緩轉動的眼珠讓他看起來有點笨笨的。面前的陰莖逐漸疲軟，好幾次從唇邊留戀地滑過，但賀司昶彷彿極力忍耐著，明明俯下身子，壓在他臉上動情地操弄，陰毛都淺淺地刺到嘴角了，卻始終沒有再做什麼。

腰腹緊繃滲出汗來，混著水，星星點點灑在他臉上，微微的鹹。

矇矓間，他彷彿看見肚臍兩邊的那個刺青生出無數根平行線，密密麻麻地織成網，纏住他。而他變成一隻飛蟲，翅膀陷在裡面，靈魂踉蹌，被絆住了腳。

負一／天亮去夢遊

早上出發的時候真的下雨了。

推開門四周都陰沉沉的，天空一片灰白，風颳得門前那排樹枝葉亂顫、嘩嘩地響。秋冬之交惱人的就是這點，天色說變就變，雖然天氣預報的溫度與平時相差無幾，但體感比晴天要冷上不少。

幸好接他的車開到門口，他迅速換了件厚點的外套，拎上箱子再戴了頂帽子就上了車。車門剛關上，「唰」地一下，又被拉開。

他急匆匆跳下來，跑回屋去，不到一分鐘就飛奔而出，重新鑽進車裡，氣喘吁吁。賀司昶留的字條揣在口袋被他捏得皺巴巴，一路都捂在手心。

他今天醒得不算晚，但醒過來的時候賀司昶已不在屋裡，他是在洗手間的鏡子上看見那張貼得歪歪扭扭的便利貼。

一共也沒多少字，還塗亂了兩個地方，上面略顯凌亂的筆跡寫著：

再見 這次是眞的一路順風

「再見」前面劃掉兩個字，「一路順風」後面也劃掉了一個字。

就這麼簡短的句子，錯了明明可以重新寫一張，卻偏偏就這樣貼上去了，叫他還依稀能看出本來寫的是什麼。

佟戈有種說不出來的感覺。

就昨晚，他左思右想，覺得自己應該是沒力氣再做什麼把人趕出去的無情之舉。賀司昶是自己主動走的，他覺得，做完、收拾好可能就走了。是阿姨打電話催他回去還是別的原因……他不知道。

雖說賀司昶提前離開確實是省了很多事，但他不喜歡這種突然出現又突然消失的行為，來去自如，留一張便條，自作主張。就像上回被打斷之後，下樓之前的那種舉動。這讓他很不舒服。

因為在意，加上精神困頓，以至於佟戈一早上都神情懨懨的。

車上除了司機，只有一個來接他的助理，他並不認識，是合作方那邊安排的。這人似乎很忙，一直在手機上劈里啪啦地敲打著，恨不得同時有一百隻手。

但剛上車時，要交代的事情助理都細緻地跟他說過一遍，態度溫和，沒有敷衍的意思。佟戈也本來就不拘泥形式，半走神地聽完了。

反正這一路只須休息，直到開到機場跟那邊會合。佟戈覺得挺好的，不用強行嘮嗑，車內一時寂靜。

車開出去沒多久，雨就停了。

天光隱隱亮起來，也可能本來就只有他家那一片區域在下雨。田野樹林飛馳而過，佟戈在口袋裡用指甲刮著紙條的邊角，不時響起輕細的脆聲。

窗外景致如翻書一般嘶啦啦地扇動，青黃相接，而窗上殘留的水珠像一張棋盤，密集地布滿整片玻璃，晶瑩透亮，一駛上高速，它們就像被一隻無形的手瞬間打散，開始慌亂地四處逃竄。

佟戈靠著窗，被這細小的景象吸引目光，看得出神。

他想起暑假那陣子，剛好給賀司昶上完一學期的課，天氣也正是熱的時候。因為他懶散得很，不高興出門，就乾脆給自己也放了假，天天在家吹著空調，做點東西打打遊戲，聊天僅限微信。但沒清靜半個月，程修他們就商量著去山裡度假，問他去不去。

他本沒什麼特別的感覺，思索半分，決定先看看有哪些人，人多不多再決定，便說考慮下。程修向來隨他，也不強求，只是臨末了又搭上一句，順便問問賀司昶。

當時他瞬間心裡劇烈顛簸了一下，腦海裡忽然跳出他與賀司昶糾纏的身影。因為剛開始沒多久，程修都還不知道這件事。他莫名心虛，吞吞吐吐幾句就火速掛了電話。

因為第一次見面的那種情形，佟戈雖然心裡有些尷尬，但還是得承認賀司昶的臉和身材完全都是他喜歡的類型，這是生理性吸引，他控制不了。人是感官動物，佟戈深信不疑。愉悅的同時也多少有些可惜，畢竟差了年紀，身分又擺在那裡，不可能隨心所欲。

可實際上他又沒多安分就是了。

平時就懶懶散散慣了，除開真正上課的時候認真，閒暇時間壓根沒什麼成熟穩重的樣子，抽菸不會避著，KTV燒烤桌游，被賀司昶知道了湊上來他也帶著去。早先幾次他還會說幾句，老出來玩不好好用功，但賀司昶每次都嬉皮笑臉說自己是專業生，文化課用不著那麼用功，能過線就行，所以佟戈也就懶得說太多，叫他自己想清楚。賀司昶開心地笑著應他，倒從沒不耐煩過。

因為賀司昶本就人帥心細，也不拘束扭捏，一來二去跟程修他們就都玩開了。他想，普通兄弟朋友相處不都這樣，太輕浮顯得怪異，太端著顯得做作，正常自然就好。

但他唯一沒掌控住的，是賀司昶的態度。

他自己是收著了，賀司昶卻走著走著忽然開始長驅直入，步步緊逼，像是知道他心裡那點東西。不止是第一次見面的輕佻，時間久了，許多言行舉止都引人遐想。等他發現那些時不時曖昧不清的態度，確實不是敏感也不是偶然的時候，他已經被賀司昶的赤身裸體網羅得嚴嚴實實。

眞敢啊。佟戈心裡呼喊。

說不驚訝是假的，他難得殘留一絲責任感避免辣手摧……草，卻沒想到對方其實是頭狼。還是頭性魅力值很高的狼。原因在於他每次玩都很爽，爽得大腦工作效率提升過高，而被程修懷疑是不是在偷偷吃興奮劑。

而缺點是，爽完要適可而止，避免感情發散。

呼。佟戈長吁一口氣，不知道那下顛簸到底是膈到了什麼，慌張之餘他竟生出些期待。總歸也應了程修，他便在影片裡跟賀司昶直說了。

誰知道賀司昶聽完後，盯著他看了好半晌，似笑非笑，撂出一句「你想要我去嗎」。他手一抖，咖啡都差點灑了，賀司昶隨即笑出聲像是好玩，又轉口問他「你覺得我要不要去」，他這才放心地捧著杯子抿了一口，懶懶地說「隨你」。

前後兩種問法有什麼區別，隨你和想又有什麼區別。賀司昶笑而不語。於是最後毫無疑問，人齊了，拉個群約好時間浩浩蕩蕩就往山裡去。

山裡度假民宿大，但人多便要分房住。分房傳統：遊戲定先後，先後定優劣。一番激烈角逐之後，優如賀司昶，單間大床房，劣如佟戈，雙人上下鋪。

佟戈在一片嘲笑聲中暗嘆，自己果然一如既往地從沒贏過。他瞥了眼賀司昶，雖然跟其他人一起吵吵嚷嚷，卻在對上他的視線時皺起眉頭。

總之，說不上是鬆一口氣還是失落，他玩遊戲之前的緊張感倒是就此消散了。

隔天他們去山上的一座天然湖邊野營，因為場地有人數限制，其他遊客加上他們，整個營區都不顯擁擠，帳篷之間都還能隔出好些空地。

本來這個地方是安排兩天一晚結束就回民宿，但到第三天準備撤的時候，大家卻出現了意見分歧。因為這裡蔭蔽涼爽，夜晚湖邊微風拂面，天氣好還能看星星，難免讓人意猶未盡。但確實蚊蟲比較多，所以也有人時間久了受不了。

好在大家都熟絡，出來玩開心最重要，沒討論幾分鐘，所有人就果斷地一致決定，想留的人再住一晚，不留就先回去，隔天再同行。

佟戈是嫌麻煩的人，能選在舒服的室內躺著當然不選餐風宿露，他逕自就回去準備收拾東西。

賀司昶走在他前面，經過他帳門口的時候忽然停下來。

「你要回去嗎？」

賀司昶轉身，邊問邊側身留空讓他，但佟戈走到他身邊站住沒進去。

「嗯。」

「為什麼，你不是挺喜歡這裡的？」

「你怎麼知道。」

佟戈看了他一眼，隨口說：「晚上睡不太好。」

「你去我那，豪華睡袋，能睡兩個人。」還是獨立帳篷，賀司昶笑嘻嘻地說。

「……」真是不知收斂為何物。

「回去好好的床不睡，留下來就為了睡你的睡袋嗎？」佟戈冷颼颼地回道，但說完不知道被哪裡戳到，忽然又彎起眼睛笑了出來。

賀司昶不明所以，只當是佟戈在笑自己，微惱地拉下臉，輕輕踢了踢他腳尖。「不是。我昨晚發現一個地方，還滿有意境，和這裡不一樣。要不要一起去看？」

佟戈笑意未褪，看著賀司昶發出邀請，還一副「你不能說不等等你不會說不吧你敢說不我也不會讓你走」的表情。

卑鄙啊。帥成這樣還擺這種樣子。

自己就算能拒絕這句話，也無法拒絕這張臉。

何況賀司昶語氣謹慎，這個理由也讓他確實有些心動了。他沒問為什麼昨晚不去看，偏偏現在才邀請他，臉上平靜道：「噢，真的嗎？今晚？」

「嗯。」

佟戈思索片刻，說：「那我把睡袋搬過去吧，和別人睡更睡不好，一會兒我跟程修說一聲，叫他把這個帳篷帶走。」

賀司昶聞言又耷下眼，似乎並不滿意，但嘴唇微動，最後還是沒有再多說什麼。

當天留下四人，下山四人，剛好對半開，麻將都能兩邊各自湊齊了，可以說是很完美。但沒想到，天公不作美。

本來好好的天氣，到傍晚忽然颳起一陣風，沒多久就下起雨來。幾個人瞬間懵了，這種時節通常都是豔陽高照，沒幾個人關注天氣預報有沒有下雨。更無語的是，在他們愣神的工夫，雨越下越大，沒有絲毫短暫停留的意思。其他陌生的遊客似乎也沒料到，都開始手忙腳亂地收起東西躲雨。

佟戈和賀司昶蹲在帳篷裡面面相覷，帳簾沒關緊，留出的一角正被風雨吹得呼呼地鼓起來，似要被掀翻。

佟戈也有些無奈，看見賀司昶眉間已經擠出高高的山頭，一臉不悅，卻欲言又止，終於還是忍不住拍了拍他的頭，輕聲開口道：「還去嗎？」

賀司昶盤起腿，手肘撐到膝上托著臉，懊惱地嘆了口氣。

「不去了……下雨那邊路肯定很滑，晚上更看不見，危險……唉，早知道白天就去了，但白天又沒那麼好看……」

佟戈在他說話的工夫摸到包裡掏了幾下，拿出支菸點上。

「嗯。」

「那我們做什麼……」

他就只是自然地接著問了一句。

如果他也跟著抱怨那就沒完了，煩躁反而會加劇，不如找點別的事轉移注意力。但他保證自己問的時候並沒有要做什麼的想法。

賀司昶聞言卻唰地一下坐直了。

對視的瞬間，灰白色的菸霧在眼前繚繞開。

佟戈心一驚，略不自然地扭過頭去，碰巧就看見簾子一角被掀了起來。

「你們倆幹嘛呢？」

疑惑的聲音飄進來。是同行的一個朋友，撐著傘俯身看著他。

咳咳。

這時間點，很難不被嚇一跳。

他掩飾地輕笑一聲。「還能幹嘛，坐著思考人生……」

對方似乎沒太被雨影響，見他沒事反而高興地笑了。「哈哈太好了！快，來我們這打麻將，剛好，或者到你們這也行……」

話音一落，佟戈這下是真的樂了。他瞟一眼賀司昶，比之前更是濃雲密布，叫他直想再去揉一把對方的頭髮。如果不是還有別人在，他可能要笑出聲。

他朝那人揮揮手道：「好，你先回去吧，我們一會兒就過去。」

待那人一走，賀司昶立刻轉過頭埋怨地看著他，裝都不裝了，雙手往後一撐，脫口而出：「我不去。」

雖然沒說，但他知道賀司昶在想什麼，也不惱，只覺得有趣。

「……那我去了，反正他會去別的地方再叫個人。」

賀司昶又偃旗息鼓。不爽地頂了頂腮，轉過眼睛看外面不看他。

「你是不是故意的？」

「我都還沒問你是不是故意的呢。」佟戈語氣淡淡地，燃燒的菸頭隨著他的抽吸忽明忽暗，每個字眼都意味深長。

賀司昶肌肉抖顫，沒再忍住，轉回頭望向他的眼神已經星火迸濺。

但他沒理會空氣中的暗潮洶湧，忽然說了一句：「也不是我叫他來的呀……」

過幾秒，他站起來，走到賀司昶面前。

身子擋住了簾外的光線，佟戈踩了踩賀司昶的大腿，又踢了下他屁股。「現在還早，先過去玩會兒，晚點回來。」

賀司昶抬起頭，凸起的喉結在陰影中飛快地滾動了一下，勾起嘴角，悶聲悶氣地說了句「嗯」。

負二／夜晚失重

但真正一玩起來，就有些收不住手。

兩個朋友都沒有散場的意思，賀司昶焦灼的眼神跟佟戈碰撞了好幾次，搞得兩個人都有些心虛。到十點多，雨下得更急，這才藉口哄鬧著解散了。兩個人也都懶得再打傘，直接跑回了帳篷。

佟戈正跪著擦臉上的水呢，賀司昶衝進來關好門簾，就從身後猛地抱住了他。

濕漉漉的臉埋在後頸用嘴唇摩挲，他瞬間後背一陣酥癢，躬下身子想躲避，尖尖的齒沿就追上來咬住一塊肉。「唔……」他渾身一顫整個人直接就趴下了，被壓得結結實實。

「輕點。」他怨懟地側過臉，下一秒屁股就被狠狠撞了一下。

賀司昶沒說話，粗重的喘息像要把耳朵吃掉般弄得他手腳發軟，隔著褲子也能感覺到賀司昶的東西正逐漸膨脹，擠著臀縫裡那個肉洞快速摩擦。

兩人的手臂都滿是雨水，滑溜溜的，衣服也半乾半濕，貼著沒一會兒就悶得喘不過氣來。他手肘往後懟了懟，艱難地擠出幾個字：「等……等，先……脫了。」

賀司昶頓了一下，起身把他翻過來，冷峻的臉上還掛著稀拉拉的雨水。他半垂眸顯得有些倨傲，但脫衣的動作粗暴急切，甩掉上衣，拉了佟戈的褲子就把人抱到自己身上，褲腰一拉，跪立著操弄起來。

「對不起，痛嗎？」他聲音濛濛的，因為性器快速貼合吮吸而滿足地溢出一聲悶哼，五指愈發用力地抓揉著臀瓣，毫無歉意。

佟戈應不出聲，他被賀司昶粗魯的動作弄著爽得腳趾都夾緊了，勾起來盤在他後腰。今天也不知怎麼，連他都有些耐不住，被嘩嘩雨聲和逼仄的帳篷包圍著，慾望來得格外快。賀司昶的毛躁讓他興奮得幾下就漏出水來，滿足地哼喘。

被雨浸潤的陰莖還有些涼涼的，貼在溫熱的陰戶上，他沉下腰去碰，激得陰蒂頭彈了出來，被壓著碾來碾去。他半闔著眼，性慾漲得更滿，接吻的時候睫毛也飛快地撲閃。

賀司昶似乎舒服了不少，聲音都愉悅了些。「你是不是也早就濕了，夾著騷逼在那裝呢。」

明亮的一雙眼笑瞇瞇地看著他，手卻托著他屁股把下體直往雞巴上撞。他渾身瘦瘦麻麻的，縮在賀司昶胸口。「……是又怎麼樣，嗯……」他不耐煩地扭動了一下，「別廢話。」

賀司昶哼一聲，像在嗤笑他，摩擦的動作故意放慢了，含著圓潤的喉結悉心舔弄，冰涼的手指扒開穴口輕輕一按。他便再也撐不住，哆嗦著輕聲呻吟出來，層層軟肉迅速裹住指腹，黏膩的液體順著指縫往外流，賀司昶在他耳邊咯咯笑，「再弄幾下就能噴了……」

佟戈霎時耳根就紅了，在他肩上咬了一嘴，撫摸的快感太過飄渺，他雙腿發軟勾不住落了下來，猛地縮起屁股，又很快被賀司昶拉了回來，乖巧地哄著，手上卻更加放肆。「你別夾那麼緊，我就摸一下……」

佟戈不知道他摸一下是什麼意思，就感覺渾身爽得要飛起來，膝蓋前傾抵在賀司昶胸口，撅著屁股半蹲，屁股懸空，只剩下面的手指還在不停地擠壓，柔嫩的肉穴隨著極速摩擦咧開一個幽黑的圓洞，越來越多的水流出來，陰莖隨著顫抖甚至直接甩到賀司昶臉上。

他愈發騷熱，舌尖都僵直了，緊抱著賀司昶的頭，腿根劇顫，指腹越搓越快，逼口痛得要燒起來。「別摸了，好癢，要……啊！」他彎著肚子整個人縮成一團，大腿死死地夾住賀司昶的手腕。

賀司昶也面色發狠，憋悶的雙目赤紅，強硬地推著他屁股往前傾，含住沉甸甸的囊袋吮吸起來，「要噴就噴，別忍著。」

他囫圇說完，兩頰收緊，抽動的手臂往裡狠狠一按，整個肉戶便瞬間貼上掌心。佟戈再也撐不住，瞬間雙耳嗡鳴，眼淚狂湧，一個抽搐之後，坐在他手上噴得一塌糊塗。

他垂下頭，失神地看著賀司昶，唇舌顫動，但還沒來得及出聲，又陡然僵直了身子。像是慢了半拍，精液也突突地飛射而出，通通射在了賀司昶臉上。

賀司昶抱起他，把他按在睡袋上狠狠地啜吮，火熱的雞巴就壓在肉棍上直來直去。「爽了嗎，哥，今天真乖。」

他滿嘴唾液，被吻得舌根痠脹，下腹上挺，「嗯嗯嗯」快活得毛孔舒張，終於從短暫的失聰中恢復過來，聽著啪啪的雨聲又升起新一波快感。

賀司昶整個人罩住他，鷹似的眼直勾勾看著。「你尿了我滿手，我還硬著呢。」他佯裝惱怒地舔舔唇，剛剛還溫吞擠壓著囊袋的雞巴跟著舌尖抖了抖，粗硬的肉龍敷衍地戳了幾下像是最後的提醒，便逕自貼上濕軟的肉穴用力一頂。

「啊……」佟戈剛溢出一聲尖叫就立刻緊咬住嘴唇，他驚恐地睜大眼睛，終於意識到還在帳篷裡，不小心就可能被別人聽見，漲紅的臉盛滿了舒爽，又羞又騷，看得賀司昶喘著粗氣猛幹，但雞巴因為沒法插進去，只能在外面報復性地刮蹭，再抵著肉嘴飛快地戳刺。

「現在知道輕點叫了，剛摸逼的時候騷成什麼樣。」賀司昶面露猙獰，每次像要把他操開了，龜頭又乖乖地收回去，火熱又硬挺的柱身埋在陰唇裡被吸得渾身亮晶晶的，又濕又滑。他胡亂地悶哼，伸著腿挺起腰來，迎合著猛烈地撞擊。

沉甸甸的鏈條垂掛在賀司昶脖子上，這會兒隨著動作飛似地盪起來，幽幽泛著銀光。他出來玩才會戴這些，佟戈見過幾次，很簡單的那種螺旋式連接的銀色粗鏈，不過分誇張，卻很好地把他那股帥勁兒襯得更撩人。

佟戈被操得爽，摟著賀司昶的脖子挺胯吃得渾身熱烘烘。他瞇著眼盯著看，因為舒服而蓄滿了眼淚，隔著水光，這項鍊的光越是扎眼，不停地晃。

賀司昶甩胯的動作太猛，帶動鏈子時不時還狠狠打到他下巴，會沉悶的叮噹響，撓癢一般，但夾著輕微的疼。

他心裡又多了些趣味，看著面前發狠的臉越是顫抖，兩腿緊緊地纏上賀司昶的腰給他操，冰涼的鏈條一下落到嘴唇上，一下拍上鼻頭，劈里啪啦甩得飛快。

佟戈攥緊了手指，終於被鏈條甩得煩了，索性粗暴地一把拉住，狠狠一扯，連帶賀司昶整個人都被扯下來，離撞到臉上只差毫釐。

賀司昶也猝不及防，下身俯衝，龜頭直接撞進陰阜摩擦著肉核碾過去，佟戈渾身痙攣著白眼一翻，在尖叫出來之前咬住了賀司昶。

「唔唔唔……」他止不住地顫抖，沒有高潮但是酥麻流過全身，肉道一陣痙攣，耳朵都在冒熱氣。

賀司昶立刻反應過來，下面也不退讓，反而就著這個姿勢貼著猛操，吸住嘴唇親得口水一塌糊塗，側漏著流到下巴。兩個人都伸著舌頭舔，舔著碰到一起又纏住互相嘖嘖地啜。

賀司昶瞇著眼睛笑，伸長了舌頭舔著漂亮的臉頰。「這是要強吻嗎，好硬氣……」剛說完，賀司昶眼神一變，忽然粗魯地捏住他的臉頰，虎口托住下巴，壞笑著從下往上舔到鼻頭，紅潤的嘴唇嘟起來被捏出圓圓的洞，舌尖在下面蠕動著。

賀司昶眉心一蹙，有些不高興。「哥，外面雨很大，輕點叫可以的，沒人會在意我們……」他吮著被捏得鼓鼓的兩塊唇瓣，時不時輕輕拉扯開，吸得上下都泛起一圈紅，然後戀戀不捨地放開，一路向下親吻，只有手指留在臉頰拍了拍，然後插進嘴裡大方地讓佟戈含住了，「實在太爽再咬我……」

賀司昶翹起嘴角，另一手抓起他的手腕抬起來固定在頭頂，白嫩嫩的腋窩袒露著，胸乳也挺起來。紅嫩的兩點被他吸過，四周還露著牙印，奶尖微鼓，細小的疙瘩星星點點地凸起。賀司昶舌尖撥了一下，它脹得更厲害，高高地翹著，像要噴出汁來。

「真騷。」他收著腮幫子又吸了兩口，手指夾住不安分的舌頭任它亂舔，舔濕了又把口水抹到乳頭漫不經心地摳了兩下，然後忽然不明不白地邪戾一笑，親吻如同雨點般從胸口落到柔軟的腋窩。

他舔舔唇，張嘴含住那塊白皙柔嫩的軟肉。

幾乎是口腔包裹的瞬間，佟戈就抬起下巴，整個人開始劇烈顫抖。那塊敏感的地方平時佟戈自己都鮮少去碰，新鮮的快感像海嘯一般激得他汗毛全都豎了起來，目眥欲裂，全然忘了克制。「啊啊啊啊，別，別弄那裡。」

他搖著頭，又舒服得腳趾伸張，伸著腿眼珠翻轉，不停扭動。

像是知道他會掙扎，賀司昶緊實的大腿牢牢抵住他，下身挺動，嘴上更是狂亂地開始舔舐，腋下和手臂內側迅速浮起一顆顆鮮紅的吻痕。

「嗚嗚嗚！輕點。」他痛苦哀吟，下體抽搐般挺起來夾著雞巴上下磨逼。賀司昶充耳不聞，反而愈加興奮，搖晃的項鍊隨著他的動作落到胸口，冰涼堅硬，想效仿著先前一樣，搔刮在乳頭上，來回拍打。

他愈加崩潰，憋悶地發出一長串嗚咽的叫喊，圓潤的肉洞一陣收縮，陰蒂腫得包不住，露在陰唇外面，被龜頭幹得直哆嗦。

賀司昶加快速度，操得睡袋移了位。「我們一起。」他興奮地說完，一個俯衝，雞巴就抵著肉戶強勢地射精，佟戈被射得兩眼渙散，咬住指尖，流了滿屁股的騷水。

直到深夜，山裡的雨都沒停，枝葉抖顫，湖水蕩漾，林間狂歡的音樂把佟戈的叫喊遮得嚴嚴實實。賀司昶有恃無恐，壓著佟戈來回翻滾，狹窄的帳篷像是他撒歡的狗窩，要在每個角落都留下味道。

軟嫩的小逼腫得老高，連著屁眼也被雞巴戳了幾個來回，肉紅鼓脹，被射了滿嘴灰白的精液。

賀司昶憐愛地舔著佟戈軟耷耷的陰莖，其實是甩著脖子上的粗鏈逗弄肥腫的肉核，他發現這東西貼在哪，佟戈都會敏感地顫。

佟戈哭著，舒服得不停戰慄，卻流不出水來了，穴道乾澀地痙攣。「不要，不要弄了……」他熱得渾身是汗，賀司昶也滿臉潮濕。

他懷疑是不是帳篷在漏水，但顧不得那麼多，指尖在後穴進出，彎曲按壓著那個脆弱的器官。賀司昶又在哄他：「再尿一次，乖。」說完盯著下面扭曲的肉逼，沒真的以為佟戈會尿出來，就是想看他失控噴水。

鬆癟的囊袋被吸得啾啾響，項鍊無比自然地搖晃著，快速勾打陰蒂頭。佟戈神經抽搐，五指收縮，緊緊攥著睡袋挺起胯來，雙腳都離了地。「不，賀司昶，我……」

他痛苦地呻吟，本已疲軟的肉莖緩緩膨脹起來，剛離開肚皮，就抖動著噴射出一道細長的水柱。

「啊……」喉間擠出一聲綿長地哼叫，他下意識就說了句：「尿了。」他又快活又羞恥，腦子一片空白。第一波還射得遠遠的，濺到胸口，後面尿出來的都緩緩吐到了肚皮上，淺色的尿液在凹縮的小腹積成一灘。

賀司昶沒出聲，但他能感覺到灼熱霸道的視線在舔著他。「你別看……」他小腿一縮，嗚咽一聲，哆哆嗦嗦地打了兩個尿顫。

第一次雞巴被玩弄得尿出來，賀司昶是兩眼放光，佟戈是爽快昏迷。

賀司昶甩著汗涔涔的身子戳了幾下淫亂的小腹，一邊看他無意識地縮穴，一邊自慰，朝那灘尿水射出了自己最後的精液。

他有些超乎尋常的興奮，想著佟戈平日在他面前總把他當小孩的樣子，胸中激蕩，卑鄙地摸出手機拍了照，然後拖到了私密相冊裡。

❄

早上佟戈醒來時，身上雖然不算整潔，但至少是清理過的。他看了看自己睡的乾淨寬敞的雙人睡袋，賀司昶正睡著他帶過來的那個，一時有些呆愣。

過了一會兒，他一顫，看了眼賀司昶。人還沒醒。他便忍著渾身痠澀爬起來，趕緊出去了。

幸好沒同時醒過來，不然他會原地去世。

雨後清晨山間的風帶著草木香氣，一陣陣跑過佟戈的臉，他剛準備點菸的手便頓住了。咬著乾澀的菸頭吸了幾口清新空氣後，記憶像亂石堆倒塌下來。他匆匆跑回去拿了平板，然後蹲在帳邊寫起東西來。

下山的時候他還在腦海裡刪刪改改，賀司昶走在他旁邊拎著兩個包。

陽光在樹葉裡穿行，未至午時，不算灼熱。

走了一會兒，佟戈感覺臉上時不時有一道極閃亮的光晃得眼睛痛，反覆幾次後，他循著方向找了找，便將目光鎖定在賀司昶的脖子上。

他面上不顯聲色，戳了戳賀司昶。「你走我後面吧，有點擠。」

「？」賀司昶感到莫名，眼神示意了下他倆手臂間的距離。

佟戈無奈，只能指了指他脖子說：「……光老是反射到我臉上，不舒服。」

賀司昶微愣，明白過來，隨即慢了點腳步，落到斜後方。

這樣一弄，佟戈就沒辦法再把注意力集中在寫的東西上了，他懊惱地皺眉嘀咕了一句：

「果然是根煩人的東西。」

他的聲音賀司昶能聽見，一聯想就自然知道他說的什麼，但再一想，便含著笑意味不明道：「哪根……？」

「……」

狗東西。

他牙咬緊了。「脖子上那根。」

「噢，那我不帶了？……」賀司昶笑開了，但很快就收住，漫不經心地道：「好，我知道了……」

他說：「……你放心，我會好好把它，珍，藏，起來的。」

佟戈手指微曲，乾脆扭頭不理，但他整個人早已心不在焉。

山路階梯寬窄交錯，他又沒注意，驟然踩空，腳一拐，迅速往旁邊倒去。

他本能地蜷縮，只聽見砰的一聲，頭撞到玻璃發出沉重的碰撞，在密閉的車內像一陣悶雷。

佟戈在劇烈的震盪中皺起眉頭，腦袋嗡嗡地，睜開眼的瞬間，眼前甚至一片漆黑。坐在右側的助理探過頭來擔憂地看著他，似乎也被嚇一跳。

「怎麼了？沒事吧！是睡著了嗎？……」

佟戈迷糊感覺頭有點痛，半眨著眼揉了揉額角，隱約見對方就要湊到面前便連忙條件反射，往後一仰，飛快地擺著手說：「沒事沒事沒事……」說著用手擋住眉眼側過臉去，長嘆了口氣，覺得有些尷尬和丟人。

「剛下高速公路，就快到了，要不要開一下窗戶透透氣……」

佟戈心說也好，便摸到開關準備把車窗降下來一點。

窗戶機械式地滑動，伴隨著唰唰響聲，他這才徹底清醒過來，剛才大概是做夢驚醒。他自嘲地勾起嘴角，心頭堵得慌。他憶起睡前盯著的那些水珠，扭頭再看時，卻發現玻璃早就乾了，只能隱約看見殘留的痕跡錯亂交替。

他驟然鬆開手，窗戶便也停定，玻璃圓滑的弧度劃出清晰與模糊的分割線。清涼的風即刻順著半截視野吹進來撲到他臉上。與夏天截然不同，空氣有著透骨的寒意，沒幾秒身上就冒出一陣雞皮疙瘩，從頭到腳都冷了。

他吹了一會兒就又關上了，垂著頭不知道想什麼。手心的紙條因為捏得太久已經變得溫熱柔軟，撥起來綿綿的，發不出聲音。它回不到最初平整乾脆的時候。

無論什麼，都會被時間磨壞。他知道。

但當他走下車，再走到墨綠色的垃圾桶前面時，他還是沒有伸出手。

他不想扔掉。

負三／無人駕駛

行程一旦開始，佟戈就迅速變得忙碌起來。因為實際的整個安排比他想像中更緊湊，所以時間也快得讓他詫異。

尤鶴，他的合作對象，說自己是十八線小明星，實則也曾是多年前曇花一現的人氣樂團成員之一。樂團因為一些隱情解散後，沒過多久，他自己就出國學習去了。這次製作也不是為了復出，只是彌補一個遺憾。和一個人錯過的遺憾。

遺憾。

佟戈當時便被尤鶴描述時的狀態擊中了，他不知是什麼人讓對方露出那般神情，好像那瞬間周遭浮現起一些介於得失之間，難以觸及又難以忘卻的光點；因為分離而錯失的東西，即使過去這麼多年，仍選擇鼓起勇氣奮力捕捉。

佟戈間歇聽來這些零散的訊息，知道背後故事也定曲折不易，生出萬千感慨。像冥冥中地指引般，他們倆都發現，彼此還挺聊得來，也由著這個契機，製作的整個過程也就沒他之前擔心的那麼枯燥無味。

那天飛機降落後，他們就一路沿海向南，奔波了幾個地方，再回過神來，就已經在返程的路上了。

回城當天，負責接他回去的還是上次那個助理，連造型都類似，眼神銳利，幹練細心的模樣。

上車寒暄幾句，佟戈整個人陷進綿軟的座椅，身體這才稍微放鬆一點。他見車窗水霧遍布，窗外小雨綿綿，便打開天氣預報看了一眼。氣溫顯示和離開那天竟完全一致。

他緊靠著椅背，驟然有些毛骨悚然。

人與場景雷同，心裡便產生了自己從沒離開過的錯覺。

忙活一場，工作做了一大堆，心事倒全無空想。

一切彷彿都依舊停留在出發的時候。那張字條，那個夢。

他沒來由地有些不安。

思索片刻，他決定打電話給程修，想約人出來陪他隨便聊點什麼。

等了一會兒，嘟聲過後，程修的聲音傳出來，他才猛地想起，今天是星期六。

操。他暗罵一句，但也已經來不及了。

「怎麼？你回來了？」程修聲音很輕。

「嗯，剛下飛機一會兒，在回家的路上呢。」

「累嗎，不休息會兒？」程修也不知佟戈為什麼一回來就打電話給他，但肯定心裡有什麼事，不然才不會聯繫他。

「我……還好……」他坑坑巴巴，憋半天，最後還是忍不住問了聲：「唉……你是不是在上課？」這下是真的完蛋了。

「這個時間點，你說呢。」程修意味深長，笑他明知故問。「你等等吧，我大概五點結束……你，要不要直接來這裡？」最後還很欠扁地給他雪上加霜。

「滾啊……」程修多精的人，兩下就聽出來他緊張什麼，佟戈被自己蠢得沒話講。程修在賀司昶家，賀司昶現在肯定也已經知道他回來了，不管賀司昶跟不跟程修一起來，他都已經把坑給自己挖好了，跳就完事。他捏捏眉心，聽天由命。「算了隨便吧，去我不會去，但你要來，就老地方吧。」

「好。」

掛完電話，佟戈閉眼靈魂出竅，程修卻忽然又發了條訊息給他。

「賀？」

「……」

「隨他。」真想把手機扔了。

❄

老地方是個居酒屋，在一個公園附近，特別的是，它開在地下室。每次從路面踩著樓梯往下走進去的時候，佟戈都感覺自己走進了另一個世界。鈴聲叮咚，木門開啟，特別是在冬天，很療癒。店面實際並不大，但五臟俱全，私密性好，還能喝酒聊天，再好不過。

不知道週末人會不會多，他還是先預定了包廂。他回家放了下東西，再算著時間，等到五點了也不急，慢吞吞地走過去。

剛晃到門口，一個意想不到的聲音忽然叫住了他。

「哥！佟戈！」

他本來不覺得是在叫他，但聽聲音又有些熟悉，於是摘下耳機，循著聲音望過去，頓覺著實有些巧了。

喬鉞。前段時間看演出、喝過酒的那個打鼓的小孩兒。

「嘿，好久不見。」他笑笑。「你也來這裡吃飯？」

喬鉞撓撓頭，似還因為偶遇有點赧然，「嗯……不算是吧，我剛好逛到這邊找點吃的……」同時四周望了望，回頭有些期待地看著他說：「你一個人嗎？我能跟你一起吃嗎？」

佟戈被他問得一愣。

這人直接得倒是跟上次一上來就請他喝酒如出一轍。本來還有些突然，但這麼看又沒那麼奇怪了。

他想了想，決定還是先說明一下情況。

「啊……不是，我先過來了，一會兒朋友才會到，如果你不介意的話……」我先問問他們。

「沒事！哥的朋友我也想認識認識，不知道行不行哈哈。」喬鉞沒等他說完便飛快地接上，眼睛都睜大了一圈，熱情洋溢。「而且我說過要請你喝酒的，你記得嗎？現在已經完全可以了！上個月剛過完生日，今天正好……」

「哈，恭喜啊……」

佟戈被這巧合愣是整得有點懵，邊說著，大腦飛速運轉，有些猶豫。雖然上次沒有推諉拒絕，甚至拉著人一起喝還把自己喝醉了，但今天可不止他一個人。

但轉念一想，反正今天也只是隨便聊，沒太大關係，順便把上次承的情也給還了，免得以後哪天還要約一回。

果然，人生就是防不勝防啊。

於是他禮貌地笑著，抬了抬下巴示意喬鉞往下走。「那我們先進去吧，我朋友可能你也認識，可比我厲害多了……」

「啊！」喬鉞忽然一聲低呼。

「怎麼了？」

「我剛忘了問，哥約的不是女性朋友吧，我下意識想的是兄弟之類的。」

他見喬鉞抱歉地看了他一眼，似是有些尷尬，心想這人真就單純吧。

「當然不是，別緊張，如果你剛聽我說完也就會知道了……」

「抱歉。不過……哥有女朋友嗎？」

兩人進了包廂落座，喬鉞又接著問了一句。

佟戈正脫著外套，聞言，扯袖子的動作瞬間變得遲緩了些。

喬鉞剛問沒兩秒，見他沒答，馬上補了一句：「這個是不是不方便說？哈，我隨便問問。」

「這倒不是，剛走神了。」佟戈聳聳肩，無所謂地回答：「現在沒有。」

「噢，是還沒正式交往嗎？」

「……誒？」佟戈差點被口水噎住。這孩子怎麼回事，不知道的還以為介紹起對象來了。

他輕笑一聲，神情卻有些疏冷。

「太懶了，都沒有喜歡的人，自然也沒個對象。」

佟戈心道自己也沒說錯，他的女性朋友本就不多，談不上交往，更談不上喜歡。

隨著他話音落下，身後的門唰一下拉開了。

他猛地回頭，就見程修探身進門，眼神朝他示意，身後挾來的一簇冷風把暖氣都擊退了幾分。

他再往後望，便看見了賀司昶。

他沒要程修隱瞞，便算是准許或者默認賀司昶可以來。他心裡預估賀司昶來的機率是百分之五十，但這百分之五十還不如不估。其實，這就相當於承認自己壓根猜不透摸不準賀司昶的行事軌跡，也對這一個月來可能產生的變化毫無頭緒。

佟戈自己也說不清想不想要對方來，所以最後才說隨他，愛來不來。

現下真來了，真的見著了，那句「再見一路順風」順了一個月又順回來的時候，果真，頃刻之間便把他弄得心神不寧。

他下意識地想，自己剛說的話被賀司昶聽到沒？聽到多少？但他又覺得不用剛見面就這麼敏感。

總之，不論有意無意，後面吃飯的過程基本上變成程修和喬鉞在聊天，他跟賀司昶埋頭苦吃，中間偶爾幾次談到某個話題，四個人交錯著你一言我一語。但賀司昶在跟他說話時的狀態，跟以往每一次相比確實都不同了。

本來是找人遣散焦慮，卻焦慮更甚。酒沒喝幾口，他也覺得自己有些暈了。

「哥！」

他們正要離開，佟戈上樓梯的時候背後響起熟悉的一聲叫喚。

他沒聽仔細，直接以為是賀司昶，下意識用慣常的語氣回了一句：「幹嘛？」

但轉過頭才發現是喬鉞。

對方也是明顯一愣，對他的情緒有些不明白。

佟戈有些尷尬，咳著嗓子「嗯」了兩聲，掩飾地問：「你還是走回去嗎？」

「對啊，反正就在附近。你呢？」

「我跟他……們一起。」

賀司昶就落在後面幾步，聞聲朝他看了一眼。

「噢好，那我先走了……對了，我看你今天都沒怎麼喝，下回我還是請你去上次那家酒吧吧！」

喬鉞似乎走的時候總要和他約定下什麼一樣，笑容愉悅地跟每個人都示意了一下，再朝他揮過手才轉身離開。

賀司昶從頭到尾沒有出聲，也許他想到了什麼，聊天時烘起來的一絲暖意也盡數消失，在街燈映照下，整個人幽深而冷峻。

喬鉞離開後，他馬上藉口還要去一趟朋友家就先走了，腳步匆匆地消失在黑夜裡，快得佟戈一句話沒說，定在原地。

「你跟他怎麼回事？」程修收回視線，見佟戈一臉呆樣，伸手拉了拉，拉著他並行往反方向走去。

佟戈蹙眉不語，突然問了程修一句：「你們剛才是直接進包廂的嗎？」

「嗯……」程修長長的悶哼裡透著謹慎，但最後還是坦言：「你不用想了，你說沒有喜歡的人，那句話我跟他都聽到了。」

「你是想問這個嗎？」程修幾乎是嘆著氣回答了他。

佟戈聽完後，整張臉更沒有顏色了，還小聲嘀咕了一句「我就知道」。

「你究竟在意什麼？……」程修本來只打算問這個，但一出口，問題便接二連三自己跳出來。「還有，你今天叫我出來本來是想聊什麼？那個男生是怎麼回事？」

程修神情嚴肅的控訴，問得佟戈都有些亂，麻煩事像烤串一樣一顆顆被同時串了起來，弄得他倏地又心下愧疚，也沒細思，坦誠地說道：「我就是下了飛機忽然有些空虛，畢竟在外面每天很忙的嘛，陡然閒下來不是滋味，叫你出來隨便聊聊。我去店裡的時候，在門口剛巧碰到喬鉞，我們也就喝過一次……啊，反正不知怎麼就這樣了。」他越說越無語，最後撇撇嘴。「可能真像你說的，我總是搞砸。」

他揣著口袋，走得很慢，說前面幾句的時候很麻木，腦袋空空，但後來腦海裡就開始翻滾起今晚賀司昶對他說過的寥寥幾句話，對視過的眼神。

按他的設想，如果賀司昶能收斂那些太過灼熱的情緒，那就是達成目的。

現在不知道算不算達成目的。

他只知道自己並沒有多開心。

「搞砸說明你在意。你不是跑了一個月嗎，這才回來第一天，賀司昶的表現有滿足你的預期嗎？你記不記得，你以前從來不跟我聊這些的，現在三番兩次……你去問，誰會把不在意的東西跟別人反覆提……」

「我也沒說不在意……」佟戈小聲反駁。

程修笑了一聲。「你上次不還糾結他是不是真喜歡你嗎，現在是終於承認了這個，但又開始想別的？你倆是不是經歷了什麼……」

「沒有……誒我怎麼覺得你老是幫他說話，你上次還說沒有，明明就有。」

佟戈對程修陡然近逼、引導式的反問弄得有一絲慌亂，他懷疑地看著程修，像在說，你是不是叛變了。

「我只是看不下去……」程修覺得自己簡直苦口婆心。他站在佟戈這邊，毫無疑問，但也正因為如此，才更需要他來給佟戈說明白。即使不想明說，也不得不明說。「明明彼此都放了感情，還硬生生被你弄得像他一個人一頭熱……」

這盡心盡力的程度，下次聊天不收費都說不過去了。

「我什麼時候……」

「佟戈，有時候我真覺得你自己愛裝面子，說什麼瀟灑，其實就是把膽小用那些虛頭巴腦的東西包起來，然後就以為不存在了。我本來不想管你感情的事，口水講乾了，罵都罵了，你也沒聽進去……」他唉聲嘆氣，語重心長，倒真像個爸爸的樣子。雖然佟戈他爸在有限的時間裡都沒這麼關心過他。

「……程爸爸我錯了。」佟戈捶了捶他的肩膀。

「我再跟你說一件事，看你要不要聽……」程修本來想調節下氣氛，想想又算了。「我還是直接說吧……

「……過來之前，賀司昶忽然問了我一個問題。你知道嗎，他問我……他問我誒。」程修是還有些驚訝，重複了好幾次。「他問我覺得你喜不喜歡他。」

「他就直接這麼問，我當時是真的滿震驚的……」他看了眼佟戈，繼續說：「一般人對你倆這種關係的態度，都是最好不要讓別人知道，知道了大家也不要拿出來說。就算我是你朋友，又帶了他一個月，他來問我這件事讓我覺得這人，怎麼說……」

「嗯。」程修在想措辭的時候，佟戈出聲堵上了。像在說他明白。

他臉上沒有太大的起伏，但尾音有些顫動。他頓了頓，讓程修繼續說下去。「你怎麼回答？」

程修白了他一眼。「我回答，你得去問他。但我覺得又沒什麼用，你直接問，你其他方面表現得再明顯再直接，跟說出這幾個字還是不一樣的，你沒有對他說過吧？佟戈那副樣子你又不是不知道，只要有一條縫能給他鑽漏洞，他都會鑽的。」

佟戈睜大雙眼，忽然有些哭笑不得。「你就這麼直接果斷地把我賣了？」

「我這是人性未泯好不好，人家都敢……」程修沒繼續，反而悠然自得地看著他。「你敢說不是嗎？」

「你現在在我面前，你能說你不喜歡他嗎？」

程修還是說出來了，佟戈害怕他說出來的那句話。

你不喜歡他嗎？

他停下腳步。

那你喜歡他嗎？

這兩個問題飛速旋轉著，逐漸連接起來混成一個，在佟戈頭上畫著圈，一圈又一圈。

他感覺自己如果回答了，就是按下一個按鈕，要開始通關。

程修這裡是第一關，不，也許第一關都不是，只是試玩。

他深呼吸，思索半天又什麼都沒思索出來。「是，但老程，你站在旁觀者的角度，你可能站在了一個……怎麼說，欺騙視角。在你那裡看起來，我和賀司昶是並列的，重合的，但實際我們之間相隔非常遠，甚至不在一條水平線上。是空間的錯覺讓你覺得一切似乎可行。你說對不對……？」

佟戈用複雜的比喻說得特別認真，一字一句，竭力想客觀地解釋給程修聽，或者說，給自己聽。

但他說著說著，卻彷彿要落下淚來，逐漸迷茫的神情看起來就像放學後在校門口等不到家長的小孩。

程修的心都被掐了一下似的，攬過手臂輕輕抱住他，小心翼翼地開口。

「『是』是什麼意思……你想得太遠了佟戈。」

程修繼續說：「你不停地在繞開我，繞開他。我沒有說可行，可行不可行要感情確定之後才會顯現不是嗎？不可行又怎麼樣呢？戀愛而已……

「而且如果不是錯覺呢？再換一個人換一個角度，結果都一樣的話，還是錯覺嗎？」

程修不忍，但佟戈需要有人幫他承認事實，他不可能在自我掩飾中過一輩子。所以程修說得緩慢，緩慢又真心。

「其實你只是不敢說出口，對吧？你只是在假設可能性，但可能性再多，看起來再有理，都替代不了事實。

「酒從嘴邊進，愛從眼波起，佟戈。我看得見你的眼神，你是喜歡他的，你根本就捨不得。」

像在陳述一個再普通不過的事實般，程修平穩的聲音在四周迴蕩。

十一月的夜掛在秋冬的邊界，佟戈卻陡然感受到了刺骨的寒意。他這才幡然醒悟，季節不一定準確，氣候能拖延就能提前。感情也不會按部就班。

那些簡單的字眼，只有在他嘴裡才像被下了咒，不允許開口。

負四／點水

佟戈按了兩次門鈴都沒有人開門。他想，沒起床或者不在家都有可能。

昨晚回家之後，他又思考了很久，幾乎一夜沒睡。從椅子挪到床，再從床挪到沙發，再到廁所，他疲憊地把家裡的能坐的地方都坐了個遍之後，終於屈服了。

程修真的不愧是老闆，能說會道的本領一流，又對他的毛病幾乎瞭若指掌。最後分開的時候，程修說：「你們免不了要有一次開誠布公的時候。我知道你習慣拖到最後一刻，但你有沒有想過，你隨意地主動跨一步，即使什麼都不做，你們之間可能就只需要這一步。」

他準備跨跨看。

出門前他對著鏡子打量，不知為什麼，他今天特別感覺需要認真收拾一下，結果越收拾越不對勁，最後換回先前的毛衣，外面套了件藏青色的大衣。頭髮乾了八成，準備弄的造型也放棄了，劉海隨意地垂散，好像也感覺不到冷。

直到他站在賀司昶家門口。他環顧四周，綠意稀疏，枯葉凋零，這才忽然覺得陣陣寒意。十點多，也不算早。

他蹲下點根菸，才抽了一口又慌慌張張地滅了。

看著手裡被摁得變形的菸頭，佟戈愣了一會兒，決定再試最後一次。

❄

賀司昶推開門的時候沒想是誰，也沒注意情緒，眼睛裡全是不耐煩。

他赤裸著上半身，頭髮一團雞窩，抬頭看見佟戈的臉，還歪著頭疑惑了一瞬，待仔細一看確定真的是佟戈，反而愈發煩躁地搓了把頭髮，心底唰地一下方寸大亂。

要是以往，他肯定插著口袋，笑盈盈地看著佟戈，大膽的話就會在門口奪一個吻。但現在，他臉上的表情都不知道要怎麼擺，即使著急地在心裡把所有情緒挑選了一遍，也不知道怎麼辦。

他彆扭得像被笨手笨腳的學徒，擰出奇形怪狀的一根麻花。

佟戈靠在門框上盡力表現得自然，他想跟平時上課一樣，而不是做什麼大事，但眼珠出賣了他的緊張，不安分地在轉，轉到腰間刺青惹眼，心微顫。

「能進去嗎？」他兩眼平靜地轉回賀司昶的臉上。

賀司昶還愣著，聽見佟戈的聲音後，才意識到自己一直沒說話，兩人就這麼尷尬地站在門口。

不過對方平靜無波的語氣倒是一下打破了他所有糾結的情緒，讓他又回過神來。只有他一個人小心眼地在意顯得很蠢。

他側了身往屋裡走，一邊打哈欠一邊伸著懶腰上樓。「今天不上課吧，怎麼來了？」

「我……」佟戈說著突然卡住了，心裡飛速拍了拍自己的嘴，在第一個臺階前停下，從後面看著賀司昶光滑筆直的小腿，被流暢的肌肉張弛勾住目光。「來找你。」

「嗯？昨天不是剛見過……」賀司昶拖著懶散揚長的語調回過頭，發現佟戈還站在樓梯口。

「今天就不能見了麼。」

佟戈低著頭，隨意的口吻能讓他比較自然。

他提起步子悠悠地往上走，賀司昶居高臨下站在轉角，緊致修長的身體隔著一段距離也能帶給他強烈的壓迫感。

賀司昶大概剛起床一會兒，洗了澡，四處空調開著，所以懶得穿上衣，他以前也會這樣。佟戈一開始很反感，但習慣很可怕，到現在已經不覺得有多討厭，甚至因為太過熟悉，還殘留著肌肉記憶。

賀司昶見他慢吞吞地走上來，半垂的眼皮上睫毛微微鬈曲著，聽見他的回答，疑惑地輕輕「哼」了一聲，一邊琢磨這人知不知道自己在說什麼，一邊敵不過心裡的火氣非要嘴賤。

「能，當然能，但見我做什麼？……」

說完他便笑，這話聽著耳熟。

佟戈卻只是嘆息。

他雖然來了，但其實根本不知道怎麼談。他對上賀司昶，嘴上功夫，方方面面都失敗。即使能聽出來賀司昶這話明顯是帶著情緒，但他邁向最後一個臺階的腳還是陡然停下，然後收了回去。本性作祟，攔不住嘴。

「那……我走了？」

賀司昶見他竟真的轉身，心裡微弱的火苗一下唰地膨脹，猛竄上來，他也懶得裝了，聲音冷得僵硬：「你見我就是為了說這幾句？」

賀司昶一把把他拉上來，抵在扶手上，直勾勾地瞪視著他。

昨天佟戈的行為態度確實叫他氣著了，傷心了，但他心裡還是被喜歡佔著大半邊。他但凡能無動於衷都是輕鬆的，可他有嫉妒，有憤怒，有難過，有斤斤計較，即使他彆扭地想忍耐，想把情感分岔，想試著抽身，也抵不過愛火極盛。

佟戈被賀司昶堵在樓梯口，忽然變得極度親密的距離，讓他的鼻腔瞬間滿是賀司昶身上的沐浴香氣，身體裡像是雪崩一般，無數記憶在鬆動。

他飛快地別過頭，不想看對方的眼睛，也不想聞，於是屏住呼吸，心跳越來越快。賀司昶的手臂壓在他胸前，來時的目的逐漸被拋到九霄雲外了，他又轉回頭跟賀司昶對視，為掩飾心慌而加重了語氣。

「那你覺得我是來說什麼？」

他的天賦還真是能讓糟糕的話，從他嘴裡說出來之後變得更加糟糕。

賀司昶滿臉驚訝地聽著佟戈的反問，嘴唇微微張開，眼圈迅速暈出微紅，失落得異常嚴重，心裡湧起一萬個聲音瘋狂地叫喊著那些讓自己感覺刺痛的字眼：「他真的不在乎」、「他不喜歡你」，或者「別勉強」。

佟戈出差之前的表現和出差這件事讓他意識到，佟戈是真的開始推開他了，所以他才突然改變策略。儘管程修跟他說過，對佟戈不能試探，試探就正中下懷，但他昨晚還是盡力克制，表現冷淡，什麼都沒有說。

他的原則是，不到黃河心不死。這種歷久不衰的手段要親自試一次，不論結果如何，都要看見結果再說。即使全程沒有一刻不難受。

現在，此刻，他有怒也有痛。他不清楚佟戈的目的，但至少佟戈來了，不是全然無效的，所以如果他再磨磨蹭蹭，才真的就不叫賀司昶了。

他忽然勾起嘴角，退後一步放開了佟戈。

「呵，我怎麼知道，來跟我告別？」他穩住聲音，好讓他們的對峙看起來不會像小孩子扮家家酒一樣。

佟戈見他忽然笑了，眉心微蹙，一時不解。

「告什麼別？」

賀司昶沒應，而是古怪地看了佟戈一眼，換了一句問：「昨天叫你哥的那個男生，你喜歡他嗎？」

這一瞬間，他冷靜得連自己都意外。

他凝神注視著佟戈的每個表情動作，怕錯失分毫。

「……」

佟戈反應了一下，明白過來，霎時，指尖像被許多螞蟻細細地啃咬。佟戈故作輕鬆道：「你幼不幼稚，我和他根本就不熟……」

「是，我幼稚。」賀司昶迅速打斷了他，現在都懶得計較這些，也許是覺得現在說這些沒意思，也許是沒耐心了，「嘖」一聲，便脫口而出：「那佟戈你喜歡我嗎？」

賀司昶刀鋒般俐落的嗓音劃過佟戈的耳朵，佟戈倏然大腦一片空白。那些思索了一晚上的句子就像被陡然削碎了，一時怎麼都拼不起來。

困難的事情，不會因為他在想像中排練過很多次，在現實中變得容易；真正經歷時所表現出來的樣子，才是自己本來的樣子。而佟戈本來就是這麼個慫人，輕聲說出的「我……」

卻好半天都沒有下文。

「你不喜歡我。」

佟戈聞言，心狠狠一沉，像重物墜了地。

嗯？

你不喜歡他嗎？來不及否認，你喜歡他。

你喜歡我嗎？沒有回答，你不喜歡我。

這是什麼文字陷阱嗎？

佟戈想著這些，把反駁也忘了。賀司昶見他全無反應，飽滿的聲音都開始逐漸出現裂痕。「佟戈，你不說喜歡我，也不說不喜歡我，你知道嗎？你就是這樣，你想我不敢說，想和我做也不敢說，好像我本就應該要知道你在想什麼。你總是給我一些不清不楚的信號，讓我覺得你是……」陡然的停頓伴著艱澀的吞咽聲。「一開始為什麼不乾脆就拒絕我呢……」

賀司昶本來還保持著理智，但俊朗的臉上也泛起褶皺，受傷而痛苦的神色袒露出來。「不拒絕還每次要你都給，別人要你也都給嗎！是嗎！

「為什麼你總是擺出一副沒什麼好說的樣子，你在意嗎？我什麼態度你在意嗎?!就算是你想做了，你告訴我，可以等我去找你親你抱你，我總會去的不是嗎？太久沒做現在想了是嗎?!」

他一點點逼近佟戈，但中間又總是隔著一小步，越說情緒愈發失控，憤怒得脖頸四周都青筋暴起，小臂因充血而膨脹，卻盡力壓抑著不去碰佟戈。

他怕一旦抓住，就真控制不住自己了。

「大家都一片祥和，走到最後，好聚好散，什麼都不會改變？呵，我不會再讓你得逞了。」

賀司昶就直視著佟戈，怒火餘焰還在眼裡翻飛，但整個人顫抖著，乖巧地站在那裡，離他一步的距離。他一股腦傾倒了太多，一停下便像爆胎熄火，徒剩發動機的哀鳴。

最後，他提起一口氣，彷彿是體內的所有殘餘，一切都是為了最後這一句。期許與賭注。

「我就問你，再問你一句。離開的時候你想不想我，佟戈。」他又說了一遍，「你今天是不是想我了，就只是想我。」

賀司昶最後說：「是就過來抱抱我。」

佟戈瞬間只感覺心臟被用力揪了一下。

從沒有其他人會這樣對他，把那麼蓬勃、強烈的感情如同海嘯一般堆到他面前張牙舞爪，卻又在傾瀉之前嗚咽著停住。

他咬緊了下唇，手也微微發起抖來。他不想讓自己看起來很無措，在賀司昶面前落了下風。他總是擔心這個。

但他感覺自己已經動彈不得。

這次跟以往都不一樣，賀司昶在他面前豎起了旗幟，勢必要橫衝直撞地摧毀他。

而他有恃無恐地扇了太多次翅膀，便忘記愛也有蝴蝶效應。

賀司昶說完後就變得安靜了，安靜得這偌大的房子只剩某扇沒有關緊的窗戶裡漏進來的風聲。他頭一回這麼害怕賀司昶的安靜。

指甲摳進掌心，關節都被捏得泛了白，佟戈活到現在沒有像這樣窘迫得抬不起頭的時候。做了那麼多次，抱過的次數數不勝數，此時卻寸步難進。他以為自己抽了心思刻意去拉遠距離，就能不讓自己身陷囹圄，但實際上，他的心動也不由自己控制。

程修都看明白了，講明白了。

他早就違背了自己當初嘴裡說得冠冕堂皇的交易準則，把賀司昶供出的一切情愛都欣然抽走，卻還叫對方不准跨過那條防線。

他不知不覺竟然流下眼淚來，心裡頭罵著自己，為賀司昶感到委屈。

媽的。

喜歡我什麼呢。

「連抱抱都不肯，不肯就算了，還哭……」

沉重的嘆氣聲像一個許久不用的打氣筒，忽然被人啟動時憋屈地叫喚，直直充進佟戈耳朵裡。「我知道你不想我，但能見你這樣哭一回也算賺到了是吧……好……

「……了！」

賀司昶話還沒說完，就猛地被抱住了，微張的嘴唇和身體瞬間僵硬，突然的撞擊讓他尾音都有些微震盪。

佟戈連抱著他都哆哆嗦嗦的，下巴輕輕落在賀司昶的肩膀上，讓他看不見眼淚還有沒有在流。但能感覺到臉頰是涼涼的，擦著皮膚微微的癢。

心跳如擂鼓般怦怦咚咚，彼此交錯著，像要把自己的心跳到對方胸口裡去。

賀司昶錯愕得像根木頭，從麻花變成木頭，佟戈來把他捏著玩呢。

這個人這下一衝動，不出兩分鐘大概就要後悔了。

又喜又憂。

他默默地等，在佟戈反應過來之前多貪圖一刻，貪得一刻是一刻。

過了好一會兒，賀司昶的手臂開始酥麻痠脹，佟戈這才微微動了。

他屏氣凝神，等佟戈把他推開，可抱著他的雙臂沒有退開分毫，甚至收緊了。

他猛地低下頭看向面前這個人，心神都有些恍惚，一點點感覺到佟戈的臉頰蹭過他的肩線，貼上脖子咬了一口。乾燥的唇印在上面點了兩下，再輕輕地往上爬，爬到耳垂時四周熱氣轟然上湧，蹭地紅透了。

佟戈被他迅速的反應也弄得心悸，逞強地伸出柔軟溫熱的舌頭撥弄那塊軟肉，含著輕輕抿了好幾下，才終於開口說話。

「賀司昶……」

佟戈像變了一個人似的，變成那種要完小把戲就詞窮的小孩，顫顫巍巍掛在他耳朵上支吾。「不是的……」大概也是憋得太久，說幾個字好像窒息般不敢喘氣，脖子也漲得紅紅的，看起來一副被他欺負慘的樣子。

賀司昶又痛又痠。

他狠狠掐自己一把，剛攢的硬氣又搖搖欲墜。

佟戈深吸了一口氣，邊說邊呼呼地吐，熱氣吹在他的側頸上毛毛的，癢，聲音順著氣飄，無可奈何。

「……你說得對，我這人其實就是自私，自私得要命，只想著自己，擔心這擔心那，因為怕自己承擔壞的結果。我又虛假又可笑，糾結懦弱，我從來沒有向感情承諾過什麼，也不擅長承諾。但你完全不一樣，你知道嗎？你為什麼……」

「因為我也自私！」

賀司昶沒有絲毫猶豫，抓著佟戈的肩膀迫使他和自己對視，強硬地打斷了這些語無倫次的話。佟戈又搬出那套說辭，差距、承諾，和對自己的貶低，他就是喜歡說一大堆，表現得他很努力很真誠，但其實把重點撥弄得一塌糊塗。

「我要你對我不一樣，只對我不一樣！我這樣是不是比你更自私？我不想聽你說你是什麼樣的人，我就是知道而且還是喜歡你，怎麼樣呢？我就是反悔了怎麼樣呢？就算我真是一廂情願也並不可怕，佟戈，可怕的是，你連說真心話都不敢。」

他又開始了，問題拋出來砸到佟戈的頭上，好像這樣就能把腦袋鑿穿，然後將裡面裹了又裏的真心話自己掏出來。

但事實是他不能。

甚至連佟戈自己都不能。

垂在他下巴的眼淚隨著顫抖搖晃，甚至眼睛裡滲出越來越多的淚水，無知覺地流。賀司昶強勢的表白，英俊的面龐，說話時熠熠生輝的眼睛，渾身上下肆意亂竄的荷爾蒙都撞得他胸口發痛，渾身發熱，不正常的熱。血管膨脹，呼吸困難。

「我……」他感覺自己腦袋要炸裂了，頭皮突突地就像倒計時一樣，好像下一秒世界立刻就滅亡。

最後他嘴唇微動，如同商量一般，朝賀司昶說：「你……你讓我冷靜一下，我出去……抽根菸。」

賀司昶沒動，他眼裡的強硬隨著這句話迅速灰敗下去，手臂上青筋暴起，蜿蜒向上。身心對立的情緒衝撞讓他只能轉過身去，背對著佟戈。

佟戈雙拳攥緊，像忍耐著什麼，極力控制搖晃的身體轉身下樓，雙腿都有些發軟，最後一階樓梯差點踩空。他以為自己還能思考，但其實頭頂已經冒煙，理智都熄火罷工了。

他磕磕絆絆地走著，直到出了門才大喘著氣蹲坐在地上。

他騙賀司袒的，其實他只帶了一根菸，在進門之前就已經犧牲了，屍體都還躺在門口的垃圾桶裡。儘管上次在程修面前否認，但其實程修是對的，怎麼說也是不好的東西。他剛開始在賀司袒面前會有意識地少抽，漸漸的，平時才抽得少了。

佟戈想起當時程修的表情，只能苦澀地笑，現在身上除了手機就只剩一個打火機，他怎麼冷靜。

他剛剛幾乎是落荒而逃，只是因為在聽到賀司袒對他說，他就是明知道也喜歡自己的時候，他瞬間勃起了。速度快得像按到什麼奇怪的按鈕，使得性器忽然一下就興奮，腹部發燙，嚇得他渾身僵硬，舌頭打結，整個人亂了分寸。不合時宜的慾望像熊熊大火，他卻不敢作聲。

更荒謬的是，在那一刻，他忽然明白了臨行那天晚上，賀司袒神色複雜的原因。賀司袒在那時候就在告訴他，我想你不是只想和你做愛，最後卻因為他而不了了之。

性愛真的既繫緊了彼此，也拉扯著彼此。

他恍惚著走下臺階，不知道賀司袒多久之後才會發現他又找藉口騙了他，只是慶幸賀司裡沒空注意他身體的反應，褲子裡面肉穴微縮，到現在也熱得快要流出水來。

佟戈越想越覺得嘲諷，偏偏今天的太陽還特別大，天色看起來像夏天一樣燦爛無比，照在他身上讓一切悸動和狼狽都無所遁形，也順便燃燒著那些凌亂的、衰落的荒草。

他加快腳步，抬頭看了一眼，被照得刺痛。

負五／就地倒戈

佟戈以為回家至少能稍微鬆口氣，但其實一點用都沒有。屋內陰冷，他渾身充斥著強烈的挫敗感，可被太陽照射過的每一處都在滾燙。

他在回來的路上還是繞去便利店買了一包菸，靠牆直接坐在地上點了一根，也沒抽，任它自顧自地燒。不一會兒門口就菸霧繚繞，陰鬱的灰白色籠罩著他。他看了眼扔在地上的手機，卻不敢拿起來。

賀司昶有沒有罵他？有沒有生氣到甚至直接把他拉黑？雖然賀司昶從來沒有對他做過這樣的事，但這次他不確定，也許他傷透了對方的心呢。

他渾身忽冷忽熱，連自己都覺得自己有些可惡，自嘲地勾起嘴角閉上眼睛。

過了不知道多久，冷不丁地，他拿起手機解鎖了螢幕，打開和賀司昶的聊天畫面。訊息還停留在早上他傳過去的那句「在家嗎」。

還是一點回覆都沒有。

果然完蛋了。

他心微微抽痛一下。但明明先退開的人也是他啊，怎麼能那樣做了又要因此難過呢？

他發現，其實不面對賀司昶，他心情很平靜，思路很清晰，就是面對面的時候，腦袋就成一團漿糊。他回想剛才所有的對話，賀司昶失落的神色，憤怒的眼神，孤注一擲的模樣，堅定的表情，無一不顯露著真心……他怎麼還會懷疑呢？

賀司昶一開始就對他放狠話，卻到結束時都沒有強迫過他。

佟戈痛苦地捂住臉，抓著頭髮，眼眶泛紅，閉合的淚腺又像被紮破一個洞，隱隱滲出淚來。

佟戈不敢想像賀司昶此刻是什麼心情。賀司昶全然相信自己，把所有都攤開了，而自己呢？

我那時候明明可以換一句話說，明明可以做得更好的，為什麼變成現在這樣呢？

他回想幾遍，腦中的疑問越來越多，甚至開始不理解自己。一整個房屋的寂靜與黑暗，把他所有情緒都放大到極致，無邊無際的後悔蔓延開來。

賀司昶說能看他哭一回也值了，他只想說，值什麼，老子現在又哭了，我不想哭的，但它停不下來，不僅停不下來，還在拚命衝他叫喊。

承認吧。

你就是後悔了。

不是後悔那一刻抱住了他，而是後悔明明抱住了他，卻還是沒骨氣地鬆開了。

他頃刻間神思豁然清明般，連呼吸都忘了，哆哆嗦嗦又點了一根菸，鼻頭發酸。承認吧，有什麼大不了，他想著。他深吸一口，穩住手臂，撥了賀司昶的電話。

接通的瞬間，佟戈渾身一抖，慌不擇調地趕緊張口：「賀司昶……你先不要說話！對不起，你聽我說，你讓我一口氣說完，我怕聽見你的聲音又全都忘了……」

他憋著氣，草稿都沒打，把話快速抖出去，一秒都不敢耽擱。

「我不知道從哪裡說起，對不起，我剛才真的很……緊張……我記得你問我在意嗎，我在意的，你的態度我在意，你說喜歡我也很開心，因為在意所以更加不知道怎麼辦……你就算不原諒我……」他剛開始還冷靜的聲音開始哽咽，再次深吸了一口氣才繼續：「我也覺得……這很正常。我這人……我剛才說的都是真心話，我不會承諾，也不會表白，我活到現在以前從來沒有遇見過像你一樣的男人，所以在你面前我什麼都……你總是讓我意外，意外又緊張……我現在都不知道我在說什麼，我只是想告訴你，對不起，我……」

「不要說了。」

電話另一邊終於出聲了，簡短的幾個字伴著哼哧的喘息，粗重又急促。

「嗯？」

他咯噔一頓。

「你不想聽……」

「你現在給我閉嘴。」壓抑的聲音像要把他碾碎了。

滴滴滴滴，清脆的按鍵音透過耳筒……

「？」

他頓時不敢動也不敢呼吸，瞬間變成一個乖乖被訓斥的學生，真的閉嘴了。然後他傻傻地、雙眼直愣地看著門口，看著賀司昶怒氣沖沖地闖進來，看著他身後的陽光照進來把自己的一場糊塗的樣子倏然暴露。

「！」他受驚一般快速偏過頭，邊錯愕邊囁嚅著：「你怎麼……」

賀司昶闔上門，屋內又陰暗一片，隨即蹙緊了眉心，第一句話卻是：「你沒換密碼？」

「……嗯。」

賀司昶感覺自己拳頭要搓出一團火。

「你知不知道我轉了一圈樓上樓下跑遍也沒見到你我是什麼心情佟戈！你他媽又！騙！我！我本來想給你打電話，但怕你不接，只好跑來你家。我在路上跟自己說，如果你真的跑回家了我就算把你家門拆了也要讓你看著我告訴我為什麼！結果你又在電話裡說這種話……」他滿身戾氣，毫不收斂地冷笑。「你就這麼愛把我玩弄於股掌之間嗎？」

「……」

佟戈想過肯定逃不開賀司昶的怒火，但沒想到賀司昶會出現在他面前，直接質問他。但聽見賀司昶的質問，他內心深處反而鬆了一口氣。如果賀司昶真的放棄了才是追悔莫及。他心裡湧起數不盡的酸澀，沒有什麼能再算過此刻了，現在，他既然都已經把話說出口了，賀司昶要怎麼樣撒氣都行，他有什麼好委屈。

他釋然地看向賀司昶，拚命搖頭，賀司昶卻突然說了一句：「沒話說嗎？那你起來先讓我揍一頓吧。」

「？」

佟戈徹底投降了。

怎麼會有人這種人呢？

揍就揍還先預告，剛才又一臉黑嚇唬人。

頃刻，他的心軟成了棉花糖，蓬得大大的，甜甜的。他想摸摸賀司昶的頭，但他還有罪，心虛，只能仰著臉一副「你想揍就揍吧」的樣子。

賀司昶卻跟佟戈相反，他覺得自己靈魂住錯了身體，喜歡一個看起來是大人實則是糟糕的小孩。

所有憤怒都化成了一聲嘆息。

「揍之前先過來親一口。」

「？」

佟戈一顆心真是被捏得全無辦法了。

他好想掰開賀司昶的頭看看裡面裝著什麼。

他不是憤怒嗎？不是要逼問他嗎？為什麼要抱又要親。

他眼睛濕漉漉的，所以很亮，亮晶晶眨都不眨望著賀司昶，然後慢慢蹲起身朝他湊過去。

但賀司昶還是忍不住先捧住他的臉，親了親眼睛，再去親嘴，啄吻著把人按牢了，慢慢地，一個一個問題丟來。

「你是佟戈嗎，剛才打電話給我的是你嗎？」

「嗯。」

「你知不知道你說了些什麼？」

「嗯。」

過兩秒又搖了搖頭，惹得賀司昶貼在他唇上翹起嘴角。

「為什麼不說話，你只會說『嗯』嗎？」

「……」才不是。

「不是你叫我閉嘴嗎。」

賀司昶抵著他的額頭愈發用力，緊緊貼在一起，睫毛在他眼下撲扇，貼著他的鼻息都要把他點燃了。

「這麼聽話……那你喜歡我嗎？」

「嗯。」

嗯？他唇齒微張，愣了一下。

心機。

賀司昶笑了。和他對視的雙眼也變得亮晶晶的。

「真的嗎？」

我都知道你的把戲了。

「嗯。」

並且這次為了表示他是真的聽清楚了，他看著賀司昶極輕地點了點頭，緩慢但認真。

「你沒騙我對嗎？」

佟戈的心又變成雪花開始飄舞。這人是十萬個為什麼嗎。

佟戈沒有回答，張唇主動含住了賀司昶。

賀司昶輕輕吮著他的舌尖，舔到接連滾落的鹹鹹的味道。

「怎麼又哭了……騙了我跑掉你卻哭了，你比我還委屈啊。」賀司昶捧著他的臉一刻也不離開，親到面頰慢慢變得熱烘烘，唇也暖和柔軟起來。「你比我大多少……六、七歲啊，哥，你是不是就喜歡別人哄你……」

佟戈咬著賀司昶的下唇，哼了兩聲，似乎並不服氣。

「那你還沒回答我，你是不是覺得我很好玩弄？」

賀司昶雖然把怒氣收了，但心裡難受，貼著他的嘴唇也微微顫動。

佟戈被揪扯的心就沒有停止過痛，聽見賀司昶這樣問，現在更痛，比自我掙扎還痛。他讓賀司昶不安了，讓他懷疑自己的真心是個笑話，讓他的勇氣缺了一個角。

這全都是我的錯，佟戈想，那就由我安回去。

「賀司昶，我猶豫不決我自私自利是我自己的問題，你從來沒有做錯什麼，你沒有，你很好。」他堅定地說，在賀司昶額頭親了一口。「今天，從我們見面到現在，每一分，每一秒，你都很帥，很懂事……很溫柔，你不要懷疑自己。你根本就沒有想要傷害我，逼迫我，就連生氣的時候都沒有，對不對？……但，其實你也可以不用這麼好的……你可以撒氣，你可以恨我，可以罵我，你為什麼要讓我呢？」他要安撫賀司昶，說著對方的好卻越說越心疼，自己的眼淚直往下掉。「你憑什麼讓我？憑什麼要……」聲音已經被堵住了，他不想抽泣，但是還是忍不住吸了吸鼻子。

「好，你別哭。」賀司昶眼眸低垂，把他攬在胸口，「怎麼這會兒這麼能說，我有那麼好嗎？」

佟戈頂著重重的鼻音點著腦袋「嗯」了一聲。

「你電話裡說的一大堆也是在表白嗎？」

他有些不好意思地「啊」了一聲。「是不是很爛。」

「嗯，很爛。」

「對不起。」

「你說了好多次對不起。」

「嗯。」他垂著眼睛輕嘆。「對不起。」

「你換一句吧，代替很爛的那段。

「換成『我喜歡你』。」

賀司昶的鼻尖在唇邊撓，說完這句親上他，舌頭伸進去叫他嘴張開了含著自己，把他嘴裡軟肉和牙齒舔得又麻又癢。他腦袋一陣嗡嗡，被賀司昶帶著幽怨和寵溺的語氣臊得不行，仰著頭一把摟住賀司昶的脖子，讓舌頭進得更深，喉頭瘋狂地蠕動，嗚嗚溢出哼叫。

賀司昶壓著他，把他推到牆角了，沒有退路了，他卻收緊雙臂把賀司昶拉得更近，近到他說的每個字都印在賀司昶的唇間。

「我喜歡你。」

賀司昶縮緊的慾望瞬間有了出口，自喉間爆出一聲低吼，狂風驟雨般地親吻想要把他抽幹，掐著他的喉嚨按住他的喉結，伸長了舌頭在他嘴裡攪弄。

他抬久了，手臂痠得疼，口水瘋狂地往外流，滑膩地勾起銀線，落在唇外交纏的紅舌上。「哈啊……」舌根逐漸僵直發麻，他想求賀司昶輕一點，或者停一下，但他耳邊爬滿了賀司昶粗糙不加掩飾的低喘，呼呼地拍著他。他喜歡得要飛起來了，又不想讓他停，蹲坐的屁股微微扭動，在賀司昶啜著舌尖的時候摸到他的喉結也輕輕揉搓起來。

「你做什麼。」佟戈的手被緊緊攥住了，賀司昶說：「舒服了嗎，還跑不跑？」

賀司昶看不見，但佟戈的臉一定紅透了。

他極度愉悅地抓著佟戈的手放到嘴邊親了一下，然後脫掉上衣，拉著他的手沿著鎖骨胸肌腹部一直摸下去，摸到褲襠飽滿硬挺的一大包時，按著他用力抓了一把，壞嘻嘻地笑。「再跑大雞巴就操死你。」

佟戈愣愣地，手心轟轟發熱，賀司昶幼稚莽撞的聲音叫他不自覺嘴角上揚，毫不掩飾的心動從眼神裡流出來，動情地抓著褲襠緩緩動起來。

「好啊……操死我。」

他一邊揉著賀司昶的性器，一邊挺著胯往對方身上蹭，內褲上快乾掉的痕跡又被染濕了。他曲起腿往兩邊伸，拉著賀司昶再貼近一點。

「你摸摸我，唔。」賀司昶高大的身軀罩著他壓迫著他，眉眼氣息身體圍成了另一堵牆，他特別安心，大膽地叫賀司昶直接伸進褲子裡揉自己流水的肉逼。

賀司昶呼吸一滯，毫不客氣，按著肉唇就用力地揉搓，水多得他根本不需要小心翼翼，直接插入了兩根手指邊按著陰蒂邊抽動起來。「怎麼濕得這麼厲害，剛才這裡跟著一起哭了嗎？」

「啊！」佟戈被他一個深插爽得頂起腿用力夾了一下，一晃神就全都如實招供，眼尾紅到耳尖。「在你家……你說喜歡我我就濕了……」

「……」

這下賀司昶是真的動了氣，他搞不懂怎麼有人這麼可惡，把一句喜歡變成對他和對自己的折磨！他越想越恨，手上越狠，揪扯著陰蒂，牙根磨得吱吱響。

「然後你就跑了是嗎！佟戈你的心在哪裡！你真的有嗎！你為了什麼？為了氣我，氣死我誰操你！找別人操你！」

他被情緒衝昏頭，四根手指一齊插進去，豐沛的汁水咕嘟流到手心裡，又滑又熱，肉逼一下絞得特別緊，但適應得特別快，淫媚地蠕動吮吸著他。他越加肆無忌憚，抽得飛快，報復似地找那個最騷的點讓他抬起屁股尖叫。

「你除了氣我還騙我，你還是當我是小孩子！」他粗暴地把衣服撩起來，埋頭把乳頭叼在嘴裡狠狠地啜，口水糊滿乳房，吸得嘖嘖地響。佟戈抱著他的頭劇烈地顫抖，牙縫裡擠出的「對不起」變得支離破碎，崩潰地想推開一點。賀司昶咬得更用力了，白嫩嫩的肉全漲起來，亮晶晶的，跟著舌頭抖動，瞬間腫大了一圈。

但他還是不滿足，雞巴叫囂著要跳出來。

賀司昶躁怒地把褲子扯了一半，陰莖赤裸裸地在空氣裡甩動，然後抱起佟戈兩三步把他放到離門口最近的餐桌上，正對著窗。衣服堆在胸上，褲子也掛在腳踝邊晃蕩，緊致平坦的腰腹和白嫩細長的雙腿間，肉戶被手指操得軟塌塌的，凹進一個小小的洞，大張著淺淺蠕動，不停地擠出淫水滋滋流到後面去。

雖然窗邊有些亮光，但窗簾闔著，賀司昶還是打開了所有的燈。上回他不忍心，這次他哪裡都不會放過，他要每分每秒都要看著佟戈。

「哥，你知不知道你濕得就跟尿過一樣，就這樣你還跑。」他始終噙著笑，眉眼都是尖銳濃郁的戾氣，身上肌肉飽滿，粗直碩大的雞巴憤怒地拍打他的陰莖。

佟戈看著他嘴裡吐出淫穢不堪的話，羞恥但挪不開眼，勾了勾腳尖蹭著他，去拉他的手。這個人順從地任他拉住了，但轉眼臉色一變，俯身壓過來，貼在他臉上惡狠狠地說：「騷逼是不是想被舔了，但我還生著氣，先叫雞巴爽了。」

賀司昶舉起他的雙腿搭在左手臂上，強硬地把陰莖插進腿心。他早就駕輕就熟，根本不等佟戈的反應，貼著肉逼就開始快速地抽弄。

「腿併攏，鬆開了我就插進去，」賀司昶凶得像要把他吃了。「我不是你，我不會騙你的，夾緊。」

賀司昶捏著他的腳踝扛在肩上，腰胯都緊繃著，渾身的肌肉突起，強勁的臂膀叫他一點都動彈不得。賀司昶見他邊掙扎邊浪蕩地吸著他更得意了，拖著他的腿往外拉，把屁股懸空在桌邊，再從下往上突突地頂，陰莖上猙獰的筋絡卡在肉唇的縫隙裡來回插磨。他只感覺淫水一股股噴出來根本夾不住，越插越滑膩，被快速地抽打出白沫，倒流到肚皮上。

佟戈一個月沒做了，腦袋缺氧一般兩眼發黑，五臟六腑都在往下墜，他不想停，但害怕自己還沒做就暈過去，憋得滿頭大汗，咬緊了牙去拉賀司昶的手臂。「痛……」

「忍著。」賀司昶難耐地擠出兩個字來，渾身汗津津的，心裡卻一陣爽快。

他才不要再心軟了。

他早該這樣，從他抱著他哭的時候就抓到懷裡操，管他什麼原因，操破騷嫩的肉逼，讓他合不攏腿，走不動路，看他跑到哪裡去。

但現在也不遲。

賀司昶邪戾地笑，他內心在暴動，他要操進去，但他要讓佟戈求他操進去。

「夠嗎？」他夾著佟戈的大腿畫了個圈，把微曲的龜頭戳在肉縫突突地挺，隱祕細小的尿口才剛開始就被幹得通紅，水沫四濺。

佟戈朦朧地看見他冷酷的樣子，又心動又委屈，腳尖勾著在他後頸輕輕地撓。「燙，輕點……要磨破了……」佟戈捲起腰腹，抓著賀司昶的手腕劇烈地顫抖，哭得可憐巴巴。大腿根本來白皙柔軟的肉變得紅腫，暈開了，連四周都變得粉粉的，肉莖孤零零地翹著，甩在肚皮上啪啪作響，賀司昶隨便弄一下他都痛得眼淚打轉，一整塊陰戶翻開了嘴，火辣辣地痛。

賀司昶正被他夾得昏頭，背後浪蕩的腳尖勾著他，叫他從尾椎骨麻到後腦杓，越是不肯放。「哥，我囊袋都要被你吸進去了，輕點你能爽嗎。」他使壞地一下快一下慢，還把他兩隻手都抓起來和腿並在一起，操得更加賣力。

「啊！賀司昶……癢，裡面，別弄那裡了……」

賀司昶見他皺巴巴的臉像真的承受著巨大的痛苦，手上鬆了些勁，動作也稍微慢了一點，但是每次撞擊力道不減。「不弄那裡想弄哪裡，後面嗎？」他往後退了退，手指摸到屁股縫，洞眼濕得一塌糊塗，把甬道裡擠出來的水吸得咕咕叫。

「不……」佟戈兩處都被弄著，愈發去瘙癢難耐，扭著腰手指無助地抓在桌沿。他小臉漲得通紅，吐出的字眼磕磕絆絆。「賀司昶你、你想進來嗎？第一次在這裡，你是不是過……」

他忍耐著情潮，抓著賀司昶的手按在騷紅的肉逼上，手指微曲，重疊的指尖一齊按進一個指節。他咬唇哼吟一聲，呼吸凌亂，但直視著賀司昶的眼睛沒有跑開，似乎想用賀司昶的目光把羞恥都燒乾淨。「賀司昶，這裡……」

他始終看著賀司昶，沒有離開一秒。

他見賀司昶還是沒有動作，心一橫掙開了他的手，小腿勾到他腰上，坐起來抱住了他，把下體直直地往雞巴上貼過去。「插進來。」

負六／煮雪

佟戈還不知道，賀司昶早就等好了，等他掉進籠子裡，自己掰著腿挨操。他天真地被賀司昶捏著後頸吻得喘不過氣，肥厚的肉花從兩邊被指尖拉扯開，橢圓幽深的洞口劇烈縮絞，冷空氣直往裡灌，被夾成水再流出來。賀司昶大張著手掌用力抓揉，得逞的快感讓他雙目赤紅。「你要是後悔了，我就把你綁在床上天天操！」在瘋狂啃咬親吻的間隙，賀司昶嘶啞著低吼。

因為面前是賀司昶，佟戈並沒那麼害怕，快感堆積了一層又一層。他更急切渴望的是賀司昶那種蠻橫、霸道的衝撞，所以在賀司昶口舌並用地給他舔逼擴張的時候，他渾身已經汗涔涔了，衣服全扔掉了也熱得要喘不上氣。「不要舔了，好脹，快點。」他夾著賀司昶的頭被舌頭插得抽搐了幾下，強忍著潮噴的感覺繃起腳尖，踢了踢他的肩膀。「進來……」

「……啊！」佟戈感覺瞬間被頂得身體挪了位，賀司昶總是行動力驚人，嘴角還掛著亮晶晶的水滴，插進來的時候就邊舔邊死死地盯著他，深邃又滾燙的眼神叫他四肢發軟。瘋狂的手交和口交本來就把他搞得瀕臨崩潰，抽插的肉莖還像烙鐵一般燙著他，撐開他橫衝直撞，他幾下就尖叫著洩了出來。

疼痛和高潮同時把他捲到天上，像高空彈跳，令人眩暈的強烈起伏逼得他崩潰大哭。但肉逼夾著火熱的雞巴爽得不停痙攣收縮，他控制不了，陰道被磨得越來越濕，隨著抽插變得滑膩淫蕩。

「哥……」賀司昶從舌尖擠出一聲喘息，渾身結實的肌肉都膨脹起來，緊緊環抱著、壓制著佟戈，幾乎把他拉離了桌面，顫顫地掛在自己身前。他壓根就忘了分寸，蠻得什麼下流的手段都沒了，直愣愣地往穴裡操幹。「我會控制不住，你抓緊我，痛就狠狠咬我……」

他不知道自己會不會變成禽獸，佟戈穴裡又軟又熱，剛噴瀉的肉道夾得更緊，騷水包裹著他的雞巴，他可以肆無忌憚地操，連想想都興奮的事情變成現實，他沒出息地立刻就想射精，射在裡面，射滿整個肉逼。

「好滑，唔……」佟戈整個人懸掛在賀司昶身上，他勾著賀司昶的脖子但也全都是汗，綿軟的手臂沒一會就往下掉，然後雞巴就插得更深。這是他頭一回，哪受得住，又痛又爽，剛才叫賀司昶快點的硬氣全漏空了。「慢點，慢點。」

沒流完的眼淚繼續流，他咬了賀司昶的肩膀、鎖骨，蹬起腳踢打結實的背，都沒辦法忍住被操得放蕩的呻吟，最後只能摸到賀司昶的臉湊上去，無助地叫他堵住自己的嘴。

賀司昶被親著也沒辦法叫自己慢點，他形容不了自己現在的感覺。他一會兒在天上，一會兒到海裡，又像在夢裡。他托著佟戈的屁股啪啪地撞，不小心碰到桌沿把桌上僅有的兩個水杯震得叮叮噹當，窗簾也抖得晃來晃去。佟戈不喜歡做愛的時候太亮，晚上關燈白天拉窗簾，而賀司昶看著面前時隱時現的陽光，心裡的衝動漲起來，他以前沒有做過的事，他都想做。

賀司昶色情又瘋狂地和佟戈唇舌交纏，把他唇邊吸得紅腫，下巴發疼，臉頰上的淚水都被吃掉了，變成薄薄的唾液，再細緻親昵地舔過去。直到這人被他親得暈乎乎，他便把人抱到窗邊拉開窗簾嬉笑著挺弄。「哥，冷不冷，曬曬太陽。」

「唔？」佟戈不明，只感覺四周的光忽然刺眼，沉溺的表情瞬間變得驚慌。「不！」他捂著眼，又去抓賀司昶，手忙腳亂，一個杯子唰地被掃到地上清脆地碎了，他猛一哆嗦，強烈的羞憤不安和皮膚蒸騰的快感全都湧上來。

賀司昶看著佟戈躺在桌上掙扎，柔軟緊致的肉穴卻夾著他的陰莖一刻也離不開，又滿足又得意，抖著肉莖一點點想整根插到底，於是看著他耐著性子往裡送，越看越著了迷。

那麼小的地方吃著他，平坦的腰腹繃得緊緊的，肉白，乳頭和腋窩都紅嫩嫩，在清亮的日光下每一段都扎眼。他突兀地想，就算佟戈是一捧會融化的雪，那也要融在他手裡。

因為想像他一瞬間心軟，隨之笑笑，拉開佟戈遮著眼睛的手放在嘴邊親吻，凹縮的肚皮上一攤凌亂的精液，他抓著佟戈手沒放，沾了一指含進去，用力一頂，陰囊終於碰到唇瓣，馬上開始激烈地衝撞。他兩眼赤誠，裝滿了佟戈，手掌撐到他耳邊，「哥，我好喜歡……」他雪白的牙齒也亮閃閃，和透明的表白話語一齊刺到佟戈心裡。「你喜不喜歡，我射裡面好不好？」

佟戈答不上話，他被太陽照得眼前花白，什麼都看不清。賀司昶從下往上的頂著他一聳一聳，頂得屁股又離了桌吊在半空中。他掰著桌沿被操得渾身發軟，他本來就熱，現在更是頭昏腦脹，肉蚌快速地收縮，賀司昶進進出出的東西也燙得快要把他燒起來了。「喜歡……雞巴好熱，操我，啊……」他極速翻了下眼珠，叫春的聲音綿長又浪蕩。「要壞了……」

他快活得在飄，卻忍不住皺眉頭，被刺痛的雙眼不停落淚。這種處境讓他生疏，讓他變得不像自己了，但一刻也不間斷的摩擦爽得他頭皮發麻，陰莖空虛地漲起來。被撞到的時候他顫慄著尖叫，賀司昶就不停地撞上去，撐在他耳邊的手緊緊地圍住他，汗珠啪答地隨意甩到他臉上。「一刻也忍不得啊這裡，真騷。」

他好像怎麼都逃不過賀司昶的眼睛，水紅的嘴張大了搖著頭，被賀司昶突然摸上去的手指捏得眼皮一翻，眩暈一般地挺起腰淫叫，「噢，別、別摸！唔……好瘮……」這人可惡的臉就懸在他鼻尖，高興得很，怎麼可能聽他的，一邊揉著一邊操得更快。

「夾緊我，哥。」濕滑的額頭抵著他，肉根緩緩地膨脹，他又恐懼又興奮，張開手被賀司昶死死地按在胸前，賀司昶掐著他的屁股叫他一動不動地全都敞開，然後一波波精液全部射進他高潮痙攣的甬道裡。

賀司昶擰著眉爽得一聲低吼，邊射邊一口咬在他鎖骨上，咬出一個深深的牙印，咬完還舔著齒尖去親他。「真乖，哥，你好緊，不要鬆。」賀司昶霸道又繾綣地在他耳邊喃喃自語，一股股全都射乾淨了也不走，真像小孩一樣耍著賴。

他已經渾身脫了力，手都軟塌塌地掉下來，小腹被堵著像憋尿一般刺刺地疼痛。

他顫抖著眼皮望著賀司昶，近在咫尺的臉，喋喋不休的唇，高潮讓他的毛孔都散著強烈的性慾。他聞到他散出的味道，鹹濕的淡腥氣，被引誘一般伸出舌尖在他臉上舔了一下，眼底不自覺盈起淺淡的笑意。

他嘴裡鹹鹹的，還沒說話，忽然被抱起來，被抵在牆上，被濃烈的火熱的吻包裹住。賀司昶像狼一樣撲向他，咬住他，窗簾磨著他的背，剛平息了一分鐘的肉鞭又開始甩動。「唔，不行，不能再……」他扭頭推賀司昶的胸，充盈的口水從嘴角側流，賀司昶也歪著頭嘖嘖地啜吮，吸著他的水，他的嘴，他的舌頭。

「我還想要，給我操。」賀司昶蹭蹭他漂亮泛紅的臉頰，鼻尖蹭到耳邊「嗯嗯」地低喘，凸起的喉結幾乎碰到他的，咕嚕地吞咽時跟他撞到一起，像突如其來的性高潮，麻得他渾身一顫，仰起頭哼吟著上下滾動。「啊……」他兩腿在賀司昶腰後交叉在一起，腳尖都蜷起來，乖乖伸長了脖子叫賀司昶含著他，磨著他，磨得喉尖也紅通通，說話綿綿地：「那你先出去一下……」

「我不要。」賀司昶齜牙對著喉結咬了一口，兇巴巴地捏他臉頰上薄薄的肉。「你只會叫我出去。」然後托起他又往上頂了頂，確保雞巴沒有掉出一點來，才邁著步子走到沙發邊把他放下了，叫他靠著抱枕舒服點。

賀司昶跪在他面前，膝蓋頂著他，像兩座彎彎的橋親密地重疊。

賀司昶一時沒說話，但做愛的信號燈一直閃，他身子軟軟的，精神卻忽然有些緊張。他剛被賀司昶操了一回，或者一回都沒有操完，只是射了一次，滾燙的性器沒有絲毫疲軟，就像這雙眼睛一樣，隨時都能撕破他。

他縮緊肩膀，在賀司昶的目光裡就要敗下陣來。賀司昶卻忽而甩了甩頭，把汗濕的碎髮都往上一撥，乾淨的眉眼都閃著光，特別爽朗地衝他一笑。

「這是你今天的懲罰。你今天要聽我的。」

賀司昶向來就是耀武揚威，得寸進尺，轉眼明晃晃的開心就寫在臉上，好像之前的陰霾風雨都不存在。簡單地袒露，直白地進攻。

佟戈本還有些羞澀彆扭的心一下就被抹平了。

他覺得也挺好玩，湊上前去親了親賀司昶的額頭，帶著瞬間放鬆的懶散，淡淡地說：「我可不像你年紀輕，精力那麼旺盛。」

他有些調笑的意味，卻沒有反駁，默許了賀司昶的放肆。

賀司昶眼睛更亮，捧著他的臉，特別認真地說：「你又不老，你才二十五歲。」

佟戈就這樣被他火熱的掌心托著，碰到他的鼻頭的時候輕輕蹭了一下，只是瞇著眼睛笑。「但你才十八啊……」

「你不喜歡嗎？」賀司昶壓低了聲音，聽著感覺特別委屈，但也要讓自己看起來大方。「那你把我想像成二十八好了，我不介意。」

佟戈正眉眼彎彎，輕輕貼著賀司昶的臉跟他交換的呼吸忽然停滯。他怔愣了一瞬，忽而笑意更深，輕聲道：「你怎麼這麼多花言巧語，你到底……唔……」

他沒說完，後穴被猛地插入一指失了聲。

賀司昶一臂收緊把他摟得更近，肩頸乳頭都貼上了，心跳像暴雨落在他胸口，腹部的位置因為用力收縮而空落落的，他脹得飽滿又筆直的陰莖孤零零地插在中間，被腹肌磨得直流水。

「什麼花言巧語，你摸摸我的心，不真嗎？你不愛聽嗎？」賀司昶捏著佟戈的臉蛋，啄他的嘴唇，另一隻手又放了兩根手指，三根進沒到指根。「騙子。」他得意地顛了顛腿，把臉埋在佟戈胸口咬白淨的肉，順便觀察佟戈的反應。「試試，雖然沒有兩根雞巴操你，但是……手應該也不錯。」

他英挑的眉眼對著佟戈，一閃一閃像在攝魂，膽大妄為的動作和帶著期許的眼神，割裂般地叫佟戈咬牙切齒，四肢發麻，伏在他肩上被顛得直顫，根本說不出話來。

賀司昶知道等不到回答，但手和腿動作都沒停，甚至愈發大膽，雞巴在圓潤的穴口磨了幾下又插進去，循著第一回操出的痕跡愉快地把甬道都填滿。他看起來莽撞，操的時候大開大合不遺餘力，但做愛又有異常強烈的掌控欲，把佟戈的每個反應表情和身體的每個部分都要摸透一般，耐著性子反覆壓迫刺激。

他喜歡又厭惡佟戈那副怎麼都行的樣子，說不清楚，只有做愛讓他嘗到佟戈的散漫下隱藏的放浪，便更樂得做些淫蕩的事，再說些羞死人的騷話。

「還是這麼緊，操，抱著我……」他壓低了聲音咬著佟戈的耳朵像個無賴，下面幹得越來越快，陰莖帶出的汁水被打成乳白色啪啪直響。「我好舒服啊哥，操爛你好不好……」

佟戈這回比頭一次清醒得多，像身體被打開了，賀司昶說什麼都重重地砸進去。他想捂住耳朵，肉體的衝撞聲和賀司昶的粗喘混亂交錯，他收不住洞口也收不住喉嚨，混著哭腔綿綿地叫罵：「要撐破了，你他媽……真要操死我嗎？啊！不要摸那裡……」

賀司昶蓄著精，奮力衝撞的雞巴在射精的邊緣，他腦袋充熱，手指在屁眼洞裡橫衝直撞，摸到那塊脆弱的腺體便不遺餘力地按上去瘋狂抖動。

佟戈渾身一顫，抬起頭兩眼紅通通瞪他，高亢地一聲尖叫後猛地咬住他的肩膀，癱在胸前劇烈地震顫。「不，不要同時……啊，慢點你，麻了，唔。」

「屁股流水了哥，我摸到了……」賀司昶做得渾身發燙，他感覺自己已經缺氧，喪失了思考能力，蠻橫得像個野獸。「跟我一起射，你兩個洞是不是都要噴了……」

賀司昶拱下身子把佟戈壓得更緊，交錯的腿不留一絲縫隙。他托起佟戈的臉給他舔去細密的汗珠，火熱霸道的舌頭像圈地一樣滑過面頰、喉結和胸口。光裸白淨的乳肉鼓鼓得老高，流出濃郁的肉色，他低下頭含住小巧圓潤的乳頭，咬在齒間咂摸，下身突突地挺弄。

佟戈被賀司昶狼似的眼神肆掠著，狂放的壓迫感逼得他縮著上身半躺下去。雙腿夾著對方的腰被幹得淫亂又狼狽，陰穴火辣辣的又麻又痛，肉莖在一片狂風驟雨般的操幹中又射滿肚皮。

他射完，兩眼發黑，間歇性的一陣陣暈眩，張開手攀上汗涔涔的肩膀不自覺把胸乳往賀司昶嘴裡送，細緻又蠻重地舔舐叫他蜷緊了腳趾。奶尖又紅又騷，硬得縮不回去，屁股抖得更厲害。「快點，再舔舔，噢！爽死了，好爽，快射，射進來……嗚。」

賀司昶吸著細小的乳孔飛快地彈撥舌頭，他想看佟戈被舔著乳頭噴水，但他貪心得很，捨不得軟乎乎的肉逼。

糾結了幾秒，他拔出陰莖飛快地操進屁眼，只感覺佟戈抖著小腿微微痙攣了幾秒，前面精水沒了堵塞嘩嘩從陰道湧出，緊跟著，還有更深的一道溫熱水流細細地輕噴出來，一股腦澆在他濃密鬈曲的陰毛上面。

賀司昶眸色幽深。

他按住佟戈的屁股用力往前推，紮刺的毛髮像要操進去一樣，死死貼住了紅腫肥軟的肉逼。「哥你真厲害，尿好多，大腿都尿濕了……」

佟戈被操爛的肉戶翻出來吐出猩紅的肉，被雞巴餵出的肉洞空落落的。粗黑的陰毛戳進去癢得他要死掉了，水也好像流不完一樣，夾也夾不住，像真的尿失禁。他想起上次，還有上上次，越來越多的記憶冒出來。淫蕩的畫面一個個重疊，他被嚇一跳，顧不得被含著乳頭，手忙腳亂地去捂賀司昶的嘴。「你才尿了，我沒有。」

「我沒有！都是你射進來的……」他口不擇言，補了這句忘了那句，被賀司昶壞笑著摁在懷裡應和：「是是是，是我，你要讓我尿嗎……噢，屁眼真緊。」

他發狠地朝屁股扇了一巴掌，被夾得雞巴又大了一圈，愈發瘋狂地拍打著肥厚緊翹的屁股。「坐下來，小騷逼掰開。」

「啊！別打，痛，痛，又要，啊！」佟戈尖叫著，筆直漂亮的陰莖像受盡凌虐般耷下腦袋，可憐巴巴地貼著肚皮吐出清透的汁水，慢吞吞地流，因為射不出來有些痛了，但越是痛越急，越想勃起。

他委屈得眼淚憋不住地落，為什麼賀司昶還又粗又大，而他這麼狼狽。他想著便縮緊了屁股憤懣地咬著雞巴往下坐，全身都被操得張了孔，呼呼地往外吹著風。他感覺一切都過了頭，卻拉不住，神色愈發迷離，口水滴答地流下嘴角又被他隨意地舔舔吃掉。

賀司昶挺著胯凶猛又野蠻的操幹，精力愈發旺盛，抓著臀肉肆無忌憚地揉。本來就被手指插到高潮的穴道滿是汁水，又熱又緊，跟陰道完全不一樣。他記得，如果幹到爽了，雞巴還會射尿，但現在來不及了。他略可惜地舔舔唇，把佟戈舉起來捧著親吻，再狠狠按進自己身體裡蹂躪，凶狠裡透著傻氣，一股腦把自己全射進後面的肉洞，抱著佟戈撒歡似地滾到地上舔他渙散的眼睛，張狂得全無規矩。「後面也給你了哥，我好不好……」

但這人皺著眉嘟囔著嘴「唔唔」的，根本聽不見在說什麼，他就把肉棍拔了出來插在腿縫裡延緩高潮，滿臉狂熱又無奈。「想看著你尿一次呢，之前的都沒看到……」說到最後變成小聲地嘀咕。

嘀咕半晌佟戈終於受不了了，無力地拍了他一掌，他就像哄小孩一樣把人揣在懷裡站起來到處走。

他好喜歡在佟戈家裡做愛，除了佟戈自己就只有他，他哪裡都可以去，時不時親密地交換呼吸。儘管他沒來過幾次，但已經熟悉它像熟悉佟戈的身體，放肆地來回穿梭，如同國王在自己的土地上巡遊般炫耀著，胸前掛著的最珍貴的戰利品。

他被巨大的喜悅與滿足衝昏頭腦，又忍不住，沒有分寸地插進了失落已久的肉穴裡。他把他反覆地佔有，像在確認這不是一場夢。

也不知道是冬天天黑得特別早，還是他們做了太久，夕陽都不知道什麼時候已經消失，天空貼上了月亮。

佟戈蜷縮在他身前呼吸平穩，他便也逐漸安靜下來。

他不想睡，於是留戀地來回撫摸著佟戈身上深深淺淺的印痕，揚起嘴角。

負七／過電

佟戈忽然抖了一下，賀司昶跟著手臂一緊，從半夢半醒中收回意識，「嗯？」了一聲，低頭看過去。只見他蜷縮在自己懷裡咕噥了一句，又沒動靜了，大概只是一個無意識的抽搐。

只是因為這一動作，他躺在佟戈身體裡的東西也跟著醒了，受到召喚般漸漸脹起來。但他沒動，乖巧地貼著佟戈的頭閉上眼睛。

佟戈剛才那一下之後確實就慢慢醒了，因為太刺激而半昏迷過去，這會兒緩緩睜開眼睛，有點恍惚。

到底做了多久。

他忽然不敢動，斜著眼珠偷偷瞄賀司昶，只能看到他的下巴，凸起的喉結，鎖骨，赤裸的胸膛暖呼呼地貼著臉，心跳像操他時猛烈地撞擊。

他甚至不自覺屏住呼吸，生怕被發現一樣。

但沒一會兒，僵硬的身體也蘇醒了，被壓久了的手腳開始痠麻，唇舌泛起一陣空虛。他舔舔已經乾澀的嘴角卻怎麼也壓不住，特別想抽菸。

這時候抽一根也很正常吧。

他索性不再掩飾，輕輕推了推賀司昶示意自己醒了，然後搖搖晃晃地站起來。交疊的胯骨下緊密結合的性器瞬間脫離開，肉穴黏連吮吸的聲音格外地響，他差點咬著龜頭又坐回去。腿還在打顫，被射進去的和被操出來的東西一齊狂湧出來，像邊走邊尿了一遍，汩汩從大腿根流到小腿肚。

他背對著賀司昶故作鎮定，但其實羞恥得要站不住腳。感覺陰莖插過的肉道像被雕刻出形狀，留下巨大的空洞合都合不攏，前後兩處都越走越空虛，瘋了一樣想再次被塞滿。

佟戈點菸的手不受控制地發抖。

賀司昶對他突然起身並不惱，可憐的肉柱甩了甩頭也半點沒有洩氣，挺立著，大聲叫囂著十八歲的張狂。

他跟著佟戈走過去，默不作聲看他斷斷續續地把體內的東西尿出來流了滿腿，雞巴甩得放肆，最後還貼心地幫他按了打火機。

「今天抽幾根了？」

賀司昶沉悶的嗓音吻著脖子，下巴擱在肩窩裡，壓著鎖骨咯吱咯吱玩了一會，然後鼻尖嘴唇溫吞地撩著佟戈耳後薄薄的軟肉，胸膛壓著背貼上去，陰莖插進腿縫裡，抵著滑膩柔軟的肉逼開始聳動。

佟戈眯著眼，灰藍色的菸霧被顫抖的手搖出波浪，神情懨懶，漫不經心地想了想。「唔，三、四根吧……？」

緊貼的胸背全無縫隙，暖氣熱烘烘地吹，兩人身上都潮濕黏膩，賀司昶輕輕咬他肩角，指甲劃過乳頭，肚皮，然後抓握住漸漸勃發的陰莖，有一下沒一下的揉捏，嘴角哼哧。「現在冷靜了嗎？」

佟戈敏感騷嫩的下體被他死死掌控著，根本沒辦法想太多，聳著鼻尖輕輕叫喚了兩聲。指尖的菸灰簌簌地落下，還沒被吃上一口就燃去一半了，手臂卻抬不起來，眼角被逼出淚來。「冷靜什麼……」他稍稍側過臉，眼尾輕浮地掃過來，像埋怨。「你慢點，還有點痛……」

賀司昶聽著他的聲音又大了幾分，喉間沉沉的，像撒嬌一般吐氣，不肯放過剛瘋狂交媾完還痙攣緊致的穴肉，光是貼著也浪蕩舒爽得很，邊弄邊掰著佟戈的下巴啄食一般地親吻。

「好，慢點……不是抽一根冷靜一下嗎，冷靜完就能操了吧……」

他輕聲笑，溫吞插個幾下就控制不住力道了，往上頂，粗長的肉根從後往前直戳到陰囊，就這樣橫著擠進肥厚的肉瓣裡，整根嵌了一半，被滑膩的騷水潤得愈發駭人。

「唔！」佟戈被頂得一聲悶哼，腿一彎差點跪下去，整個後頸全麻了，難堪又羞臊。他知道，賀司昶這在算帳來了，他又沒立場再反駁，曲腿撅著屁股。「為什麼還這麼硬，你……」

「因為想你，佟戈……」他一點也不隱瞞，提起糖罐子就往佟戈身上倒。「一個月你能讓我都操回來麼？」

賀司昶玩弄般的抽動讓佟戈想起以前被磨到失禁的腿交，即使現在真的被這人操了，也沒有辦法忘記那根從龜頭到柱身都凶狠霸道的性器，在他腿心反覆碾過的致命快感。不管用什麼方式，他在賀司昶身上高潮好像總是輕而易舉。

佟戈被他磨著，不滿地哼了幾聲，但其實心神激蕩，心裡喜歡。賀司昶不知節制，他不也一樣？他使著力終於掙脫開，也顧不得還被操著腿，馬上對著菸頭抽了一口。嘴裡再次嘗到味兒，他這才感覺渾身骨頭都像是軟了，精神飄忽，整個人更加懶散。

賀司昶在身後插了幾下就把他轉過來，自己蹲下給他舔。

「是這裡痛嗎……怎麼腫這麼厲害，才操了兩回。」賀司昶逗弄般，邊玩邊給他療傷，因為自己的發現而有些幼稚的得意。「你剛才好像格外興奮，抽擂得特別快，比第一次操進去的時候水還流得多……」賀司昶舌頭抵著陰蒂狠狠吸住整塊軟肉，挑起眼睛往上看他，笑意盈得滿滿當當。「哥，你喜歡我幹你陰蒂……」

佟戈叼著菸被舔得兩眼迷離，他蜷著腳趾，感受這一陣一陣的浪潮輕拍著他，滿足地哼喘。賀司昶喜歡舔那裡，他也喜歡，被舔還是被操，光是賀司昶的身體就讓他快活得要死了。

他輕飄飄的眼神掠過賀司昶，只一瞬，手抓著桌沿，腳尖踮起來，滿足而浪蕩的呻吟層層疊疊流向地面，若有似無的幾個「嗯」夾在裡面，像是承認，卻有些耍賴的意思。

沒一會兒，小腹湧起一波輕微的快感時，他呼著氣，低低地說了一句：「我也想你……」

賀司昶牢牢盯著佟戈的神情，歡愉卻難耐地歪過頭緊咬著唇，泄出貓叫似的呻吟，還剩小半截的菸被夾在指尖，火光快要熄滅也沒有再被吸上一口，臉上暈開的紅潮染到耳後，十分漂亮。

賀司昶心裡唾罵自己，心狂跳著全身開始躁動。

他不想嘴下留什麼情、再溫順地舔，他全都傾瀉而出，毫無顧忌，臉頰因為猛地用力而深深凹進去。

佟戈「啊」的一聲，不明白賀司昶為什麼忽然又變得凶狠，驚慌地睜開眼，像一瞬間被抽空了筋骨，指尖微鬆，菸頭立刻掉在了地上。「賀……你又發什麼瘋！」

他無措地抬手拚命推著賀司昶的額頭，迅速漲紅了臉，白皙的手臂青筋浮起來，所有的神經都被瘋狂地鞭打而發麻，意識騰空。怎麼推都推不動的頭使人無助，佟戈崩潰地攥住胯下的頭髮晃動，但強大的吸力拖著他往下墜，呼吸都哽住了。他剛被操了幾回，腫胖的肉穴哪經得住這種力道，輕輕地舔他就當是玩弄了，但這樣強勢地吮吸就是折磨。

他撐著桌面的手失去力氣，整個人往下掉，幾乎是岔開著腿半蹲著，騎在賀司昶臉上。

「痛……賀司昶，輕點，嗚。」被操開的肉逼又比以前敏感得多，開始舔都痛，沒幾下他便爽得想哭，因為舔不到裡面還不滿足，夾著下面嘖嘖吃賀司昶的頭往下坐。「舌頭插我，噢，裡面，好舒服……」

火熱的嘴唇從菊洞一路反覆啜著他，舌尖乖乖插進甬道裡，他感覺要被舔化了，扭著胯讓舌尖刮到肉壁上，又癢又爽，夾著腿高昂起頭，腦袋嗡嗡地響。

賀司昶輕佻地抬起眼睛，看佟戈被舔得一臉騷樣，變本加厲地騰出一隻手扒開陰唇，紅嫩鼓脹的肉核彈出來，就戳在圓潤的鼻頭。「佟戈，冷靜了嗎？」

他輕笑一聲，搖晃著臉壓下去輕輕摩擦，撩人的鼻息鑽進尿道口，燙得佟戈繃著小腿往外蹬，肉珠越磨越大。佟戈卻像被掐住喉嚨，叫不出聲，急促地哼喘像啜泣，他揪著賀司昶的頭髮「嗚嗚嗚」悶叫，雙腿軟得像棉花。

賀司昶也似是玩夠了，抬起下巴用力舔上去，陰蒂被衝撞的瞬間佟戈發出一聲高亢的尖叫。他被嚇壞了，推著賀司昶的額頭踮起腳尖，下一秒又被拖回去，肥腫的肉逼直接嗑到牙齒，抽搐著擠出幾滴透明的液體。

「跑什麼，還沒舔到呢……」賀司昶舌尖掃過肉縫，砸了砸嘴，推著大腿根叫他屁股再往下坐，半蹲著幾乎成一字般袒露著猩紅的肉戶和後面的緊窄的穴口。他不知道賀司昶要做什麼，心跳快得要窒息，只是被賀司昶這麼看著就感覺要噴水了。

他別過臉，一口氣還沒呼出來，賀司昶忽然發力，柔軟有力的舌頭猛地捲上尿口飛快地彈撥。他像被閃電擊中一般瞬間僵住，大腿被死死掐住搭在男人寬厚的肩膀上，他動彈不得，瞪大雙眼，張開嘴眼淚無聲地流，瘋狂的快感從小腹湧向四肢。

「不，不，別弄那裡……啊！」他不知道要怎麼辦，尿道口被一次次壓迫碾過，乾澀得發痠，頻繁高潮的肉逼已經射不出什麼了，但是小腹卻漸漸鼓起來。他雙腿劇烈地抽搐下，忽然有種強烈的憋尿的脹痛感。

「救命，不要吸了，不要了，唔。」他隱忍的面色越加紅潤，眼淚掛在睫毛簌簌抖落下來。「好痠，我想尿……」

「會尿出來的……別……」他按著賀司昶的頭小腿都蹬直了，陰莖依舊半耷著窩在凹陷的小腹裡，他知道不是這裡，是下面。他最害怕的就是這種感覺，因為經歷過更害怕，生理上的痛快，心理上的難堪，都超出能控制的範圍。

賀司昶被堵著嘴「嗯嗯」應著，確實溫柔了許多。他怕佟戈真的痛、被傷到，嘴上的動作稍微輕些，但全身已經因為佟戈的哀求而狂熱。

說了不會放過你的。

他撥開肥大的肉唇親親，權當安慰，然後輕輕柔柔地含住陰蒂，抵著細小的尿道口持久又有力地吮啜，真像十歲的時候發現一個好玩的東西就有無窮的耐心，簡單又固執。「哥乖一點，你喜歡的……」

「不……」浪潮般綿延不斷的快感像沒有盡頭，把佟戈的克制磨得稀碎。

第一波水湧出去的時候他夾緊了腿，狠狠地縮著肚子，但陰道抽搐著將水往外推，嘩嘩不停，根本不聽他的指令。賀司昶的舌頭甚至又鑽進來，給他舔開肉道，嘖嘖地吃了乾淨。

他只能愉悅又不安地忍耐著，大腦都順著高潮被放空。

溫柔的舔舐讓他僥倖地以為結束了，但身體已經不受控，一種截然不同、過電般的刺激流過。他睜大了雙眼，為這股強烈而不可抗拒的快感徹底失去理智。

「啊啊啊啊，不要，快滾開，賀司昶……我要尿了。」他本能地難堪地哭喊，緊縮地腳趾尖都被強烈的排泄感衝撞得大張，全都撐開了往前蹬。「滾啊，放開……」

他的身體繃成了一根弦，漂亮又狼狽，在賀司昶手上一碰就發出動人的聲響。

賀司昶歡快地撥。

道德感會在做愛的時候隨著每一次高潮逐漸流出身體，流到只剩下原始的本能的反應，佟戈全然袒露，這樣他就得逞了。上次不成還有這次，不達目的不甘休。

既然做愛，那就愛得徹底。

佟戈泄過很多次，味道其實很淡了，但還沒尿過。因為羞恥而整個肉戶都在不自覺地痙攣縮絞，淺色的尿液只能時斷時續地射出來，過一會兒整個尿眼才徹底打開，順暢地往外淌，胯骨都頂得凸起來，尖尖的發著紅。賀司昶飽滿的額頭被汗漬染得盈亮，滿臉不羈，專注而狂熱地看著佟戈大腿的肌肉繃直了狂抖，半蹲著尿在他面前，細碎的流泄聲把他逼得徹底紅了眼，張大了嘴咬上去，接吻一樣撩著舌頭邊逗邊哄。

「啊！啊……別舔！」佟戈反抗不了自己身體的感覺，他羞憤，但更興奮，興奮得快死了，靈魂出竅般。他管不了那麼多，放聲地叫喊：「賀司昶，噢，吸得好麻，要爛了……」他只要一想到，賀司昶的嘴唇在親吻，在玩弄他，他就一陣眩暈，羞恥地把肉逼夾住又鬆開，更動情地貼到他嘴上去，臉皺成一團卻一直不停叫著賀司昶的名字，大聲是輕一點，小聲是重一點，最後怎樣都好，揪著賀司昶的頭髮，滿臉淚水。「唔，好爽啊……」

賀司昶聽得身心蕩漾，嘴上含著咬著，眼睛往上瞥了一眼，未經撫弄的肉莖垂在肚皮，不知什麼時候也射了，幾近透明的精水星星點點灑在腰側，肯定是失禁的同時爽得渾身的性器都一齊高潮了。「騷得，舔爛你好不好……」賀司昶目露凶光，嘴上親昵地癡迷地舔著肥熟爛紅的陰蒂，整個胯下都是佟戈淫蕩的騷味。他毫不介意，吮著噴得亂七八糟的下體，為自己不擇手段的行為歡呼。

「賀司昶，沒有了沒了，嗯，尿不出來了……啊……」佟戈整張臉熟透了，他被賀司昶吃得全身上下都在冒火花，尿水和陰液似乎全都流盡了，賀司昶卻依舊蠻橫地來回掃舔。從未有過的瘋狂的快活，逼得他挺起肉逼連著幾個收縮，高聲吟叫，卻什麼都沒有再射出來。

賀司昶見他雙腿像再也支撐不住，噘起嘴，響亮地親了一口之後，托著他的屁股往上，把人抱起來放到桌上，意猶未盡地嘀咕：「真厲害，哥，地上都是你尿的……爽死了是不是……」說著，自己跪在他腿間有一下沒一下地捏著小腿肚。佟戈痙攣的肌肉還沒平復，一抽一抽，被他捏得又爽又麻，綿軟的哼吟。「你這裡現在是我的了。」賀司昶抓起晃晃悠悠的腳踝狠狠咬了一口，沒有滿足的意思。

佟戈渾身疲軟癱在桌上，因為淫亂瘋狂的失禁有些耳鳴，被咬也只是輕輕「嘶」了一口氣，賀司昶的碎唸好像從很遠的地方綿綿不絕地湧過來。

他想把這個人的聲音過濾掉，或者叫他安靜一會兒，但又不捨得。他就瞥了一眼，賀司昶貼在他大腿上的迷人的側臉，充滿力量的手臂，濕答答的劉海撩了一半就那麼隨意地耷拉著。佟戈的一顆心狂跳。

何況還有水亮的鼻頭，挺拔的鼻根，深邃的專注的眼睛，還有唇，做愛的時候和不做愛的時候都像是他的剋星。

然後他又想到了剛才賀司昶把他……

他有些羞臊不悅地輕輕踢了一腳，居高臨下地眼神看起來就像往常，漂亮又冷漠。

但沒等他收回，賀司昶便抓住了他的腳踝。

「你生氣了嗎哥？」賀司昶仰起頭閃著大眼睛。「為什麼要生氣，我喜歡。」他厚臉皮地貼著小腿蹭。「害羞可以但不要生氣，尿在哪我都喜歡……」

佟戈被他抓著，眼神瞬間就變了，一時都不知道往哪裡落，一身敏感的神經被挑得暈頭轉向，性慾飛速做出反應，胸前鎖骨都抹上騷紅。「你真是……」他無奈地輕輕掙脫開賀司昶的手，輕聲嘆息：「我沒生氣……」放軟了語氣哄人一樣，腳尖勾了勾賀司昶的下巴，沿著肩膀滑到胸口踩了踩硬凸的乳頭。「還做嗎？」

腳心微涼，貼著充血鼓脹的胸肌滑動，賀司昶還跪坐在地上，意味不明地勾起嘴角，抓著他的腳踝順從地晃動。

佟戈感覺腳上比自己想像中敏感得多，明明是他踩著賀司昶，卻隱隱有點脫離控制，腳下怦怦的心跳順著腳心直衝小腹，尤其是偶然的一個角度擦過。他扣著桌沿的手指瞬間收緊，腳掌緊接著抖動起來，用力下壓，讓乳頭戳著那裡搔刮，渾身像再次被打開一般舒爽。

「哈啊……」溢出口的聲音也變了，他本來只是想逗賀司昶，卻像上癮一般踩著那結實的胸肌，玩得瞇著眼蕩漾起來。

賀司昶本就蓄勢待發，被佟戈這麼勾引，雞巴支稜得更高，乳頭的磨蹭再舒服也只是輕微瘙癢，解不了渴。於是他就著佟戈的動作，抓緊小腿站起身，猛地一推，掰開了屁股。

負八／和你途經每個黎明

「好……」

咕噥軟語埋在枕頭裡，斷斷續續。

天已經亮了些，房間裡只有窗簾下緣滲進一點天光，不至於那麼黑。賀司昶能看見昏暗中佟戈柔軟的半張臉，但他說了什麼沒聽清，於是湊過去輕輕捏了捏露在被子邊緣的耳垂，輕輕落了一個吻。「什麼？」

他想知道佟戈夢見什麼嘟囔什麼，又不想把對方驚醒，但夢話好像只有那一句，耳朵貼過去之後便沒了動靜。

賀司昶失笑，磨磨蹭蹭在他臉頰親吻，乾燥的嘴唇吮得亮晶晶才終於滿意。

真的，是真的。昨天的一切都是。

他戀戀不捨起了床，洗漱完，走之前又到床邊站了會兒，更加確切地意識到，腦海中那些凌亂的畫面是他真實經歷的昨天，於是不捨的情緒更加強烈了。上次留字條的時候跟今天心情完全不一樣，上次也不捨，但還有別的，不得已的苦澀。現在他只想躺回去抱著佟戈睡到自然醒。

他哥真會挑時候。

做完第一天就要回學校，還不能賴床。

他正愁眉苦臉的時候，佟戈蜷縮的身體動了下，推了推被子，伸出一隻手來。一會兒又揉了揉眼睛，看見有人一動不動站在那，半眨著一隻眼，口齒不清地迷糊說了句：「賀司昶……」

自然又熟稔，彷彿一種深沉久遠的習慣。

佟戈自己無所知覺，疑惑著卻因為睏意，眼睛又閉了回去。

賀司昶心裡生起一股難以言喻的感覺。

他雙腳並用爬上床，隔著被子壓在佟戈身上抱住了他，笑得有些傻氣。

「是我。早安，哥，我要走了。你也說一句早安吧。」

佟戈整個人忽然被緊緊裹住一般，乏悶的聲音只能透過厚厚的被子傳出來。

「嗯……」一聲迷糊的鼻音過後，人又往下鑽了鑽，頭髮都被收進被子裡，像反應遲鈍，過一會才又傳出一聲。「早安。」

賀司昶的傻笑停不下來，他無聲地從床上蹦了起來，手舞足蹈，又回去搓著那個大棉球滾了個來回，把人壓得差點斷氣，最後折騰半天，才踩著輕飄飄的步子出門去。

等門落了鎖，佟戈才喘著粗氣從被子裡掙脫出來。

他呆呆地望著天花板，心道，這人本質上真是個幼稚鬼吧，自己骨頭都快散架了，哪裡還經得住他一身肌肉在身上翻滾。

不過剛才他說了早安，心裡也想著看一眼賀司昶，雖然最後還是沒冒頭，但……至少有進步吧。

佟戈雙手遮住眼睛，極輕地笑了聲。

這麼一弄他倒也不想睡了，但也不想起床，就躺著神遊。剛不知怎的，夢到昨晚記憶裡最後的畫面醒過來，一時甚至以為還沒結束，渾身虛軟痠脹，直到賀司昶神清氣爽的聲音貼上他，他才意識到已經早上了。

昨天一整天的跌宕起伏，內心大起大落，哭了好多回，也做了好多回，屋子裡每個角落好像都被賀司昶抱著玩弄過，淫亂的氣息飄在空氣裡怎麼都揮散不去。他逐漸順著記憶回想起更多片段，手腳也被喚醒一般蜷縮起來，又因為此刻陡然的寂靜不由得有些落寞。矇矓的雙眼看向身邊賀司昶睡過的地方，褶皺的痕跡就緊挨著他，他心一動，輕輕蹭過去，轉身把臉埋進了微微凹陷的枕頭。

佟戈後來就這樣又睡著了，再醒來也昏昏沉沉，一整個上午都賴在床上。快到差不多中午的時候，程修突然聯繫他，發了個大狗頭的表情包過來，嘴裡還叼著印喜字的紅包，滿臉賤兮兮，他這才哭笑不得地徹底清醒了。

他心道這人真是成精了，八成在賀司昶那裡下了不少注吧，這麼快就來驗收。佟戈滿臉黑線挑了半天沒挑到滿意的表情回覆，直接打了個電話過去。

「程老闆又換自拍了？」

「你第一句不應該是請我吃飯？」

「拜拜。」

兩人牛頭馬嘴三句話。

說完佟戈就掛了。

真掛了。

隨後他彈開微信回了句「時間地點請留言，抽空確認」，滿意地收起手機。

業務熟練。

馬上要到年底，佟戈有幾個製作案剛巧提上日程，尤鶴那邊也有很多細節需要商議確認，他便漸漸地變得忙碌起來。賀司昶也一如往常的學業課、專業課、輔導課，再半吊子也都是要上的，所以其實兩人見面的機會依舊不是太多。不過，這也讓他們的日常學習和工作生活這一切，外表看來都並無什麼變化。對於他們自己，週末上課做愛是僅有的規律，除此之外，其他時間都是隨緣。

於是，現在他們之間的狀態，就像把一頭猛獸放出籠，卻封住它的嘴巴，捆住它的手腳，殘忍磨人。賀司昶再懂事也免不了暴躁憋屈，之前遵守約定時表現得很好的忍耐心都已消耗殆盡了，做的時候變得比以往更加激烈。

有一次佟戈前一天上完課，第二天又被賀司昶找藉口騙到家裡來。他剛進屋就被抱在門口親，親著親著摸進他褲子裡就直接弄起來，嚇得他縮在賀司昶懷裡，衣服都沒脫直接就被手指插到潮噴。賀司昶沒告訴他阿姨出差要下星期才回來，家裡沒別人，他緊張得邊抖邊哭，舌頭舔著臉瑟瑟哀求，把賀司昶勾得丟了理智，就著高潮的汁水操進肉道，專制粗暴地佔有。陰莖就這樣被操射了。

他伏在賀司昶肩上滿臉淚水狼狽不堪，有些生氣憋著不出聲，賀司昶這才表白，根本不會有人回來。但佟戈還是沒有辦法不緊張，雞巴被絞得在甬道裡爆射，偌大的客廳好像有無數雙眼睛看著他。他整個穴又緊又熱，賀司昶轉而幹得更凶。

本來才過一天肉洞還沒恢復，他難受，所以賀司昶後來就換了後面，幹得屁眼也合不攏，淫靡地向外翻，直到他要被插尿了，光著屁股跪在地上拚命掙扎，賀司昶才咂著嘴，邊操邊爬上樓進了房間，按在門板上，半哄半橫地拚命碾著他，最後卻還是對反抗充耳不聞，把著他尿在了房門口。

事後賀司昶以為佟戈會翻臉，還在心裡想了好些法子補救，最後卻一個也沒用上。佟戈洗完澡出來背著他擦頭髮，漫不經心地說，挺爽的。

只是耳後那溫軟紅潤的一片是燙的還是羞的，他們誰都沒說。

佟戈向來心裡就清楚，賀司昶做愛放肆乖張，什麼能讓他爽的手段都要試，他反應越激烈用得越多，時時野蠻起來，一舉一動都帶著挑釁，非要看他失禁才甘休。他本就喜歡，更別說確認彼此心意之後。

他不會真的介意賀司昶在這方面的強勢和主導性，甚至正因為賀司昶做的時候完全摒棄了其他所有，純粹是享受，那種極性感的模樣才叫他一次又一次著迷。

因為不常在一起，賀司昶想要時就會跟他說，即使被拒絕，下一次還是一如既往。但賀司昶鮮少給他發性愛文字，與挑逗的話不同，只要是直白露骨的都不會出現在螢幕上，而是直接給他打電話。喜歡一切真切的、能直接聽到看到他的方式，這是後來賀司昶自己給出的理由。

最近一次做的時候，不知是有意無意，總之賀司昶很委屈地跟他說，一週能不能多見面一次，如果總是憋著對身體不好。

佟戈聽了直笑，眼角眉梢都展開了流出甜味來，但口中依舊很果斷地拒絕了。你自己不是可以解決嗎，他說。

賀司昶就不高興，古怪地問他：「你不會嗎，你都不會想我嗎？」

我也可以自己解決，他這麼回答。賀司昶明顯不信他，還對他這種給機會都不說點好聽的行為有些生氣，就裝也不裝了，抓著他按在胯下狠狠地操，說那你就不要罵我每次都做那麼久。

佟戈一挑眉，攤開了身子任他弄。賀司昶只要急躁的時候就會露出少年心性，讓他性慾飛一樣地攀升，沒幾下就會潮噴。看來以前還是不夠投入。他這麼想著，渾身顫抖，萬分喜愛地抱著賀司昶親了一會兒，淫靡的嘴角翹起來，笑得有些壞，分明是不給他一點機會。

說得好像讓你多做幾次就不會把我往死裡操。

賀司昶難得被他駁回的時候啞口無言，慾望反而愈發高漲，不再打岔，專心地把彼此餵飽。

但賀司昶有時候還是會死纏爛打，叫他在電話裡做給他聽，而他鬼迷心竅地答應，聽賀司昶隔著電話哄他。

「你在摸哪裡呢哥？」

「……」他清醒得很，那個詞實在說不出口。

「告訴我嘛。」

佟戈小心翼翼地撫弄，漸漸爽快了就插進去，一邊擼動著陰莖一邊指姦肉洞，情熱慢慢堆積他便會架不住賀司昶撒嬌一樣誘哄，克制著呼吸擠出幾個字：「你每次都……舔的那裡。」

「哪裡？」賀司昶在電話那頭沉沉地笑，鼻音悶重。「那麼多地方我怎麼知道哪裡，你哪裡我沒舔過……」

佟戈自己弄得滿頭大汗，前後都抽縮，想一齊被插滿，但是，是他自己不允許賀司昶拍影片，也不讓見面。他做不了，只能一邊回憶想像一邊揉得飛快，近乎粗暴地要讓自己高潮。

「你不說就拍照給我看……」

他當然羞於拍照，更不捨得掛斷，揉逼加擼管爽到極點，已經聽不清賀司昶在說什麼，絮絮叨叨的。朦朧的聲音讓他加速沉迷，特別像每次做愛時，賀司昶會咬著他耳朵說那些粗鄙的話。

他咬著嘴唇痛苦又快樂地哼吟，高潮快來的時候終於忍不住，放聲尖叫出來，等釋放完又悶悶地對著電話說「好想你」，然後就乾脆俐落地昏睡過去。而賀司昶只能捶胸頓足，把手機私密相簿裡的照片放在面前，憋屈地聽著他的呼吸和夢囈，一股腦射在上面。

關於私密相簿這件事，賀司昶沒有打算告訴佟戈。

他存的照片並不多，也不全都是淫穢的，只是這個東西確實很私密。不只是照片裡的場景發生時的記憶，在它被保存的時間裡所帶給他的記憶也同樣私密，飽含只有他知道的那種唯一性和鋪天蓋地強烈的迷戀。

反正等真被知道了再說。

不過有一件事，他急迫地想讓佟戈知道。

負九／冬天偶爾會失靈

週四那天是三十一號，佟戈本來在出差，但他說會趕回來，大約下午到。賀司昶也要上課，於是兩人只能約晚上見面，還能一起跨年。所以他本來是想著晚上見面之後直接給佟戈看，但可能是距離約定的時間越近，人越著急，他連等到晚上都等不了，興奮勁上來，午間的時候就跑到廁所拍了張照發給佟戈。

佟戈應該是剛好在看手機，回得很快，發了一個「色」的表情，說等等，但實際沒兩分鐘，佟戈就給他回撥了電話，聲音在略顯嘈雜的人聲背景中依舊清晰動人。

「不上課？」

「剛上完，現在午休了。」

「啊，已經中午了嗎……這什麼時候弄的？」佟戈那邊好像話筒拉遠了點，聲音忽然變小。

「上週日，你那天不是就出差去了麼，我就去弄了。好看嗎？」

「嗯哼……」聲音又貼近，還伴隨一陣窸窣的聲音，有人叫了佟戈的名字，他應了聲，轉頭就問著他：「旁邊還有人嗎？」

「現在嗎？怎麼了？沒有，我在隔間呢……」賀司昶輕笑。「你那邊是不是很忙……」

「沒，就問問……他們也都走了。」佟戈在那邊又招呼了一聲，隨後背景逐漸安靜下來，放鬆後懶散的聲音說什麼都撓人。「現在終於只剩我一個人了。」

佟戈說完，陡然四周沒了聲響，意味不明的一句話讓賀司昶半露的腰下有一瞬間緊繃，他輕吸一口氣，剛吐出一個字，「你……」佟戈卻同時開口，把他的聲音蓋住了，「要去吃飯嗎？」

賀司昶陡然把話憋回去了，沒想到佟戈不僅沒什麼特別的反應，還突然轉開話題，心裡有些悶，熱情涼了大半。

「你沒什麼別的想說的？」

佟戈似是料到他藏不住，嘆口氣，聲線迫近，「我說了你下午還上得了課嗎。」他把那照片放大了一吋吋上下左右滑動著看過去，這誰能不起反應啊……他嘀咕，心跳越來越快了，只得當個壞人提醒他也提醒自己。「快去吃飯，晚上去接你。不准早退。」

賀司昶頓時便後悔了。現在佟戈什麼都沒說，又像什麼都說了的這情景，讓他越覺得慾壑難填。他是真有些硬了，艱澀的口吻聽起來特別可憐：「那你現在也拍一張給我，安慰一下我總可以吧。」

佟戈後頸一麻，渾身像被手揣著揉了一把。幸虧四周沒人，耳朵紅了也不礙事。他語氣裡還帶著笑意。「拍什麼。」

「隨你……」賀司昶剛說完，又想起了什麼，改口道：「不，拍那個吧……左邊，我那天給你留的記號……」他吞咽一下，「我想看那個。」

賀司昶壓抑的嗓音隔著話筒如同下達命令一般，機械而冷酷，實則心頭的翅膀因為這個念頭已經興奮得開始撲騰。

他光是回憶那天，就呼吸急促起來。

佟戈出差前一天是週六，他要替賀司昶上課，那天賀司昶媽媽已經出差回來了，也在家，賀司昶還調侃，兩個人是約好了輪流出差嗎，好讓他有人陪。

因為那天兩人很長時間都沒下樓，所以傍晚時阿姨上樓敲門來問了一次。當時門鎖著，是賀司昶應聲，乖順平和，寥寥幾句來回毫無異樣。但就在門板之後，佟戈被賀司昶抱舉著，滿頭大汗，他咬著自己的衣角，害怕聲音洩露。

賀司昶在家習慣暖氣開得足，上身赤裸，褲子卻只拉了個邊就露著雞巴幹他，滿背也盈亮泛光。外面寒天冷日，屋裡悶熱昏淫。佟戈的毛拖鞋掛在腳尖晃，沒幾下被他抽搐著甩飛了，尖叫聲卻飛不出去，被吃進身前這人的肚子裡。「別叫，太騷了，這麼近我媽能聽到……」賀司昶貼著他臉頰咬耳朵。

阿姨來之前，他原本站在門口猶豫要不要走，但賀司昶從後面抱住他悶悶地說，要吻別，他就心跳撲通幾下，側頭掉進了熱吻裡面。

舌尖碰觸的瞬間他就發現，自己一點也不比賀司昶冷靜，狂熱的情慾像是迷途知返，一出現就讓他把什麼都拋在腦後，反手勾著賀司昶的脖子被他摸得雙腳蜷縮，屁股往後頂，上下滑動。

「哥還走嗎？」他聽見賀司昶可惡地調笑。佟戈彎下腰去，撐著門板，哆嗦著被脫掉了褲子操進腿心。賀司昶還是喜歡在外面把他小逼磨爽了再進去，不管他怎麼求都沒用，就像是小心眼地報復，叫他也嘗嘗這求而不得、噬骨難耐的滋味。

等他被弄得渾身舒展，沉迷的雙眼低垂，賀司昶便叫他一腳踩上門邊的矮凳，拉開腿給他舔。站立的姿勢讓他難為情，卻讓爽快爬到極致，舌頭往上鑽，騷水下落。他大張著逼口，什麼都夾不住，肉道像被舔爛了，鬆軟得毫無力氣，他邊哭邊想起小狗撒尿時的姿勢，一下過電般抽搐，猛地按住賀司昶的頭稀裡嘩啦地高潮了。

一切都快得叫他眩暈，即使是賀司昶插進來時，他也沒有回憶起自己準備走的時候在想什麼。他想要賀司昶來留住他嗎？然後愉快地接受，確認與自己預想的相同？還是擔心會被發現，不然為什麼不主動？他不確定這是自己的情趣還是卑鄙，只是發現自己還是沒有辦法全然鬆弛，既不光明也不公平。最後只能哭著叫賀司昶操深一點。

門就是這時候被敲響的，他當時被嚇一跳，條件反射地猛縮，結果咬著賀司昶的雞巴狠狠一吸，整根挺進了後穴裡面，塞得滿滿當當。賀司昶也一時不防，同時在他屁眼裡射出第一股精液，小臂砰地砸上門板，雙眼凶態畢露，邊射邊瞪視著他。

那一下叫他魂都飛了，根本沒法注意其他。兩人的對話在耳邊響起，他開始咬著拳頭，但還是會哼出聲，便掀起衣服塞進嘴裡。賀司昶摸他小腿肚，不叫他落地，只能懸空吊著，揚眉得意地看他貼在自己身上渾身緊繃，小臉漲得通紅，不然鬆了就只會掉下去讓雞巴操到底，幾下被幹得蹬腿噴水。

阿姨在門口說了好幾句他一句都沒聽清，只知道賀司昶胸口在震，喉結在滾，陰莖貫穿的力道卻一點沒輕，從後面換到前面，甚至越來越深，停在最裡面抵著小口旋轉，慢慢地磨，一邊磨一邊說話。他比上回在客廳更緊張，掐著賀司昶的胳膊，腦袋一片空白，屁股裡的精液往下滴，陰道被大開大合地操磨，辣得像火燒，渾身毛孔都被操開了。

他舌頭僵直，眼淚無聲地流，從腳到頭的電流往返三、四遍。賀司昶忽然說了一句：「今天小佟老師也在家裡吃飯。」那個瞬間，他就在這個聲音裡再次高潮了。被磨得瑟縮的肉嘴傻傻一張，狂噴出一股清液，快活得像被捅穿了，胯骨被撐到極限。他幾乎整個後背貼著門，騷水像潤滑劑一般把龜頭吸著往裡又戳進一小段，整個人被頂得往上衝，垂頭掛在賀司昶肩上，死死咬住後頸堵住了聲音：「唔唔唔……」

「好，那你們早些下來啊。」阿姨的回話隨著腳步聲遠去，他抬起頭憤恨地咬住賀司昶的嘴，陰蒂在尖刺的毛叢中打滾。他用力夾那裡卻怎麼也閉不上了，持續不斷地痙攣讓他無法思考，伸著舌頭無意識地在賀司昶臉上舔，額角下頜線都吮出一片水漬。他感覺囊袋撞上穴口的同時，陰毛也紮進了尿口裡面，磨人的瘙癢讓他又想叫又想哭，腳後跟在賀司昶腰上瘋狂地踢。

「哥，你剛剛……」賀司昶滿臉燦爛，彷彿一番對話對他毫無影響，驚奇又興奮地舉著他撲到床上，「我是不是幹到你那裡了，好騷……好多水。」

佟戈憋久了，這會兒大喘著氣，陷在被子裡臉頰酡紅，癡憨地看著他，只知道刺激和舒服，口水拉成細長的線從嘴角溢出。胸口被咬過的衣襬濕了一大團，賀司昶推著他的手給他脫掉了，白軟的腋窩袒露。

賀司昶眼神發亮，尖齒閃爍，下面挺了幾下，膝蓋往前挪，把他的大腿頂起來壓在自己的腿上，慢慢聳著腰，然後趴在左側胸口對著腋窩吹氣，見乳暈星星點點的疙瘩浮起來，便笑，「哥，手舉著，我要留個記號。」佟戈不明所以，扭動了一下咕噥道：「什麼記號？」賀司昶沒回答，含著乳頭就啜得嘖嘖響。

沒過多久佟戈就把這句話拋到腦後了，眼神開始渙散，雙手一往下縮就被強硬地舉起來。埋在腋下的臉頰像要把他咬爛，虎口托著乳肉捏得四周都變了形，乳頭就夾在指縫，側乳一顆碩大鮮紅的印記刺目，賀司昶舌尖勾著它，沿著側腰來回舔，去咬他肚皮，再過一會兒又回來把印記吸得更深。

佟戈只感覺痛，痛的時候哼叫著推他，他吸得更大口，漸漸痛就變成癢，渾身像在火上被人翻來覆去地煎烤。他揪著床單，陰道咬著雞巴痙攣的同時，精液在體內噴射而出。賀司昶舔著唇，射得痛快淋漓，也為佟戈高潮時淫蕩漂亮的身體著迷，愈發滿意地摩挲那顆吻痕，如同漿果般紫紅飽滿的樣子，綴在腋窩下面。「再做一次吧。」賀司昶嬉笑著，黏糊地去親他嘴，酣暢進入下一輪。

那個吻痕就是賀司昶的記號。

夾在臂彎裡每天都被衣料磨蹭，一週都不到，果然如他所想，還色情地代替他霸佔著那個位置。他看著照片回味吮吸時的力道和佟戈顫抖的皮膚，心神激蕩。

剛才佟戈聽到他提的要求瞬間便反應過來了，古怪地說：「原來你當時心裡想的就是這個。」他以為佟戈不高興，又不願理會他，但一陣窸窣沒多久，照片就拍過來了。

鏡頭可能有些許晃動，畫面有種模糊的效果，隱約能看見紅嫩的乳頭挺立在邊緣，只露出半個，在冷光的映襯下整片腋窩和乳肉都白得發亮，讓那顆碩大的吻痕也像一個刺青。

「滿意了嗎？」佟戈的笑意隔著話筒都掩不住，這回反倒乾脆得叫他無所適從。

「哥……」

「好了，吃飯去吧，有什麼晚上再說。」

「嗯……」

雖然這樣但他並沒有掛電話，佟戈也沒有。

就這樣靜默了幾秒，直到佟戈輕嘆一聲，才嘟聲結束通話。

❄

天氣已經冷得像融雪時候，實際卻沒有絲毫雪的蹤跡，樹木也因為掉光了葉子頹然裸露著，讓街道顯得格外開闊，也讓乾燥的寒氣無孔不入。佟戈穿著黑色高領藏青色大衣，身形修長，因為是暗沉的色系，在明亮的室外襯著他的臉，便顯得愈發精緻。

他找了一處人比較少的地方，剛好方便停車，而且離校門口還有點距離。因為提前了些過來，所以賀司祀還沒出來。

他攏著條圍巾無聊地四處張望，發現站的四周似乎是條疏於看管的綠化帶，一眼望過去，地上都是些跌落的紅色小果實。說是果實他也不確定準不準確，鮮豔而帶著支離破碎的細鬚，行人踩碎的汁水胡亂地蹭了滿地，有種糜爛的，毀滅之美。

在這個季節看著尤其豔麗。

他反正沒事，就蹲下想看仔細，發現旁邊散落一些個頭完整的就突然起了玩心，站起來輕輕踩上去，嘎嘣一聲脆響，爆破，聽著特別解壓，於是開始低頭邊找邊踩。

賀司昶這時正飛也似地跨出校門。

佟戈說不能早退，他就等下課鈴響了才出來，到大門口還想了一下佟戈說的地方在左邊還是右邊，暗道自己大概是被凍傻了。

他看見佟戈的時候，佟戈正踩得歡。

「哥！你看什麼呢！」他跑過去，帶起一陣風。

佟戈聽見聲音抬起頭，見他呼呼跑過來，外套還半敞著，校服隨便抓在手裡，皺著眉頭把圍巾扔到了他頭上：「就知道你會這樣，戴上。」

賀司昶笑得停不下來，就著佟戈扔過來的樣子，拿圍巾的兩端在下巴打了個結，剩臉在中間被圍得嚴嚴實實。

戴是戴了，偏不好好戴。

佟戈見他神采奕奕，又生不起氣來，趕著他上了車。

結果一上車，佟戈門都還沒關緊呢，賀司昶就仗著比他先坐好，湊過去親了他一口，頂著圍巾模樣特別滑稽。

佟戈砰地關上門，也沒出聲指責。

賀司昶納悶。

他笑嘻嘻地看佟戈繫著安全帶一言不發，好奇地說：「你怎麼沒罵我？」

佟戈側頭。「罵你做什麼？」

「你不怕被別人看見嗎？」

「……凍麻了，反應遲鈍，現在罵行嗎？」

佟戈玩味地看他，像逗小孩子一樣，淺淺笑著。

賀司昶沒忍住，攬過他後腦杓，延續了一個深吻。

負十／如果煙火落在我身上

兩人見了面，吃了飯，但全程誰都沒有提中午照片的事。佟戈有些訝異，他心想賀司昶那麼急著給他看，見面肯定拉著他炫耀，結果直到現在都毫無動靜。

真是每次都偏叫他猜不中。

因為這份微妙心理，他看著賀司昶，神情不自覺柔和許多。

「你幹嘛忽然這麼看著我？」

賀司昶見吃得差不多，就拿起手機回了一則他媽媽的訊息，回完一抬頭就看見佟戈怪異的眼神。溫和得怪異，不禁讓他問出聲。

也許是賀司昶的聲音拉回了他的思緒，佟戈有些尷尬，收起剛才的想法，清聲恢復了常態，咳咳。

「一會兒想去哪裡？」

「你剛才不是在想這個吧？」賀司昶不信他，半瞇著眼睛，直覺他在轉移注意力。

佟戈托著腮，輕飄的眼神掠過他，淡淡道：「那你說我在想什麼？」

賀司昶轉動眼珠，神祕一笑，說的話卻規規矩矩：「我要是真知道就好了。」言語裡滿是遺憾。

因為桌面不大，兩人在桌下交錯的腿很容易碰到，佟戈見他一點也不似遺憾的模樣，腳尖勾著他小腿蹭了一下，哼聲抬了抬下巴。「去上面？」

上面是酒店。

下車之前，賀司昶還在車裡抱著他不撒手，說今晚不會放過他，這會兒真要去了賀司昶倒平靜得很。他一路插兜跟著佟戈，步調散漫，不知道在想什麼，手裡還拿著那條圍巾，下車的時候都沒捨得放。

厚重的地毯走起來悄無聲息，兩人從拿到房卡到開門都沒說話。佟戈進門就去開空調，賀司昶在後面關上門，忽然說了一句：「哥，這是我們第一次開房吧？」

佟戈脫外套的動作一頓，粗略回憶發現，還真是。剛開始都挑阿姨不在的時候在賀司昶房間鬼混，要麼一群人出去玩兒在外邊亂來，後來則是在佟戈家裡，倒確實沒特地跑來酒店開過房。

他把衣服隨便扔在了沙發上，回頭朝賀司昶走過去，「嗯」了一聲。

「真好。」

「嗯？為什麼好？」

「不知道。」賀司昶說，微頓之後又加了一句：「總覺得不一樣。」

「哪裡不一樣？你和別人開過嗎？」佟戈背光，陰影中看不出情緒。

賀司昶聞言卻眼睛一亮，津津有味地看著他。「你是在吃醋嗎？」

佟戈挑起眼睛一笑，不語，朝他又走近了一步。「給我看看。」

賀司昶眉頭微動，對他的迴避毫不意外，倒是這個，自己忍了半天沒說，終於等到他哥了。他勾著嘴角，三兩下就把上衣都脫掉，靠在門上，拉下褲腰把整塊腹部都亮給佟戈看。

他當時拍的就是這裡。

佟戈垂下眼睛，抿著唇，指尖摸上去。肚臍兩邊本來是他舊的刺青，他不看也知道，線條環過腰身在後腰處一個花體的「H」字母上匯合，不同的是前面這塊新的圖案。他在照片裡已經看了很多遍，彎刀型的兩個黑色月亮交錯懸在肚臍的左上角，另一條黑線則刺穿肚臍，在月亮的尾巴上拖出一條鋒利的線來。做的人技術很好，整個樣式很簡單立體，結合設計看起來特別酷，月亮的形狀和所有線條的位置都很完美，完美到他不可能看不出來它背後的寓意。即使賀司昶皮膚不像佟戈那樣冷感的白，而是帶著淡淡的小麥色，但因為腰上粗黑的刺青和緊實的腹肌，所以視覺衝擊強烈，比照片裡更加好看。無法忽視的色氣撲面而來，從他指尖鑽進身體。

佟戈來回勾畫了幾遍，想說點什麼全忘光了，手心發熱口舌生津，不自覺蹲下，手指順著腰線劃到背後摩挲著，臉頰貼著皮膚朝那兒輕輕舔了一口，舔完又抬起頭，看著他，眼裡滿是促狹。「現在能舔了嗎？」

賀司昶腰間一緊，肚臍下的粗筋都鼓起來。見佟戈舌尖微伸，眼裡水波蕩漾，夾著腿逞口舌之歡，頓時眸光沉暗，拇指按住他的唇狠狠揉了幾下，腰間聳動，性慾凶猛地散開。「要舔就舔重一點。」

迅速貼上來的舌頭柔軟濕滑，佟戈似玩弄卻又粗糙的舔法叫賀司昶硬得更快，舌尖不時戳著肚臍眼滑過去，鼻尖搔刮腹肌的溝壑，噬骨的瘙癢在全身蔓延開。光是舔這裡他性器就像要炸開一般，肌肉充血，暴起的經絡一條條全爬到褲腰下面。

佟戈的手也一直沒停，撓著他的側腰，邊舔邊四處摸索，腿麻了就乾脆跪下，像受了蠱惑忘情吸著那一小塊皮膚。鼻間哼吟，啾啾的啜吻聲聽得賀司昶耳朵直燒，卻停不下來，暗黑的刺青覆上水膜，盈盈發亮，而他下面那根已經戳出來了，濃重的腥騷氣勾人，四周不斷攀升的熱度讓兩個人都瀕臨爆發。

「你在撓癢嗎哥？」賀司昶喉間擠壓而出的聲音已經明顯忍到極致，他伸手插進佟戈嘴裡，按著他舌頭摸了幾下，一把把他拉了起來，打橫抱起，蠻橫地扔到床上脫個精光，掰開他的腿就埋進騷逼開始舔。

「果然濕透了，打開。」他揪著陰蒂舌尖插進穴口快速抖動，佟戈早已動情的身體一下像著了火，肚皮跟著抽搐，按著他的頭雙腿直蹬，「啊啊啊！」賀司昶突然發難叫他來不及反應，大叫著張開腿，雙手推拒腰部下沉。但賀司昶的力道比他強了太多，他屁股被吸得離了床，高舉著，肉花在舌尖翻滾。

賀司昶來回嗦舔，含住極速充血的肉核又重重啜了幾口，放下他，把人提起來抱在胸前，雞巴抵著肉縫，把舔過的地方都碾磨一遍。「要舔就這麼舔知道嗎？」他說著，就著緊緊揉搓的臀部往下一按，聽佟戈尖銳的喊叫破口而出，一陣爽快。「喜不喜歡，哥，你還沒說呢？喜不喜歡……」

賀司昶早被他吸硬了，紫紅色的粗壯肉龍狠狠貫穿逼口，粗魯地動作毫無克制，大肆操弄，沉吊的囊袋啪啪拍起一圈水沫。佟戈被舔開的肉洞都來不及合攏，就被頂穿了，酥麻從尾椎骨往四肢攀爬，爽得渾身在飄。

「喜歡……喜歡……」他抱著賀司昶的頭，嘴唇僵硬地張開，舌尖殘留的唾液垂直滴下來，被賀司昶含了去，連同整條舌頭吃進嘴裡纏繞翻攪。

「哥，我的新年禮物呢？」

「？」他兩片唇瓣被吃得水紅，喉頭不住地吞咽，茫然歪頭想，又被狂風暴雨般的操幹弄得根本沒辦法集中精力。「你怎麼知道……啊，好長，要頂穿了。」

「放鬆點。」賀司昶大掌一甩，屁股被打得瘋狂抖顫，奶白的臀尖浮起火紅的掌印，他一刻不停地進出，手指沿著陰莖摸下去，然後夾著陰蒂邊搓邊上下抖動。

「嗯，別，摸那裡，啊！好爽，要揉爛了。」佟戈屁股夾得死緊，逼肉已經把雞巴全部吞納，抽搐的肉道間歇帶動著高潮的快感一遍遍流過全身。他雙腳勾緊，渾身痙攣，吊在賀司昶身上。賀司昶跪立著，托著他屁股往上挺，感覺嫩肉瘋狂吸著他，越來越濕，咬著通紅的耳朵，壞心眼地問：「要到了嗎，哥，小逼是不是要噴了？」

腹部緊貼，被硬毛摩擦的陰蒂帶來尿意，佟戈聳著沉沉的鼻音，面紅耳赤地埋在他肩窩裡「嗯」個不停，臉頰熱得像火燒。

賀司昶心裡喜歡，直接往後躺下了，腿張開，陰莖拔了出來，拉著他的腿往前拖了半吋，肥厚的屁股直接坐上腰間的刺青，圓潤的肉洞收縮，吸著肚皮啵地一下，像一個吻。他渾身一顫，賀司昶抓著他的手十指相扣，撐著他，命令道：「別縮著，屁股往下坐。」

佟戈極度羞恥，又極度刺激，賀司昶專注地看著他，就像剛才舔刺青時一樣，漆黑的眼眸又野又浪。佟戈看著賀司昶，不知不覺晃起腰來，鎖骨和乳頭都紅得滴血，那顆黑痣在中間愈發豔麗。佟戈自己渾然不知，眼神在空氣裡跟賀司昶勾連，聽話地坐在他腰間，騷逼下沉，又對著刺青夾了一下，「你喜歡這樣嗎？」他再不清醒也看穿了賀司昶的把戲，孟浪地抬起頭爽得一聲長嘆，「這裡也好硬，操死我，啊……」陰蒂滾過一塊塊腹肌，一副被擰腫了的樣子，戳在外面越磨越騷。肉花早被幹得變了形，亂七八糟地在肚臍上扭動，本來就瀕臨高潮的肉穴才磨了幾下就受不住了，絞緊剛被操開的雞巴洞一個痙攣，湧出一股熱流。「噴了……唔。」佟戈垂下頭，邊流著水邊繼續聳動，滑膩的汁水讓動作愈發順暢，他擺動的幅度增大，撐著賀司昶的胸，屁股甩出浪花來。

賀司昶始終看著他，黑亮的瞳仁，英俊的面龐，佟戈抬起臉被看得意亂情迷，甬道高潮的餘波催著他前邊一陣顫抖，眯眼一聲輕哼，精液噗噗往外射，對視的眼神像黏住般，在空氣中交纏。

賀司昶見他兩處高潮完丟了魂，粲然一笑，推著他又重新把他填滿了，滿身朝氣，小鳥啄食般在他臉上親。「喜歡，哥，你真好，原來真的有新年禮物。」

佟戈被他親得癢，眯著眼睛笑，不自覺的溫柔流淌出來讓賀司昶更無法自拔，把人抱到床頭，一刻不停，陰莖在他體內快速膨脹。賀司昶抓著他的手按到那片水淋淋的腹部，「它是你的，佟戈。」濃稠的精液汩汩灌滿潮濕的甬道，「你是我的。」

濃稠的精液一次就要把他肉逼撐破一般，持續噴射，佟戈大張著腿靠在床頭，屁股下的枕頭被淫水和精液流濕了一大片，魂都被射得一片狼藉。「夠了夠了，賀司昶，滿了……」他嘴裡喊叫，手掌卻沿著腹部上下滑動，迷戀地撫摸那些凹凸的力量感，逼肉一抽一抽，摸到大塊軟彈的胸部，情不自禁五指收緊揉捏起來，堅硬的乳頭硌在手心，又麻又癢，抓得停不下來。

「不夠，哥，我才射了一次，舒服嗎？」賀司昶抓住他的手腕往自己胸上按，晃動的手臂肌肉鼓動，青筋脈絡蜿蜒而下，額間汗珠密布，隨著搖晃四散開。「好不好玩？夾緊……」

賀司昶大笑著，甩了甩汗濕的臉頰，把佟戈抱起來，滑膩的肉莖一下就溜了出去，瞬間沒了堵塞，液體嘩嘩直往下流。「啊啊啊啊啊！……」佟戈瞬間全身僵直，宛如失禁般的瘋狂噴射逼得他眼淚盡數滾落下來，夾著賀司昶的腰痛快地全尿到了粗紅瘆人的雞巴上。

「不是叫你夾緊嗎！全漏了！」賀司昶發狠扇著他屁股，指尖摳挖肉穴，四處都是滋咕的水響。佟戈持續尖叫著飆淚，臀尖拍起肉浪，剛被打過的地方愈發紅腫，如同被凌虐一般，又癢又痛。

他流暢的肩線不住發抖，被手指幹得眼皮上翻，僵硬地跪在賀司昶大腿上，在剛停歇卻馬上又要捲土重來的快感裡喉間哽咽。「賀司昶……」

「嗯？」

他叫著賀司昶的名字，卻好像千言萬語瞬間一齊跳動，讓他反而不知道說哪一句才好，戰慄著憋紅了臉。但突然，偌大的玻璃窗外煙火升空，盛大的跨年煙火劈里啪啦接連不斷響徹天際。新年到了。

佟戈自從大學畢業後，就不在乎什麼時候又到新年或者期待誰的祝福，但今天，從回來見到賀司昶，他就感覺今年這最後一天跟以往都不一樣，身體長出失蹤已久的儀式感來，洶湧的情緒像每一聲燦爛的綻放砰砰作響。那些五光十色散落的流火此時像墜在佟戈心上，讓他那裡覆蓋的積雪都消融了。

「賀司昶……」佟戈不知道怎麼形容這時刻，皺著臉痛苦又歡愉，垂下頭，鼻尖撥弄著賀司昶的嘴唇。

「嗯。」

「新年快樂。」

如同他總是無法輕易吐露的心聲一樣，此刻他也只是說著含蓄簡單的祝福，卻似乎把什麼都說出來了。

賀司昶見他忽然柔軟的模樣，心上起了漣漪，渾身也鬆了，把他跪在自己大腿上的膝蓋放下來，叫他屁股含著肉莖慢慢往下坐。看他說完新年快樂之後明明還有些不自在，卻一臉隱忍的神色努力吞納，紅潮薄汗，漂亮極了。賀司昶不自禁親親他小巧的鼻頭，手掌貼著背上下撫弄。「新年你也會這樣陪著我嗎，佟戈？」

佟戈轟然感覺雙目熱淚湧滲，整晚超載的感性快要盛不住，後面被脹滿了，心也是，眼淚掛在睫毛上，垂墜不下。他親了親賀司昶的嘴唇，吸著鼻子輕輕點頭，「等你放假我們再去一次暑假那座山吧，就我們倆。那個禮物……還沒有弄好。」他忽然有些不好意思，眼睛抖顫了兩下，淚珠就掉下來了。「你再等等……」

情緒起伏讓他心率過快，賀司昶雖然沒動，但他似乎能感覺到那粗長一根上面盤旋的肉筋在跳動，穴肉吮著那些筋絡彼此擠壓。他說著說著就扭動起來，花穴緊貼著陰毛又泛起熟悉的瘙癢。「你說過的那個地方，你還願意帶我去看嗎？」

直到此時，賀司昶再抑制不住，睜大了雙眼，眼眶暈紅。他沒想到佟戈還記得，連他自己都快忘了。夏天的雨夜，帳篷和那個祕密之地。

賀司昶眨都不眨地看著他，也不知道怎麼表達，說漂亮話的本事都忘光了，只能反覆嗅著他的鼻息，霸道地吸他的唇，「佟戈，你不能騙我。」他一字一字咬得狠戾，吮吸變得深重，豐潤的下唇被扯開放在齒間齧磨，「你真的想去嗎？」賀司昶渾身上下都在沸騰，聽著佟戈微弱的呻吟，尖齒用力，咬破了他的唇。

「啊……」血腥氣飛速溢滿口腔，佟戈痛得皺起臉，舌尖卻還壓著血珠瘋狂地舔吮。他痛苦地拉扯賀司昶的頭髮，顫抖著跪立起來，「真……的……」大腿瘋狂打顫，碩大陰莖就要離了穴被賀司昶用力一按，「噗滋」整根插回去，他猛地仰起頭，舌尖猩紅的唾液甩到賀司昶臉上，放聲尖叫，「啊啊啊！」

緊窄的屁眼拚命收縮，賀司昶要被吸爆了，他拔出來，甩了甩猙獰的雞巴，摸到穴口兩指扯開再重新插進去，指尖順著肉莖往裡摸，「哥，哥，你感覺到了嗎……我很開心。」賀司昶親著他燒紅的耳朵，又溫柔又殘忍，兩根細長的手指跟著肉莖同時抽動，紅嫩的洞口被塞得平滑水潤，沒有一絲褶皺。

佟戈怎麼可能感覺不到，他趴在賀司昶身前，舌頭僵直，下體浪蕩，淫亂大張的逼口空虛，饞得不斷擠出陰水，後穴卻滿滿當當。他發不出聲音，喉間「咿咿呀呀」，捧著賀司昶的臉眼淚嘩嘩地流。他們啃咬著接吻，操弄的頻率並不太快，只重，但指尖急促壓迫著前列腺讓他很快就射了出來，精液在肚皮上亂飛，後穴的高潮幾乎是同時，順著指尖噴出黏濕的液體。

「這次好快……」賀司昶喜歡他直接的生理反應，愉快地瞇著眼睛笑，抽出手指給他看。「哥後面也能噴……」水亮的指尖夾住小巧的乳頭輕輕扯，把黏液抹在紅鼓鼓的乳肉上反覆揉搓，搓大了再去吸。佟戈顫抖的身軀後仰，挺起胸順著口腔的吮吸搖晃，抱著賀司昶的頭快活得意識全飛了。賀司昶把手指插進嘴裡他就乖乖舔，半眨著眼，滿臉嬌癡的酡紅。

賀司昶啜著奶尖挑逗，眼睛只是隨意一瞥，忽然被佟戈這個表情看得呼吸一滯，甚至忘了動作，微張著唇，舌尖勾出的銀線掛在乳孔。佟戈見他停下，疑惑地垂下頭，絲線啪答斷裂，賀司昶這才回魂一般，粗聲罵了一句，把佟戈抱起來，飛快地走到門口那面巨大的鏡子前面跪著。

他壓制著全身的肌肉深吸幾口氣，抬起頭擱在佟戈肩上，看著鏡子裡迷茫的眼睛。佟戈不知道他要幹什麼，莫名有些難為情地耷下眼皮，被他推著下巴強硬地看了回去。視線在鏡子裡交會的瞬間，賀司昶側頭親了他一口，「哥，你真好看。」

佟戈霎時臉更紅了，熱得腦袋要冒煙，視線在鏡子裡亂飄。但身後的人更是喜歡，親昵地吻著他，靈巧火熱的舌頭從耳後舔到蝴蝶骨，門口隨意丟棄的圍巾闖進餘光中，賀司昶心裡又轉起了壞心思，拿過來舉起他的雙手折在腦後，用圍巾綁住了。

「唔？你……」

「不要動。」

賀司昶綁好之後，又抓舉著他把整個身體直立起來，雙腿前頂叉開，潔白的腋窩和手臂向上伸展。細腰紅唇，布滿齒痕的乳房，和旁邊那顆深色印記都在鏡中一覽無餘。賀司昶滿意地收緊雙臂從腋下環抱著他，「怎麼這麼好看，不要對別人用這種表情，嗯？……哥，你看看我。」佟戈大概是不清醒，下意識就看過去，被賀司昶捏著臉親個正著。「乖，就這樣讓我操……」

賀司昶說著下面已經快速磨動，每一個字眼都貼著耳朵姦淫他的身體。佟戈沒試過這麼羞恥的姿勢，好像看著別人做愛，又像被別人看著，隱隱有些不安，但是賀司昶弄得他很舒服，粗挺的雞巴甚至從下體戳出來在鏡子裡衝他喊叫。他眼皮在顫，朦朧眩暈的頭上熱氣蒸騰，光是腿交下體的快感就一波波湧上來，身體不受控制地抽顫。他仰靠在背後，缺氧般大喘著氣，蜷起腳趾，「不……哈啊……」還沒幾分鐘細碎的水流就噴出來，抽著小腹痙攣，把賀司昶驚得傻傻地看著他笑，「哥，你……」

佟戈也不知道自己為什麼這麼敏感，整個人像被賀司昶操壞了，耳朵嗡嗡地響。他想到剛開始被賀司昶無情操幹的快感，癢得想哭，手腳無法動彈只能扭著臀往下坐，「我不知道……別說話，進來，賀司昶……」他縮穴咬住了頭，但每次都因為太滑而擦著逼口錯開，

「進來操我……啊！」

賀司袓暢快地破開肉縫，一刻不停地突突挺弄，掐著他的腰往胯下撞，「看著我！」軟爛騷嫩的甬道迅速絞緊，不遺餘力地吸著大雞巴。佟戈高昂著頭被操得胯下騷水不斷，肚皮凹縮，尖叫連連，沉迷放蕩的表情被賀司袓狂熱地注視。他雙眼朦朧，對上那道目光，甬道驟然張得更大，放任整根把下體插滿了。

「哥，咬得好緊。」賀司袓緊貼著他，熱汗蒸騰，手掌攏著微凸的小腹，舔他熱烘烘的耳朵，手指在陰唇四周撩撥，甬道絞得越緊他撥得越快，「小逼真會吸。」

色情的誇讚讓他肉花如觸電般抽搐，手臂後折高舉著，無法動彈，連同整個後背都發麻顫抖。他渾身熱得快要被融化，軟塌塌地靠在賀司袓懷裡，被玩弄，被貫穿，被射滿，然後尖叫著高潮。

賀司袓射過的陽具迅速脹大，一直堵著不讓他流出來，塞滿精液的肉穴裡滿是水響，指尖摳挖著穴眼邊緣，彷彿像剛才一樣往前面也塞進幾根手指。他皺著鼻子嚶嚀：「不行，這裡不行的，好脹……」

「好好好，乖，就一根……」賀司袓揉著他的腰讓他放鬆，盯著鏡子裡大張的下體，把中指緩緩插進去，還只入了一個指節佟戈小腹就開始抽搐，腰胯頂起傾斜，劇烈顫抖。他立刻停住了，拇指安撫地輕揉上面細軟的尿孔，「哥，看，你吃進去了……」

佟戈熱癢難耐，哼哼著看過去。賀司昶的指尖跟著碩大的肉龍抽動，四周穴肉被撐得薄薄一片，他動情得厲害，大腿夾攏，仰頭碰了碰賀司昶的唇。「唔……別玩了，給我。」

賀司昶心臟狂跳，直爆一聲粗口，托著佟戈下巴，凶狠地啃咬他的唇，按住腹部胯下瘋狂地貫穿，又深又狠，熱煞的眼神也要把他操透。佟戈爽得精液激射而出，哭著淫叫，張著大腿被幹得胯下一片火辣辣地痛，哆嗦著抖著舌頭啜泣：「好大好燙，不，賀，操透了，要尿了……」

賀司昶挑起眉饒有興味地看著他，像還沒盡興一樣，吸了吸顫抖的舌尖，沿著肩線親吻，「這就要尿了……」他乾脆把佟戈雙腿抬起來，腳踩在鏡子上，把尿一樣讓他對著鏡子，猛幹幾下，「噓」地吹了一聲，「那就尿吧。」

佟戈喉間一聲高亢的尖吟之後，賀司昶把雞巴退到洞口，騷熱的尿水便隨著高潮同時噴射出來，無恥地射上鏡面。他哭顫得停不下來，眼眶瘦脹透紅，被溫柔地舔舐了一下，頓時抖了一個尿顫。小腿一蹬尿得更響，鏡子上的腳尖不自覺踮起來，蜷縮的腳趾一片緋紅，他快活得翻白眼，什麼都看不清，睜開眼又閉上眼，陷在無止境的羞恥迴圈裡。

賀司昶高挺著肉柱，等佟戈的尿液流盡把他澆透了，再壞笑著插回去，暴風雨般操幹數十下射在裡面，邊射邊獎勵般親了親他的額頭，潮濕又愉悅地低聲喃語：「哥你怎麼了，你今天好敏感……」嘴唇剛碰著耳垂，閉合的尿口又顫巍巍射出幾道細流，淋得賀司昶雞巴根上一陣熱乎。

「唔……」佟戈沉浸在失禁的快感裡嗚咽，腦袋一片漿糊，委屈地推開他的頭說：「不要說，嗚，我不知道……」

賀司昶咯咯傻笑，射完把佟戈的腿放了下來，圍巾解開乖乖地側抱在懷裡，給他揉著麻痺細顫的雙臂。捏到肢窩時賀司昶這才注意到那個記號，那個他中午興致勃勃非看不可，一晚上卻被他遺忘的記號。他心頭一熱，嘴唇蹭著臉叫佟戈看鏡子。

「哥，看見這裡了嗎？」

佟戈放鬆半晌終於意識回籠，半睜了一隻眼，看著鏡子，睫毛輕顫。

「嗯……」

「討厭嗎？」

佟戈不懂他為什麼這麼問，搖了搖頭。

「我想再留一個。」

佟戈疑惑地擰起了眉。

以前賀司昶啃得身上到處是印也沒見說，最近一次兩次怎麼還要事先通知。他瞥了眼賀司昶，疲懶得沒頭緒便隨便說了句：「不要留在顯眼的地方。」

賀司昶見他愛咋咋地的樣子直笑，手臂下垂把他身子攤平了，俯身在肚臍邊用力吸咬出兩個彎彎的牙印。聽見佟戈抽痛的吸氣聲，他又無比珍視愛惜地啄吻幾下，一臉有趣地看白嫩的肚皮抽了抽，特別滿意一樣，輕快得少年音都冒出來：「哥，現在你也有兩個特別的刺青了！你的刺青就是我的吻痕。」

他橫躺在賀司昶腿上軟得不想動彈，聽見賀司昶帶著稚氣的宣告，微微後仰的腦袋裡血液像在倒流，眼淚像在升空。他嗯了一聲，但不確定有沒有嗯出聲。不過不重要了。煙火好像早就停了，現在是新年第一天的第某個時辰，他沒來由地想到這個。

賀司昶見他沒有動靜，乾淨明亮的笑眼就湊過來俯視著他，像一顆極小的太陽垂在上空閃著光。

他摸摸眼角，像摸那顆太陽。

「你還沒有跟我說新年快樂呢。」

「新年快樂，哥。」

負十一／乘著山野的風

數數日子，一月過兩週就放假了，佟戈說禮物要等等，賀司昶便只能抓心撓肺地等。他有幾次旁敲側擊想套話，佟戈也不上當，只一臉了然地直說並不是什麼特別好的東西。他當然不會聽，對著佟戈一頓回嘴：「什麼是特別好的東西？你怎麼知道我覺得什麼是特別好的，什麼是不好的！」他本意是叫佟戈不要對著自己無謂言輕，但佟戈還是被他弄得有些緊張，暗道自己還不如不承認有禮物呢。色令智昏。

不過這個禮物佟戈其實準備挺久了，早晚都是給他的，只是趁新年冠個好由頭。他幾近收尾，修補的時候不免回想起一些心路歷程，有些悵惘，好像有什麼改變了，又什麼都沒改變，他自己都說不上來，只覺得神奇。

在忙七忙八的間隙，佟戈倒是終於把應了程修的那頓飯請了。其實程修說的當天他就訂好了，但不巧，每次要去，兩個人總有一個會被事情岔開，這才拖到現在。沒想到吃飯的時候，程修偏要笑他見色忘友，被他一句「你嫉妒吧」狠狠懟了回去，精準戳中傷疤，然後兩人就這樣邊吃邊開始了不間斷地互相傷害。

不過事後，程修半夜發給他微信，說見他整個人心態終於輕鬆許多，老父親深感欣慰。就因這句話，他一個人默默動容了許久。

見過程修之後，剩下的時間他基本上就在工作室度過了，工作室本來也就在自己屋子裡，他自然而然便進入了以前工作時的狀態，一天天幾乎晝夜不分，睡得多也工作得久。有時候賀司昶白天偷摸聯繫他，他卻在睡覺，凌晨醒來看見才回，被罵了好幾回。

放假前一週，也是佟戈最後一節課，他去賀司昶家給他媽媽帶了一些年貨和禮品，本來也就是表達感謝的普通心意，只是因賀司昶的關係，心裡又多了些別的意味。他並不明確知曉賀司昶對於未來的計畫是什麼，他自己就不是個愛計畫的人，所以並不著急。即使賀司昶高中畢業，可能存在的變數還有很多，他們現在在一起已經是意料之外的事，他不想那麼快把平靜打破，也不需要賀司昶用這個來證明喜歡的決心。這樣就很好。

賀司昶知道他的想法之後，談不上開心或者生氣，不願意說好也不說不好，就是悶悶不樂。不樂了半晌後，賀司昶忽而看向他的眼睛，臉上擰出怪異的笑，問他是不是根本沒期待兩個人能走多遠。冷靜卻灼熱的目光，讓佟戈心裡的彈簧像失序紊亂般地伸縮暴動。他沒想到活在當下的願望從自己嘴裡說出來後，聽起來也是一種不在乎未來的表現。他最害怕賀司昶以為他隨時要跑，好像一切只是騙局，於是他只能解釋，身體力行竭力安撫。

人哪能三兩下就變得樂觀坦率又勇敢，只需要再做到一個尚且艱難，別說在他身上連一個都沒有。

那天課上完，佟戈一把跨坐到賀司昶腿上，對賀司昶又解釋了一遍，一字一句說自己不是沒有那麼想過，但那是在剛開始的時候。他不是一個對未來有美好憧憬的人，可他如今不願意也不捨得失去這段感情，他很珍惜，會一直珍惜。

說完一片沉寂。

他以為賀司昶還是不相信，提著一口氣，淺淺的笑正要掛不住時，賀司昶忽然伸手抱住他，一言不發，只是吻他，吻了好久，直到他腦袋都快缺氧了，他這才輕輕抓了抓賀司昶的後腦杓找回呼吸，笑著說：「所以你也不要著急，你可以慢慢長大。」

賀司昶濃密的頭髮在他耳邊蹭了蹭，又抱了很久，再一開口，沉悶的鼻音就從他的耳朵鑽進了鼻腔般讓他又疼又癢。「那你不能放假就不到我家來，下學期也是。」

佟戈渾身的血液像被加熱的牛奶，咕嚕咕嚕直冒泡。「又不是見不著了，放假出門的事跟阿姨說了嗎？」

「說了，我說你也在的。」

「要不要我再跟阿姨說一下？」

沉默了一會兒，賀司昶才開口說：「無所謂，我媽已經同意了。」

佟戈想了想便道：「那算了。」

賀司昶隨之哼一聲輕笑出來，下巴杵在肩線上捏著他後頸，又恢復成一派輕鬆的模樣。「沒關係的，反正是放假，而且是和你的話本來也沒關係。」

「嗯？」佟戈一愣。「阿姨對我這麼放心？」

賀司昶聽見佟戈的語氣，唯恐他想些多餘的東西，捏過他的臉，歪頭把他親了個結結實實。

「放心放心，全世界只有我才對你不放心，知道為什麼嗎？」

「不知道。」佟戈兩手拍上面前的臉頰，堵住了賀司昶的嘴。

❄

熬過考試週，放假當天一到點賀司昶就飛奔回家，非要跟佟戈邊通話邊收拾東西，興致盎然就像去郊遊的小朋友。他那時候睏得要死，就聽著電話那邊絮絮叨叨，自己有一搭沒一搭地應，後來實在撐不住睡著了，便不知道賀司昶在心裡默默又給他記了一筆，要和之前的湊起來一起給他算帳。

賀司昶來找佟戈的時候佟戈還在睡，他也不好好睡在床上，趴在沙發邊，手機還捏在手裡。幸好地毯厚實，暖氣也足，不然肯定得感冒。賀司昶簡直沒轍，想把人抱到床上去，結果剛抱起來佟戈就似醒了，一臉迷糊，湊到他脖子上聞了聞，又安心靠了回去。

賀司昶本沒想弄他，叫他先睡好，沒想到一沾著床，這人反倒不安分地纏著他要親，潛意識的依戀像縈繞不去的香氣，把賀司昶釀得甜滋滋，像蜂蜜在佟戈身上傾瀉般四處流淌。第二天佟戈真的醒來時，發現自己渾身赤裸，下體痠脹，姿勢曖昧地躺在賀司昶身上，還腹誹賀司昶趁人之危，卻不知道其實自己才是始作俑者。

賀司昶見他醒了，邊碎唸邊拱著他叫他起床，整理東西好出發。但佟戈仍然睏倦，渾身犯懶，根本不想動，最後只得磨出一個解決辦法，他躺在床上細說要帶什麼，然後賀司昶幫他拿了裝起來。

提議是賀司昶提的，帳也是他記，他正細數著感覺帳本都要記不下了，佟戈卻看著這場面新奇，覺得有趣又來了精神，特別是見賀司昶頂一頭亂毛、穿著條短褲跑來跑去找東西的樣子可愛得很，掩著被子趁他不注意偷拍了一張。賀司昶剛好側頭。

佟戈後來下車後，又想到這瞬間，特意走在賀司昶斜後方一點，能望見他的下頜線。佟戈暗暗在心裡對比，最後得出顯而易見的結論，照片果然還是比不上現實。

第二次來木屋，他們依舊走熟悉的路，踩相同的石頭，旅途輕快，但即便風吹過的時候，佟戈閉眼似乎還能聞到那天的青草香，睜眼卻已是群山安睡，萬物無聲。

這是肉眼可見的景致差異，而肉眼不可見的是，他自身能感覺到的那份心境也截然不同。對他來說，在綠意蒼翠的那時其實就已昭然若揭的心思，只是硬被性慾強壓，蒙上一層又一層厚厚的樹蔭，撕不開也擦不去。而枯枝頹然的如今，在落葉裡行走，心裡好似也跟著沒了那些遮蔽，倒坦然輕快許多，彷彿腳下每一道「啐擦」聲，破碎的都是那些糾結不安，迴蕩的都是值得期待的未來。

他明明也在期待。

最後他們在一片落葉清脆聲中找到了木屋。

令人驚喜的是，木屋和之前也有些不同，被增添了冬天的味道。暖木色的外殼，內裡擺放起了花紋繁複的裝飾，溫暖厚重的地毯、壁爐和投影，以及形狀各異的燈具，有一種鄉村獨有的暖冬特性。明明從外面看起來並無差別，走進來卻氛圍迥異。如果夜晚點了爐火與燈，大概會像風雪天在外路過時令人豔羨的人家，瞥上一眼都能心生暖意。

上次來過這裡之後，大家就一直評價不錯，看得出屋主很用心，可能自身也居住過，完全是家的感覺，而對外開放後也在不同的季節給了它不同的味道。這次來之前佟戈還隱隱擔心過，現在這個時節並不是看風景的最佳時機，會不會沒有意思，但現在看來好像不算太差。

相較起來，賀司昶就沒那麼多心思，跟佟戈來怎樣都是好的，唯一就是在聽見佟戈叫他從所有房間裡挑一間住的時候，差點沒反應過來掉了下巴。

「你把所有房間都訂了?!」進了門他就跟在佟戈身後轉來轉去，「還是天氣冷沒人來所以都空著？但怎麼說也是假期吧，不至於這麼蕭條……」

佟戈雖然說著叫賀司昶選，但自己也要每個都再看一遍，聽見賀司昶嘰嘰喳喳，就步調放慢了跟他並排走，好像這並不是什麼特別的事，開始閉著眼胡說八道：「有可能是沒人啊，本來也不是大家都放假了，我訂的時候直接訂了整棟，總之就成功了，房東也跟我確認過。反正其實一共也沒幾個房間，上次不也就只住我們幾個人嗎……」

說著兩人轉到了上次賀司昶住過的房間，但佟戈沒進去，瞥了眼賀司昶，示意他：「你還想睡這嗎？」

賀司昶走到佟戈旁邊後不自覺一直看著他，開合的嘴角，挺拔的鼻梁，精緻的側臉，被風吹得還帶著點冷意。他覺得自己也有些奇怪，這個時候卻在關注這些。佟戈眼睛轉過來他才回神，無意間被對方那無所謂的語氣取悅了，也聳聳肩。「隨便，我只想跟你睡。」

佟戈聞言橫了他一眼，急忙轉身朝下一個房間去，囁嚅隨著腰帶甩到他身上。

「廢話。」

最後他們選了帶獨立小樓臺的那間，雙床空間大，能看風景，設備也更齊全。

佟戈當時走進來的時候為了調侃賀司昶，說，這裡有兩張床，如果你說的那個地方不存在呢，我們晚上就一人一張。神情很是挑釁。

賀司昶倒絲毫不慌。你自己愛騙人就以為別人都跟你一樣，我騙你的話那我就自願睡到別的房間去，他說。

佟戈一聽後面那句，把第一句也略過了，陡然耷下眼，皺著鼻子有些懊惱，小聲說，那不用。賀司昶當即便笑開了，被佟戈的樣子可愛到，捧起他的臉揉了揉，吧唧親了一口，結果剛親完小腿就被踢了一腳，然後聽見他有些鬱悶地說，我只是一個人有點怕。

畢竟這山裡這一棟房子一個人睡一間呢，怕也正常吧！

賀司昶一愣，大笑著抱起他就滾到床上翻了幾個來回，雙臂收得緊緊的，認真地說，哥，我保護你。

鬧完了，賀司昶雙肘撐在床上看佟戈一邊在電腦上回郵件，一邊在手機上回消息。

「你想今天去，還是明天去，還是後天去？」他挪了挪身子調個方向，趴在佟戈背後給他捏後頸。

「今天有點晚了，我把這個處理完先去吃飯，明天去也不遲。」佟戈快速敲著鍵盤，渾身被捏得通暢，說完仰頭看著他輕輕「嗯？」了一聲，沉悶的鼻音像在詢問他。

賀司昶按捏的手停住了，他看著佟戈的眼睛，忽而嘴角一撇，翻身滾了一圈，又滾回來，大聲嚷嚷：「不好，我現在就要去吃飯！」

自從佟戈說賀司昶可以在他面前撒氣之後，賀司昶就經常這樣捉弄他，讓他哭笑不得。

「神經啊，滾。」

❄

上次因為有一群人，可以自己燒烤煮東西，但現在只有他們倆根本沒人要做，只能出門覓食。這裡位置還是有點偏僻，離最近可以吃東西的地方也有段距離。佟戈其實還沒處理完事情，但他估計著還不去吃飯店家就要歇業了，所以讓賀司昶先叫好車，兩人踏著夜色出發。

車上佟戈想起一件重要的事情，這段時間都忙得忘了，於是打開天氣預報。據當地的氣候顯示，近日有降雪的可能。也許是山中氣溫本就更低一點，自然現象明顯。他把手機螢幕給賀司昶看，賀司昶說這也只是預測，不一定準確，到時候再看情況。於是他也就懶得思慮過多。

最近能吃東西的地方是塊美食街一樣的廣場，各種彩燈招牌看著還挺熱鬧，他們逛了一圈挑了一家燒烤店，有幾桌年輕客人吃得香噴噴，走進店裡聞著都流口水。

點單的時候，佟戈還在跟尤鶴討論專輯的事情，於是把菜單遞給賀司昶，叫他隨便點。

賀司昶接過，先挑了半晌，沒一會兒忽然開始為他語音播報。

「哥，可樂要冰的嗎？」

「嗯。」

「五花肉要噢。」

「要。」

「羊肉串吃嗎？」

「吃。」

「烤魚也來一份吧。」

「好。」

再然後就是賀司昶憋不住的笑聲。

他狐疑地抬起頭，賀司昶早就勾好了看著他呢。

「哥，這是你的智慧模式嗎，像上次嗯嗯嗯的自動回覆一樣。」

佟戈飛快打了幾個字發送之後就放下手機，把椅子往前移了移，許是說到上次，他想起來那天的情景有點赧然，因此語氣也有點不自然：「好玩吧，幼不幼稚你。」

「好玩啊，我喜歡。」賀司昶果斷地說：「你剛也是跟上次出差的那位聊天嗎？」

「嗯，工作的事情，最近進行到中期了，有很多東西要整理。他專業知識挺好的，你願意的話以後介紹你們認識……說起來他以前是B.I.R.D的成員，你知道這個樂團嗎？」

「嗯？bird，鳥？你這麼說，我覺得應該是剛上初中那會兒聽過，但成員有誰我完全沒注意，只記得當時人氣挺高的，很酷，非常前衛，但後來就消失了。」他認真回憶了一下，還真有印象。

「嗯哼，你竟然知道。」佟戈一挑眉，有些意外。

他也不甚在意，悠然說道：「我知道的可多了，不然你以為當初我媽怎麼會找到你。」

這句話不經意透露的訊息量，叫佟戈一瞬間有種喉嚨被堵住的感覺，但他還沒想好說什麼，服務生已正好端著一大盤烤魚放到桌上，熱氣四溢，香味撲鼻。服務生麻利地點完火，又送來兩罐可樂。

賀司昶開了一罐直接遞給佟戈。「聽說他長得挺帥的，是嗎？」

他語氣太過自然，佟戈從剛才的話裡跳出來又回到剛開始那個圈，意識到他問的是尤鶴，就順著問了一句：「你怎麼知道？」

「程哥跟我說的，我當時問他了。他還說，雖然長得好看，但不是你喜歡的那種類型。」賀司昶說著自己也開了一罐可樂仰頭咕嘟喝了幾口，眼神卻對著他，言語裡的意思和快速滾動的喉結一樣，毫不掩飾。

佟戈眼睛不住往他喉間瞟，自己不自覺也拿起喝了兩口，含糊地說：「你跟他還真是什麼都聊。」

賀司昶舔舔嘴角，無聲輕笑。「……你自己把他叫來代了一個月的課，關係可不得有點進展嗎？」

賀司昶每次說到關於他半途跑路的事情，佟戈就會湧起一股深深的無力感。他將此稱之為長對方氣焰，滅自己威風的典型案例。偏賀司昶像懷恨在心一樣，偶爾拿出來輕微地撓他一下，叫他眉頭無意識就皺起來，根本沒底氣反駁。佟戈心裡的嘆氣聲還沒呼出去，額頭就遭兩指彈了一下。「嗷。」他一聲驚呼。

「別皺。」賀司昶彈完快速收回，老闆正好把先烤好的幾份烤串端了上來。

佟戈自己也摸著眉心按了按，邊吃邊神色如常地繼續聊：「那你剛才還問。」

「我當然要聽你說才準，程哥不也是猜的嗎。」賀司昶一字一句道：「你不喜歡他那種，那你喜歡的是哪種？我這種嗎？你以前交往的人都是什麼類型的？」

這人炮語連珠，一臉若無其事地持續高能，恨不得要把佟戈裡外都給摸透，把柄都給抓牢，偏又不是那種惹人討厭的樣子，調皮又懇切，若是不回答他自己反而還難受。於是佟戈擼完一串五花肉，問他：「你要聽真話嗎？」

「……嗯。」誰知道你說真話還是假話，賀司昶默默想。

佟戈點點頭，吸口氣又抓了一根，想著邊吃邊講比較自然。「我好像不太挑類型吧，開始都相差無幾，結束時千篇一律，又沒有什麼刻骨銘心的愛情。就，嗯，都很隨便，而且太久了，那些人長什麼樣我都不太記得了……」他像排練好了一樣，也不怎麼帶喘氣，流暢地很快就說完了。除了遺漏重點，嗯得虛弱，又語焉不詳。

他說完眨眨眼，若無其事又擼了幾串，但賀司昶聽完卻沒有追問，只是像那種恍然大悟的語氣一樣「噢~~」了一聲，雙眼星燦燦，玩笑似地說：「那你會記得我嗎？」

佟戈倏時心臟漏了一拍。賀司昶的模樣和語氣讓他來不及想別的，「會」就已然脫口而出，而出口才意識到，這個問題本身聽起來其實就不是太好，「會」或者「不會」都像終究會結束一樣。

賀司昶問出之後應該也發現了，表情也隨之有些晃動，但聽見佟戈眼睛都沒眨的肯定回答，他還是彎起嘴角。

佟戈見他眼角眉梢流出的喜悅，也許是被帶動了情緒，因此掏出了心裡徘徊已久的問題，儘管……有些俗氣。

「賀司昶，我一直很想問，你喜歡我什麼？」

賀司昶不像他，他幾乎是剛問出口賀司昶就回答了，不假思索，「不知道，一見鍾情。」微微上揚的尾調像發射了一個煙霧般的問號。

佟戈一愣。

他不是第一次聽見有人這麼跟他說，一見鍾情的浪漫大概被很多人嚮往，但從賀司昶嘴裡說出來放在他身上，他一瞬間竟不是感覺浪漫。複雜難明的心理作祟，佟戈不經意地嘟囔著說了出來：「啊，一見鍾情，我高中也常聽戀愛的朋友這麼說……」

賀司昶挾菜的手忽然就停住了。

烤魚咕嘟嘟開始沸騰，賀司昶臉上的笑意卻驟然退卻。他不自覺頂著腮，剛才的氣氛瞬間蕩然無存，語氣也明顯變得不高興。「怎麼，一見鍾情也要講年齡嗎？一見鍾情也很幼稚？」

「……」佟戈一說完便後悔了。開始即結束，賀司昶真的是他的剋星，兩句話就把人惹惱了，只得瞬間把什麼都拋到腦後。「不是，我沒說你幼稚，只是覺得……」

「覺得什麼，閉嘴吧，別騙我了，一天不氣我都不行。」雖然不快，但賀司昶還是把挑了半天的魚肉放進了佟戈碗裡。

「怎麼又氣你了……」

賀司昶沒理他。

「……」賀司昶很少耍脾氣，至少比佟戈自己少。就年紀這一點就佔了大部分原因。佟戈知道他很在意，所以耐著性子解釋。「我真沒有。」

「我知道了。」

佟戈啞然看著賀司昶冷下來的臉木然地嚼了幾口，想說什麼卻不知道從何說起，不自覺蹙起眉，懊惱的樣子隱隱像做錯事之後，頹喪地耷下耳朵。

過了才沒兩分鐘，賀司昶放下筷子，忽然問他：「你想聽什麼樣的理由？」

「嗯？什麼……」

「那就這麼說。」賀司昶往後一靠，單手搭上椅背。「我喜歡你的臉，你的身體……」他微頓。「很喜歡，這是事實。」他補充道：「你鎖骨中間的那顆痣，噢，這個也算身體的部分，」他朝那兒瞟了一眼又繼續：「……你的外冷內熱，你時而隨性時而彆扭，你對音樂和創作的喜愛，和對很多狗屁不屑一顧的冷漠，你笑或者不笑地看著我的時候，你抱著我，顫抖，你在我面前哭，還有……」

「好了行了……」佟戈在桌下卯足勁踢了他一腳，低聲呵斥。

從他開始說時，佟戈就一口冰可樂在嘴裡忘了吞，聽他含著笑肆無忌憚地掰著手指頭數起來，並逐漸口無遮攔時，這才回過神「咕嘟」咽下去，面上浮起薄紅，在故作不悅的表情裡反而更加動人。

要問是他，不滿意是他，不好意思也是他。

賀司昶習慣他的心口不一，也不為所懼，又直起身，手肘撐著桌子托起半張臉大方地看著他。

「是你想聽的嗎？哥，」賀司昶坦蕩地問。「我說一見鍾情不是為了敷衍，也不是隨便，你不明白嗎？你對我的吸引力，正因為我也不知道怎麼解釋，所以才覺得那是一見鍾情。第一眼就覺得特別的感情，一開始就說不清道不明的感情，這麼說不對嗎？」哼哧輕笑的鼻息聲有些刺耳，既是輕斥也是無奈。「為什麼什麼事情都非要找個合理、讓自己滿意的理由呢……這個問題你也能找到你滿意的理由嗎？」

賀司昶上次和佟戈開誠布公之後，就懶得再藏著掖著，這個問題確實是第一次拿到明面上說。如果佟戈拐著彎往胡同裡鑽，那他就跟進去直接把人拉出來。即使說得有點繞，他也知道佟戈能聽懂。

佟戈心頭的火就這樣忽暗忽明。

賀司昶已經不是第一次表現得如此……他考慮用什麼詞更合適……比他更成熟吧，比他包容，比他灑脫。而不是像他表面看起來灑脫，而是真心地不被一些東西束縛。年少輕狂吧。即使明明自己才是年紀大的那個，卻也是被哄得更多的一方。他可能是真喜歡被賀司昶哄著。賀司昶說喜歡他不屑一顧的態度，他其實很想反駁，但真反駁了免不了又要惹人生氣。他總是無理地在無用的東西上面較真。

他不得不感慨，賀司昶一語中的的本事在他身上已經登峰造極。上回說他不敢說真心話，這回說他喜歡找理由。他以前覺得這也許是巧合，是偶然，他可以退避，可以放棄，但自從他主動拉開門讓對方跨進來之後，他才恍然，這有多珍貴，多不易，並且隨著彼此走得越近，越心動不已。

命運之手大概既愛憐他又憎厭他，召來賀司昶這樣一個人，踩亂他原本定好的所有節奏，逼著他一次次把自己看清，將自己重寫。

他沉默半晌，釋然地嘆氣，望著賀司昶的眼睛。

他曾經看見靈魂被纏縛，四周是賀司昶編織的網，但其實他錯了。

是他自己的網把自己困住。

是賀司昶點火將他釋放。

「我錯了。」他說。

這一瞬間，他把所有都卸下，靈魂赤裸，一顆真心。

「賀司昶，我沒有騙你，沒有覺得一見鍾情很幼稚，我也……很喜歡你。」

他說完一驚，竟然沒有結巴。

但耳根還是熱得發燙了。

為了不讓賀司昶從愣神中反應過來有機可乘，他飛快地叫來服務生，立刻搬上哐當當一堆酒。滋滋鼓著氣泡的可樂被無情地推到一邊，他像是下定決心，眉目清亮，雙頰紅潤，一無所懼。

「現在開始我們喝酒……不，就當我罰酒。」

佟戈說：「我們也不醉不歸吧。」

負十二／似是醉

不醉不歸。

賀司昶無聲地默唸了一遍佟戈兩小時前的豪言壯語，再看了看倚靠在自己肩上的人。幸好自己最後留了點理智及時打住了。

「你怎麼想的，哥？你忘記你每次喝醉都什麼樣嗎？」

賀司昶沉沉的聲音傳過來，落到佟戈身上叫他感覺有幾個地方被輕輕撓了一遍。他感覺自己是醉了，但卻又沒有失去意識，聽得清也看得見，甚至面色如常，冷淡地耷著眼睫，雙唇緊閉，只有腦袋像變成氣球在往上飄。

「嗯？」他略遲鈍地仰起臉，耳朵在賀司昶肩頭蹭了蹭，想到什麼忽然咯咯笑了出來。「原來你早就知道了啊……」他笑兩聲就停了。「……不是跟程修說過不能告訴別人嗎……」

他小聲嘟囔著抱怨，但神情很放鬆，似乎發現賀司昶知道這件事，他也並不介意。

賀司昶像是怕驚醒他，把聲音再壓低了一點，變成耳語。

「嗯？原來這是祕密嗎？」

「對啊……」佟戈果斷地承認，只是承認完之後便沒了下文。

賀司昶啞然失笑，被佟戈均勻的呼吸撲得脖子癢癢的，混著酒氣，倒是驟然喚起了些熟悉的感覺。

他為什麼知道，當然是因為他見過，三番四次地忍耐過，雖然也忍耐失敗趁人之危過。上回在佟戈家撞上他喝醉是意外，但第一次不是，可以說，除了那一次其他都不是。他因此一度以為佟戈在外面都是這樣，跟隨便什麼人都喝醉，然後黏糊糊往別人身上蹭，所以他第一次去佟戈家那天才會因為他喝醉了而生氣。

但原來……

賀司昶緩慢地吁出一口氣，蠕動著乾澀的喉嚨扭頭看向窗外，山林道黝黑曲折，像他體內的慾望豁然裂開的巨口。

我很喜歡你。

只要精神有縫隙，他腦海裡就會響起這句話。

和以往說過的每一次都不一樣，哪裡不一樣賀司昶說不出來，只知道在這個「愛」字都沒有出現的告白裡，他卻感覺被愛淹沒得徹底。

他瞥了眼司機。車已經開得挺快了，他便只能在心裡祈求再快一點。

❄

車靠邊停下，因為再開也上不去，彎曲著向上延伸的青石板階梯只能自己走。

賀司昶側了側身剛想叫醒佟戈，就見佟戈緩緩直起了身，睜著黑溜溜的眼睛望著他，好似沒睡過，聲音輕細卻刮人：「到了嗎？」

賀司昶有一瞬間愣神，隨即又點了點頭，扶著佟戈下了車。

待關上門，跟司機道了謝，轉頭才發現佟戈一直呆呆地站著，視線就落在他身上。

賀司昶揚起嘴角，無聲地用唇形說了句「怎麼了」，佟戈這才緩緩轉動眼珠轉身朝臺階走去，並在擦肩而過的瞬間，牽起了他的手。

一時，賀司昶感覺除了腳步和肢體摩擦，全世界都屏氣凝神。

冬夜群山的幽香飄浮在四周，因為彼此心緒不寧，露在外頭的手竟也不覺得冷。

他們就這樣踩著石板路靜靜地往上走，直到快見了頂，佟戈卻忽然停下，站著不動了。

他指尖微曲，在賀司昶掌心輕輕抓了下，又不安地四下望了望，湊到他耳邊輕聲說：「我想尿尿。」

賀司昶頓覺後頸一道酥麻，如通電般上竄下跳。

佟戈喝了很多酒，又黏糊又熱，說這話的時候叫賀司昶渾身都緊了，牽手的悸動還未消，就要召喚起更要命的念頭。

他定定地望向佟戈的眼睛，佟戈有些茫然和羞赧，醉意濃稠，估計並不能確切控制自己的行為舉止。乖順的醉漢一個。

賀司昶心裡跌宕起伏，交握的手不自覺用力，但他很克制地也湊近了臉，用很小的聲音問道：「能忍忍嗎，再走一會兒就到了。」

佟戈不悅地皺起眉，半倚靠在他手臂上，微微夾了夾腿。「……難受。」

賀司昶人都快燒起來了，他強迫自己不去看佟戈，一把抱起他急跨兩步，往斜前方一塊隱蔽的矮木叢走過去。

他站在佟戈身後撐著他，替他解著褲腰帶，看見內褲下那團隆起的性器，心裡實在躁動得厲害，就貼著耳朵耐不住要逗他。「哪裡想尿？前面還是後面？」

佟戈也全然後仰，整個人靠在他胸前，似是沒太明白他的意思，茫然地愣了一會兒像在認真思考，最後悠悠地說了句：「這裡。」說著就抓起賀司昶的手扯下內褲，一同握住了挺立的陰莖。「你幫幫我……」

賀司昶快被他的動作搞懵了，拚命咬緊牙關，彎下身把臉埋進滾燙的側頸，咚咚的心跳撞在他背上。「乖，沒有別人，放鬆就好了哥……」

「不行……」佟戈的聲音忽然有些急，他輕晃著頭挺起胯卻尿不出來，便開始胡亂地扭動，飽滿緊翹的臀也時不時蹭到賀司昶胯間的巨物。

賀司昶心想他可能是憋久了又積累得多，一時緊張反而卡在半路。他舔舔唇，眸光一暗，掰過佟戈的臉，邊親吻邊粗放地給他擼動起來。

「嗚嗚。」唇舌勾連地舔吸毫無章法，佟戈拉長了脖頸承受著他的吻，嗚咽聲隱祕又曖昧。果然，不一會兒，淅瀝的尿水聲響起來，短促無力，斷斷續續，落在賀司昶耳朵裡更是一陣熱意狂湧。

灰白的熱氣向上飄忽，縈繞在身前，他愛憐地在佟戈耳邊輕蹭，不知道說了什麼，搓著指腹，放膽地摸到下面軟嫩的肉核輕輕捏了幾下。身前瞬間發出一聲壓抑而爽快的尖吟，緊接著，強勁有力的水柱劃出一條拋物線，噓噓地噴出。

「啊……」如同高潮般激射的尿液叫佟戈全身燙熱，雙腿直顫，嘆息般地輕輕哼叫。他邊尿邊細細抖動著，迅速擴散的酥爽感令人滿足，膝蓋微彎，幾乎要站不住，恍惚以為在夢裡失禁了，根本收不住，但身上的熱度、觸感和呼吸卻都是真的。

他頭昏腦脹，尿完最後一點便軟軟地倒在了賀司昶懷裡。

「哥……」賀司昶被折磨得神經都快要麻痺了，大冷天的滲出汗來。

他覺得自己簡直自討苦吃，脹痛的肉根無助地縮在褲檔裡。難兄難弟。

燥熱的氛圍一散，冷風便趁虛而入。

山間寒氣逼人，賀司昶裹緊了佟戈，快步向木屋走去。

幽靜隱祕的木屋內壁燈昏黃，一處亮了又熄，再幾處亮起來，在山中看著格外溫暖。賀司昶怕陡然開大燈刺眼，於是只開了幾盞小燈，把人放在椅子上，隨後先去把室內弄暖和。

爐間火光熹微，他剛升起一絲火苗就陡然被佟戈抱住了腰，沉沉的身軀壓到他背上，黏巴得像一塊滋滋在被烤化的糖塊兒，沒說什麼話，就是要貼著他，不知是冷還是怎的。

整個屋子的供暖系統其實都滿好的，但是因為佟戈一來就說喜歡這個有點粗糙野生的壁爐，所以為了儀式感，賀司昶勤勤懇懇地生著火，增添點氛圍感。待他洗完手走回來，火光歡快舞動著映在兩人臉上，佟戈已經趴在他身上，把手伸進了他毛衣裡面摸了幾個來回。

腹肌收縮，冰涼的指尖在肚臍邊上下滑動，佟戈撓人的嗓音就像木屑燃燒的劈啪輕響。

「你剛才是不是摸我了……」

賀司昶眉間一挑，心想，不知道當時自己在這人耳邊說的話他聽見沒有，詭祕一笑，反身把人壓在了地毯上。他雙腿跪在佟戈腰側，俐落地脫掉了毛衣，俯下身半撐在佟戈上方，迅捷的身姿極具壓迫感，凹凸分明的腹肌被火光照得紅亮誘人。

他對著唇啾地飛速親了一口，笑意盈盈地說：「對啊，摸一下就尿爽了，你是不是要感謝我？」

佟戈因為醉意而濕潤的雙眼蕩漾著，張開手緊緊環住他的脖頸，喉間咯咯笑了兩聲。「那再給你摸摸……」乖得心顫。賀司昶喉間饑渴地吞咽，沉啞的嗓音像正焚燒著的木頭被來回割鋸。「真的？」他問。

佟戈眨眨眼，整個手掌貼上塊狀分明的腹肌，刺青，一點點往上，摸到胸前，指縫卡著突立的乳頭，來回夾弄。他專注又疏懶，看著健碩的身軀在他手下壓抑地緊繃，皮膚隨著動作顫動。

「嗯。」他突然張口，雙眼閃爍不停帶著笑意。「為什麼忍著，我都濕透了。」

賀司昶一時搞不清楚佟戈是真醉了還是裝的，以前喝醉了是意識不清地被他弄，今天看著也不清醒，卻有意無意主動引誘了他好幾次。他不禁回憶，好像自從上次出差前背著他媽在他房間做了那一回之後，佟戈就有了些微妙的變化，特別是今天的表白。如果是以前，佟戈不會這樣說出來。這麼想來，不醉不歸大概是佟戈找的遮羞布。

賀司昶細思後不禁嚼出滿嘴趣味，抓起佟戈的手放在唇邊吻了一下，然後滑到腰腹，撫摸那些暴起的青筋，乾淨分明又危險，再拉到胯下，沿著堅硬的形狀引著他抓握，嘴角上揚，眼神滾燙。「有多濕，自己把褲子脫了給我看看。」說完往後退，一副要看著他脫的架勢。

佟戈聽見要他自己脫，似乎有些不滿，嗔他一眼，撇著嘴把長褲蹬掉了，剩內褲包裹著潮濕的下體，曲腿岔開，紅彤彤的臉望著他。

「怎麼不脫完？」他用指尖刮了刮褲襠下濡濕後深色的布料，佟戈就立馬綳起了腳尖哼了一聲，「會流下來……啊……」

賀司昶被他騷得肩背肌肉隆起，眼神凌厲，抓起小腿向前逼近，把人按在沙發邊上，手臂快速抽動，火熱的掌心兜著胖鼓的陰戶不要命地揉搓，咕咕的水響不停。他抓了幾下又開始合掌拍打，扇著滴水的地方，直聽見隔著布料薄悶的啪啪聲。

佟戈掰著自己的小腿，指尖卡進肉裡嗚嗚哀吟，賀司昶卻扇得更加用力，陰唇飽滿的形狀都頂出來，陰蒂戳在上面小小的，被打得扭來扭去。賀司昶看他屁股離了地不安地扭動，心裡暢快手下越狠。「穿著內褲不是一樣在流水，哥現在都不需要舔逼就這麼騷了……」他還沒說完，伸手托起屁股就拉到自己隆起的一包上狠狠地撞，沒幾下賀司昶的褲襠也濡濕一片。

佟戈渾身的酒精在悶熱憋脹下全數瘋狂發酵，癢得想把內褲吸進洞裡去。他受不了了，跪起身胡亂一扯，瞬間下面像尿褲子一樣，淅瀝地往下落，淚水漣漣，醉意嬌憨。「那你還不操我……」

他懶得去想自己在說什麼，把自己喝醉就是為了什麼都不想。大得瘆的肉莖挺進來的時候，他爽得腳後跟都蹬直了，「啊，好硬……」猛烈的撞擊把他推到沙發腿邊，膝蓋幾乎觸上肩頭。賀司昶因為興奮和慾望而亮起的雙眼黝黑迷人，他抵著佟戈的額頭，專注又深情地像要把佟戈吸進去，胯下的動作卻專制粗暴，狠狠地懲罰著下面自己偷偷噴水的小嘴，「爽了嗎……在外面叫我把尿也是在勾引我是不是，嗯？」

佟戈被幹得喘不過氣，嗯嗯哼哼嬌膩得很，他只知道自己要爽死了，渾身流淌的酒液汗液一齊蒸騰。隨著爐火燒得更旺，赤紅的粗莖一刻不停地翻攪軟嫩的肉穴，但賀司昶根本不碰其他的地方，那些每次都被吸得發痛的乳頭、陰蒂，還有肢窩都只能空虛地顫抖，滿足又不滿反覆拉扯，不小心被頂得一聲尖叫，龜頭戳到底了，壓著頸口磨著他。

他抬起下巴含住賀司昶的唇蠕動著小舌頭，嗚嗚吱吱邊哼邊舔。賀司昶卻不張嘴，一言不發地操得更狠，囊袋拍著肉蚌水花亂飛，層層熱汗順著面龐流下來，右半臉被火光映照得發亮，另一邊卻陰鷙冷酷。高挺的鼻梁觸著臉腮，像下面粗碩可怖的一根，燙得佟戈戰慄哆嗦，無助地吮著滴落的汗珠，唇齒含糊：「你為什麼不親我……你摸摸我……」

佟戈皺著鼻子，嘴裡滿是汗液的鹹腥味，沿著賀司昶輪廓分明的臉來回地舔。熱乎乎的舌頭在喉結上畫著圈，即使是汗水濕透的後頸也被他吃進嘴裡，豐滿的臀肉被幹得泛起肉浪。賀司昶被他舔得快瘋，扶著他的腰，開始扇他屁股，啪啪地又快又重。「……放鬆點，哥，要被你夾爛了。」

「痛，嗯，再深一點，啊！」佟戈全身都被操紅了，偏鎖骨間的痣黑得像不見底的慾望深谷直穿到心裡，臉色彷彿吸過催情劑，騷媚誘人，理智被攪得七零八落。「好硬，好爽……」

賀司昶雙眼在他身上來回巡視，看著肩窩裡的汗珠滑過黑痣墜落下去，像油珠墜入火裡瞬間熱浪滔天，燒得他只想把肉逼操爛。但佟戈還在怪他不摸摸他，乳頭就只好壓著他的亂蹭，隱隱爽快但又不得盡興，對著肩膀一通啃咬。賀司昶見他急呼呼的樣子，被咬幾口，那根脹得越大，一下下拉得猩紅穴肉離了洞口又被頂回去，變成操開了任他玩弄的玩具。

「還有更爽的……」賀司昶聳動乾澀的喉嚨，胯下用力，快速擦過甬道那個微小的突起撞上頸口，瞬間，佟戈整個臉都僵住了，全身像變成震動的按摩棒只能夾著膝蓋抖個不停，操一下抖一陣。

賀司昶看他表情就知道再弄幾下他就要爽尿了，盡情享受著穴裡極致地痙攣，不遺餘力地反覆頂著那兒。佟戈抖得雙臂都吊不住，只能撐在地上緊緊攥起地毯的長毛揪扯，足趾緊繃懸在半空，身上像有萬千蟲子在啃咬，「不，別這樣，要射了，賀……」肚子飛快收縮，淫靡的水聲越來越響，他嗚咽著哭了出來，「要……」來不及說完，噴湧的熱液就對著龜頭澆灌而下。貼合的腹部之間馬眼大張，但就在這時，賀司昶卻殘忍地往上一頂，龜頭強行塞入一截，把源源不斷的濃精朝生嫩的腔內猛射。佟戈四肢彷彿瞬間麻痺一般，口舌僵直，唾液直流，痛快又狼狽地邊噴水邊接受著賀司昶瘋狂地射精，小腹都似乎一點點隆起來，像剛被注滿又立刻抽了氣的氣球咻地飛向空中，四處亂飄一陣之後，重新落進了賀司昶懷裡。

高潮持續了很長一陣，佟戈泄完沆後還敏感得很，一點都碰不得，碰哪裡都顫，顫得下面咕唧水響，腆著臉渾身軟趴趴地喊腿痛。賀司昶便抱起他來放在沙發上，眼神交纏，終於還是親了上去。

佟戈饜足得全身開著花兒哼喘，伸著腿乖乖吐出舌頭給他弄，咬在齒間再含進嘴裡。賀司昶那根帶著熱腥氣的舌頭舔得他像又高潮了一遍，便熱切地想要回舔。咕嚕的吞咽聲都蓋不住他吮吸時瘋狂的水響，下巴和凹陷的臉頰都濕潤，逐漸被強勁有力地啜吻逼出眼淚來，但快活得放不開。

賀司昶被他纏得笑了出來，心想今天他真醉得像個乖小孩，捧上他紅撲撲的臉，才陡然感覺皮膚熱得有些過分。他哄了兩下想先起身給佟戈去倒水，沒走兩步，佟戈就拖著腳步跟在後面掛了上來，趴在他背上，鼻尖杵著後頸嗅來嗅去。

賀司昶無奈又艱難地走到桌邊，擰開一大瓶水的瓶蓋給他倒進玻璃杯裡，邊倒邊問：「你聞什麼呢？喝點水。」杯口湊到嘴邊，抬著手要給他餵。

佟戈本來無所謂喝不喝，親完嘴裡還濕得很，但見到清透冰涼的水遞過來之後，忽然真覺得嗓子有些乾渴，便伸了伸脖子，張嘴啜到杯沿，探著舌尖快速舔了一口，水面隨之蕩起一層波紋。

賀司昶注意著他的動作，手又示意地抬了抬，他才咕嘟咕嘟地喝起來，最後又藉著賀司昶的手推著仰頭把整杯都喝完了。

賀司昶等他喝完自己也倒了點，這才涼快了些，歪頭貼貼他的臉道：「喝這麼快，肚子不脹嗎？」

佟戈雙眼只扯了條縫，要睜不睜的，精神懶散。

「好像有點，但是一喝就忍不住……」

「有沒有感覺清醒一點了？」

「……」他彷彿思考了一下，又或許根本沒聽明白，說：「沒有。」

賀司昶很不給面子地沒憋住，一聲笑漏了出來，托著他兩條腿往上晃了兩下，揹著他在屋子裡轉。

「賀司昶……」

「嗯。」

「你老這樣，其實你才是我哥吧，你想當哥嗎？」他好像真的在思考，一本正經的語氣裡帶了些曖昧，吹耳朵輕輕叫：「昶哥。」

賀司昶陡然像被人戳了一下肋骨，腳步頓住，心好一陣悸動，原地飆車的感覺。他頭微偏，沉聲逗弄：「再叫一聲。」

佟戈鼻子裡冒出一聲軟哼。「做人不能太貪心。」

「讓你再叫一次就貪心了，那你每次都不停叫我親你摸你，你豈不是更貪心。」

「……我說不過你。」

「那下次讓你。」

「讓個屁，不准讓。」

賀司昶放肆大笑，震得佟戈貼在他背上的胸口也嗡嗡的。

「你在學校也這樣嗎？」

「嗯？哪樣？」

「就是逗人玩啊，懟人啊，耍酷啊……」佟戈還沒說完，就被賀司昶火速駁斥：「你不能誣衊我，我什麼時候耍酷了！」

「別轉移話題。」

「我不是跟你學的嗎……」

「賀司昶！」佟戈差點在他背上坐起來，音量拔高，但氣勢半分沒有，軟塌塌的。

「你幹嘛突然問這個？」

「……我不能問嗎？」

「可以啊。」賀司昶聳聳肩。「也許有吧，但我沒刻意對誰去做這些，哪裡有印象。而且……這些聽著也不像誇我的好話吧。」說完後，回頭無辜地衝佟戈眨眼睛，被他按了回去。

「怎麼不是了……」

賀司昶呵呵笑。「哥，你那是在誇我？誇我不是應該說『你在學校是不是很幽默，很會說話，很酷』嗎，你那麼問聽起來像說我壞話，然後像找證據一樣想知道在別處我招不招人討厭。」

佟戈氣得牙癢，伸著爪子撓他背，暗中罵他又把自己聊到了窮途末路，只能另闢蹊徑。

「學生不是都喜歡壞一點的嗎，壞男孩才受歡迎，你們學校不是嗎？」

「我又不是壞男孩，雖然跟好挨不上邊，但我哪裡壞？我壞嗎，你不能說我逗你兩句就壞了吧！」

佟戈被堵得一身酒氣在身上更無處發洩，只能齜牙咧嘴對著他光滑又覆著薄汗的肩膀咬了一排牙印，好把自己身上加倍鼓起來的氣順著齒印，注入到賀司昶身體裡去，咬完舔著鹹鹹的嘴唇，掙脫下來，要自己去找水喝。但此時他還暈得像灘爛泥，又被揹了一會兒，整個人就像不會走路了一樣，一落地就沒骨頭地倒下去，躺地上重新被賀司昶抱起來，更沒面子。

「你逞什麼，拐彎抹角，想問就直接問，會要你命嗎？」賀司昶捏他的臉，像捏一塊加熱過的棉花糖。「酒喝得還不夠多啊哥……還是剛剛被我操醒了，膽都射出來射沒了。」

「我不跟你說了，不關我的事。」他豁出去還丟了面子，決定還是不講道理得好，轉頭又說。「我還想喝水。」

但賀司昶聽佟戈說不關他的事也生氣了，冷臉放下他叫他自己去喝，站在一邊看他蹲在地上、抱著膝蓋，搖搖晃晃像個不倒翁。

不倒翁搖了一會兒，低著頭一頓一頓地似睡非睡，見賀司昶真沒反應，又變成像企鵝般挪著腳，扭來扭去扭到賀司昶面前，指尖戳戳他腳背，一張醉人的臉端著像被酒浸泡醃漬的桃花，是平時見不到的模樣。

賀司昶跟他上下對望，見他這樣更是氣不打一處來，只覺得自己兩下就被引誘，呼口氣正要上手拎人，佟戈便一踮腳跪立起來，張開溫熱柔軟的口腔試探性地裹著肉紅碩大的龜頭吸了一口，圓圓的嘴窩出一個洞。

賀司昶頓時氣血上湧，沒軟成反而更硬了，悶哼一聲握拳，指尖紮進掌心。

佟戈扶著他的大腿，感覺怦怦兩下健碩的大腿肌鼓動起來，神思飄忽地想自己幹得漂亮，手不自覺就沿著肌肉線條上下滑動。可憐生澀的嘴被一個頭就塞得滿滿的，舌頭被擠得沒處去，戳在馬眼邊不安地扭，扭幾下本來半睡半醒的肉莖徹底就醒了，嘴裡的溫度都唰地升高一般，熱腥氣溢了滿嘴。

賀司昶的手摸著他的下巴，冷峻英氣的面龐夾著隱忍的歡愉，拿他毫無辦法。「哥，為了喝口水你都要折磨我麼……」他輕輕揉著喉結挺動腰身，哄他放鬆一點。

佟戈很久沒吃過這麼粗長的性器，五臟六腑都像受到震顫，火山噴湧般被熱漿席捲。

他閉上眼睛硬著頭皮蠕動唇舌，隱約想學著記憶裡賀司昶弄他的時候吞咽幾下，但再往前一點，腮幫就痠脹得滲出一大團口水，眼淚直接落下來。他迅速後退，緊接著啵的一聲，龜頭像被蒸汽衝開的瓶塞彈到佟戈臉上，脫了嘴甩得唾液到處飛。他看著自己剛剛含著的一小截，心裡畏縮，後面還剩那麼長，鬼才吃得下去。

他雖沒說出來，但賀司昶見他瞪大的瞳仁心裡不禁好笑。被他操得直叫好爽的時候不是喜歡得很。於是賀司昶扶著肉冠拍拍他的臉，磨幾下再插進去，教他敞開喉口慢慢吸，吸到狹窄的小口上剛探進去一點。異於口腔的熱度和緊致就讓賀司昶爽得通體發麻，一臉凶相地頂起胯來。

佟戈嗚嗚地鼻腔震動，嘴角被撐得只剩死白的薄薄一片，眼角接連不斷地滲出淚來流進耳朵。頂了幾下他實在受不住往後縮了縮，吞咽幾下，滿臉濕潤但繼續溫順地啜著冠頭，沿著曲折立體的筋絡往下舔，含住兩個肉球，嘴唇抖得停不下來。

賀司昶被咬得情不自禁地不斷悶喘，托著佟戈的後腦杓按著吞了幾下，接著把人提了起來，溫柔地吮著口舌給他療傷。

「怎麼好像我在趁人之危啊……」他雖然沒有叫佟戈口射，但是開口每個字都已經像在飄。

佟戈滿臉濃醉，口瘦腿軟，靠在他胸前，因為口交被壓得太久舌頭有些捋不直，咕噥著說：「還不是我准你趁人之危……」

賀司昶彎著眼又勾著他雙腿把他抱起來，濕漉漉的陰莖橫插在肉縫下面曖昧地拍打。「所以是故意喝醉是嗎？在你心裡，跟我喝醉了也沒關係對不對？」

「嗯……嗯？不是，才不是，我是真的……大家道歉都罰酒啊，我是個成年人，喝點酒有什麼關係……」前面的嗯和後面的嗯好像不能一起嗯，賀司昶又要他。

賀司昶見他這都能反應過來，心想他是不是酒醒了，竟隱隱有點失落，抓著大腿的手緊了緊，說：「那你和上次那個男生後來去酒吧喝過了嗎？」

佟戈被他一捏，骨頭一陣酥軟，往上拱了拱。「嗯？哪個……噢，你說喬鉞，沒。跨年那天他發過留言給我，但是我跟你在一起啊，又去不了……你問他做什麼？」

「我吃醋啊，你一直不跟我解釋，要是你移情別戀了怎麼辦。」

佟戈一張嘴忽然打了個嗝，被酒氣衝得差點暈過去，順著氣小聲囁嚅：「……都過去這麼久了……」

「你不知道醋放得久了會變陳醋嗎，不倒出來會就一直醋在那兒的。」

佟戈聽賀司昶毫不扭捏地說完，也沒覺得他無理取鬧，倒有些樂，便心想，原來聽到對方說吃醋是這麼開心的事嗎？

他黏糊地在賀司昶脖子上咬了一口，說：「好的，昶哥。」

「哼？」昶哥一下就被叫舒暢了。

「我十八歲時怎麼沒你這麼厲害。」

「不知道，但你現在比我厲害。」

「為什麼？」

「因為我喜歡你。」

「……」可惡！

「這是什麼歪理。」

「我的歪理。」賀司昶理直氣壯，喜歡的人就是比自己厲害。

佟戈無名指莫名抽了抽，彷彿綁了根無形的線被人牽引。

「那你也比我厲害。」

賀司昶默默來回咀嚼了一下，頓時像剛刨出來的刨冰甜滋滋冰爽爽，決定原諒他帶他去喝水。

佟戈喝著冷水又舒服了些，但賀司昶一直抱著他，心裡涼快身上還是熱得很。賀司昶叫他別喝多了，就最後抿了兩口，趁著甜勁兒還在，終於不拐彎抹角，問他：「學校喜歡你的人是不是很多？」

「你要聽真話嗎？」

佟戈悄悄翻了個白眼，都懶得說他無聊，手裡還舉著杯子，心思一轉，就把剩下的水從肩上全倒了下去，順著寬厚的脊背迅速流進臀縫裡。

賀司昶不防，被冰得一個細微地冷顫，雙臀收緊，然後聽見他咯咯的笑聲，知道是他在報復，氣得騰出一隻手來專打他屁股。

「不想聽就算了！」賀司昶又打又捏，不用低頭都能看到圓翹突起的兩個臀瓣都紅了，走回去把人扔回了沙發上。

佟戈邊叫邊笑，屁股火辣辣地痛，離了賀司昶渾身就沒勁，根本起不來了，只能勉強翻個身趴著，一條腿彎曲吊在沙發邊貼著地。被拉開的腿縫處一片濕滑，他也不在意，只勾了自己的手指，懶散地抬起眼皮，向上看著賀司昶。「你都怎麼拒絕別人的？」

好一個美人計。

賀司昶心裡的小人兒一跺腳，靠著沙發坐在了地毯上，頭向後抵著他的肩。

「以前……也不算以前吧，之前，如果真的表白了，我會說『我和你一樣喜歡一個不喜歡我的人啊』。現在的話，我就會說『我有對象了！我對象會吃醋的！』」

佟戈收回手。「……誰吃醋。」

賀司昶撇撇嘴。「不知道誰，反正不是你。」

佟戈語塞。

沉默了一會兒，他忽然輕呼一口氣，手掌撫上賀司昶頭頂，輕輕柔柔地抓著頭髮絲玩。

「我……本來不想讓自己計較這些的，因為覺得很小家子氣。你別生氣，我以前就是這麼想的。但你沒有讓我有這種感覺，你說吃醋的時候，讓我意識到說出來也沒什麼大不了嘛……」他說著臉上浮起淺醉的笑容。「我知道你肯定受歡迎的，我早就知道……但我確實也猜想過很多次，有意識或潛意識地在心裡想，喜歡你的人會有千百種，即使是學校也得有好些個吧。你可以選喜歡你的人，合適你的人，而不是我。這算是吃醋嗎？……就像一種本能，人有好感就自然而然有危機感，我的危機感可能從一開始就嚴重蓋過了其他感覺，所以一直不敢相信你真的喜歡我。畢竟你現在也不是要和一段感情死磕的年紀，多玩玩……」佟戈這次還沒說完就很快意識到不對，儘管他不是那種意思，但還是立刻停住換個說法。「啊不是，我的意思是，我其實是對自己沒有信心，真吃醋也不願意承認。我從來沒有想過我也會產生這種念頭，我……」

「哥你真的喝醉了。」

賀司昶本來安靜地聽著，感覺自己好像變成一條溪流，溫潤的水輕柔地在四肢潺潺流動，直到他看見頭頂的燈光暈出了重重光圈，自己不需要佟戈再說下去了，便出聲捉弄。

佟戈最重要的話還沒說完，手一頓，剛勾起的頭髮豎在空中。「怎麼了，你不相信嗎？」

賀司昶側頭看向佟戈。

「我信。」

佟戈卻不信了，厲聲要坐起來。「我只會騙你嗎！」

「好，別皺眉，酒後吐真言我知道。」

「唔……」

賀司昶心想，再解釋便多餘了，於是趕緊捧著他的臉接了一個緩慢綿長的吻。如同吞咽一般深刻，彼此吮吸對方的唇瓣，刺痛舌尖的神經。佟戈有多喜歡賀司昶的吻連他自己都說不清，那像一劑沉冽的冰水混著太陽曬過的乾淨味道，碰觸的瞬間就浸泡身體，發酵甜蜜。即使他真醉得不省人事，他大概也嘗得出賀司昶的吻，讓他脊背發麻，大腦飄忽，下巴痠澀地顫抖，唇舌依舊流連忘返，最後張著嘴任賀司昶把他唇邊吸得突突地脹痛。

佟戈紅潤的臉添上亮色，指縫插進賀司昶濃黑的頭髮裡，親了親他的額角，啞聲補上了被截斷的念頭。

「我會努力……一直和你在一起。」

負十三／唱的歌

佟戈話音一落，就被賀司昶拖進了毫無節制的慾海，翻來覆去地玩弄。滿目柔情變成驚慌失措，他一時只能在呻吟和叫喊中，感覺自己真的是一團被捧起來捏在手心，可以搓成任何形狀的雪球。

「慢點，慢點賀司昶。」他有點喘不上氣，甚至不知道自己什麼時候跪在了沙發上。賀司昶就站在他身後，扯著他的雙臂牢牢禁錮在後背，一聲不吭，只是蠻橫又專制地把他幹得泣不成聲，頻率和力道比之前那次更快更猛。

他後悔了，他不該這時候說那句話。他低估了賀司昶，忘記賀司昶也喝了酒，而自己根本沒有見識過喝酒之後操起人來毫無顧忌的賀司昶是什麼模樣。

他心裡畏縮，腿抖得不成樣子，卻還沒等到賀司昶出聲就尿了。第一次尿出來的時候他腦子竟然還有空想要怎麼辦……他尿在沙發上，流了好多水，把地毯桌布都弄髒，都是他崩潰的腥臊味，而越想就尿得越凶，小腹翻江倒海，一晚上喝過的酒和水彷彿都在大聲嘲笑他，笑他自作自受！

他應該想到的，他喝了那麼多，他會瘋的。但是賀司昶根本不會放過他，甚至翻開肉花給他乖乖撥開，噓噓地在耳邊吹哨，終於開口：「爽死了吧，腿都被你尿濕了。」

他尿得全身緋紅，而賀司昶連射都不願意射，換一個肉洞威武勇猛地繼續操，就著這個姿勢把他兩條腿拎起來，忽然說：「哥，我們放首歌聽好不好？」賀司昶的聲音堪稱溫柔，動作卻不容置疑，邊走邊操對他而言輕而易舉，沒幾步的路程卻走得佟戈肚子都要被頂破，那根東西已經比他自己還要熟悉他的肉逼，在陰道裡橫衝直撞。

他大張著兩條腿，胯下汁水四濺。賀司昶貼著他耳朵，鼻息燙熱，一路幹到角落的榻榻米，滾落在巨大的靠枕上。那是給看投影的人準備的，賀司昶卻在上面操他，邊在他體內抽動邊滑著不知道從哪裡掏出來的手機。

白天配對過的音箱直接就連接上了，不一會熟悉的音樂響起，他頓時手腳蜷縮，手忙腳亂地翻身就想從賀司昶身上爬下去，被長臂一攬就滾回來，面對著賀司昶的胸膛，痙攣著哭泣。

「賀司昶，會操壞的……」

「不會，乖，坐起來。」賀司昶掐著他的肉臀往上提，噗滋直插到底。結實精壯的肌肉頂著他，他連背都挺不直，佝僂著騎在賀司昶身上，但是胯下的震動像永遠不會停歇的馬達，凶悍地填滿整個腹腔。窄穴變得火熱軟爛，還死死啜著巨物不放，撐在腹肌上的手抖得像篩糠。「換，換啊，一首……」他渾身是汗，被顛得語不成調。

「不，你喜歡這首。」賀司昶因為粗獷的動作聲音都帶著要穿透他的力量。「今晚要聽幾遍，哥？」

佟戈仰起頭又低下頭，髮絲亂顫，清透的一張臉被玩弄得淫亂不堪。整棟樓大概都能聽見他瘋狂地尖叫，但是他顫抖得甚至堵不住耳朵，滿腦子都是那首歌，血紅的嘴角被咬得死白，最後實在撐不住，趴在賀司昶胸口咬著拳頭抽搐。「鼓起來了，又，嗚，放過我，賀。」他哭著哭著打了個嗝，跪伏的身子瞬間僵硬，然後狂抖。

賀司昶摸到他的臉，「嘖」一聲，坐起來掐著他的下巴，把淚水一點點全舔了個乾淨，睇著狹長的雙眼無奈地說：「又尿了小騷逼，叫你別喝那麼多，嗯？」他嘴角蕩漾著輕浮的笑，跟之前的體貼溫柔判若兩人。

佟戈別過臉去，撅起屁股想把尿口閉上，但是碩大的陽具插著他，越動越尿流不止，滿腿汁水到處甩。歌曲迴圈的留白之間，房間死一般的沉寂，佟戈忽然渾身翻起雞皮疙瘩。他今晚會被弄死在這裡。

但賀司昶彷彿若無其事，看著緊密交疊的下體如同被沖洗了一遍，腹肌濕滑透亮，陰毛上都是水滴。他揚起勝利的笑，並了兩指在自己胸口摸了摸，然後攏了滴液體抹到佟戈面頰上，還沒出聲，便見他皺著眉可憐地又打了個尿顫，一時什麼都忘了個乾淨，往前一撲，像大狗一樣在胸口拱來拱去，呼哧著大舌頭循著氣味往下舔。

「不要不要舔，嗯，賀司昶，還在……唔。」賀司昶健碩的肌肉塊像堆巨石壓在身上，佟戈推拒不動，被唇舌包裹著的瞬間大腿猛地一收，屁股抬起來，雙腳直接踩到賀司昶肩背上，白眼一翻，被吸得想死。「啊！進來了，舒……舒服，好熱。」抽搐的腳趾不自覺撓著背，黏膩濕滑的汗液沾了滿腳，他緊緊咬著手指，滿眼媚紅。剛高潮噴尿的肉戶火熱柔軟，瘙癢的洞口像喘息一般夾著賀司昶的舌頭吞吐，腰胯激烈地搖擺，甚至難耐地側過身抬起一條腿舉在空中，把下體扯開前後聳動，磨著賀司昶的臉叫他臀縫都嗦得一片騷爛。

賀司昶拉長了舌頭沿著肉囊到菊洞來回啜吻，掀起眼皮看他放聲吟哦的浪蕩樣，滿臉痞壞地邪笑，雙頰突然一個猛吸，卻不鬆口。伴隨著佟戈越來越劇烈的顫抖，賀司昶眼神越來越狠戾，掐著肉臀舌尖飛快地撩動。「啊啊啊啊！」佟戈高舉的腿如同定格一般，僵硬的腳趾大張，肚皮凹成薄薄一片。他感覺不到有沒有水噴出來，眼前一片白光閃過，全身上下如同死了一遍，窒息一般痙攣不止。

賀司昶放開他的時候，他彷彿魂離了體，陰部炙熱瘆脹瘙癢酥麻，一萬種快感馳騁而過，卻留下一陣空虛感。「怎麼了？」賀司昶似乎也發現他的反應很奇怪，親吻著大腿內側低聲詢問。他搖頭，滿身潮紅，細細地抖，捂著臉哭。

賀司昶跪立起來，握著腰肢往胸口一拉，讓他傾斜著倒掛在胸前。「痛嗎？」他指腹撥開肉蚌朝陰蒂輕輕摸了一下，佟戈還沒來得及說話，穴口一個抽搐，延遲而來的潮噴傾瀉而出，輕細透亮的水流直接射上賀司昶的下巴。潺潺四濺的水聲好像連音樂都蓋不住，直往佟戈耳朵裡鑽。他還沒搞明白是怎麼了，頓時滿臉爆紅，四肢發軟，雙臂交疊蓋在臉上都掩不住令人崩潰的羞恥。他哭得停不下來，滿腦子都是「我已經壞了被操壞了」。

賀司昶那一瞬間確實有些詫異，他哥連看都不敢看他一眼，像隻煮熟的蝦子不停碎碎唸。他哪裡還會在意別的，把手扯開了，濕淋淋的吻像雨點般落在佟戈臉上。「看看我哥，別哭，你喜歡才會這樣……很可愛。」

猙獰的肉莖又插進來，顛著他起起伏伏，大腿內側的汗尿水混亂不堪。他的快感好像沒有盡頭，只要賀司昶弄著他，他就舒服得魂不附體。濃精射進來的時候，有幾個瞬間他甚至聽不見音樂聲，眼白耳鳴，萬籟俱寂。

後來賀司昶愈加過分，有一輪跨坐在他胸口射在他肢窩裡，再讓他收緊手臂夾著怒發水亮的肉莖自己上下抽弄，好像只是為了好玩，或者讓他害羞。可他反而像被開發出新的性癖一樣爽得渾身虛脫，乳肉脹成小山包，夾逼挺胯直接高潮，把賀司昶弄得更加興奮，戳著乳頭口無遮攔，什麼髒話都說給他聽，前面射滿了就射後面。

他身體裡的水好像尿光了，洞口乾澀，陰莖抽痛，燒得正旺的火焰把昏暗的屋子襯得如鬼魅般神祕又淫蕩。佟戈快活地抱著賀司昶，像今天是世界末日般地埋在他心口，聽著撲通撲通的心跳。

「哥，最後一次你跟我一起好不好？」

「不……我射不出來了。」他雙眼脹紅，痛苦地擺著頭，床單被扯成一團亂麻。

「那就尿出來。」賀司昶不遺餘力地頂著前列腺。

「沒有了……」他屁股咬得死緊，勾著賀司昶的腰，討好地蹭蹭，楚楚可憐睨著他想糊弄過去。

「騙子。」賀司昶見他撒嬌，心裡只會更惡劣，俯身摸了摸他的眼角，然後把手指插進他濕熱的口腔。「那你求求我。」

舌根被指尖撥弄，他哼了好幾聲，也逃不掉，眼睛一閉偏過頭去，口齒不清地說：「求你……求你昶哥。」

賀司昶頂腮一笑，揪著陰蒂飛快地擰了一下，雞巴插到底，突突地把精液全射了進去。殘餘的汁水從四面八方裹住他，他笑意更深，頂著胯淺淺地拔出一點再插回去，把快感無限地拉扯。

「昶哥給你獎勵。」

「什麼我不要，夠了……」佟戈被射得頭暈腦脹，雙腿連腰都勾不住，膝蓋並在胸口整個人蜷成一個球，肩頭推舉的手十指相扣。他看見賀司昶深情又暴戾的眼神在侵噬他，肉道裡雞巴在膨脹，他彷彿預感到了什麼，瞳孔放大。「不行！」

強勁霸道的水柱灌射進來的瞬間，他的聲音猛地被截斷，抬起下巴，紅嫩的舌頭僵直著伸出來，眼淚嘩嘩地流，但是第一次尿射的瘋狂刺激讓他情不自禁絞得更緊，身心充滿異樣的滿足。「啊阿阿昶，阿昶……」他緊扣著賀司昶的手，指尖發白指節充血，「停下停下，太多了，好脹啊……」

賀司昶脖頸粗筋畢露，唇角上揚，臉上笑開了。「哥，這是愛稱嗎？我喜歡。」但轉瞬又舔著齒根，一臉不樂意地把巨根拔了出來，胯下緊繃，悶哼捏著龜頭甩了兩下，插進前面逼仄的穴道，「可我還沒尿完呢，給我夾住了……」

「啊啊啊啊！」花穴的軟肉更加敏感，又凶又騷的尿液像暴雨沖刷著骯髒的下體，他感覺自己渾身被燙得快要蒸發，小腹以詭異的速度在膨脹。「好燙，別尿了，別，夾不住……」

佟戈下唇都要咬出血，腳趾抽筋，在賀司昶的壓制下淚流不止，賀司昶只好托著他的腰坐起來，溫聲軟語：「好好好，夾不住就放鬆，怎麼這麼嬌氣。」

坐立的姿勢瞬間讓所有汁水都轟然下墜，無聲的叫喊之中，佟戈終於被抽乾了最後一絲力氣，閉眼絕望地任由滾燙的尿液瘋狂射入又緩緩流出，在失禁和被失禁的雙重擠壓中徹底放空。

「你最好了，哥。」賀司昶霸道地不給他一絲退讓的機會，尿到最後一滴都被他吃下去才戀戀不捨地吻他，滿足得像一頭野獸，舔著尖齒，牢牢看守自己的領地。

力竭的腰肢和臀肉像水波隨著賀司昶搖晃，搖晃了多久他全無印象，只知道自己在永無止境的單曲迴圈和膽大妄為的惡劣遊戲中，變成一個會失禁發抖流口水的玩具；狼狽，恥辱，卻又無法控制地繼續沉迷。就如同他本謹小慎微的感情世界，賀司昶像一個溫柔暴徒從外面細心鑽進來，卻從裡面把出口豁然撕開後，一切都截然不同。沉迷即是宣洩，失控即是自由。

後來他們在爐火的餘燼裡擁抱，親吻，溫存。賀司昶看著他的雙眼依舊那麼亮，眸光閃動，汗水淋漓，恣意瀟灑，如同初見時，穿越時光從學校操場翻山越嶺，跑到了他多年後荒涼貧瘠的土地上，朝氣蓬勃，滿臉陽光，看著他說：

「你好，我叫賀司昶。」

至此，冰雪消融，烈日當空。

負十四／詞裡有司 一輪永日

第二天，佟戈一覺醒來恍然如夢，躺在床上睜眼發呆，腦袋空空，想什麼都像短路。過了不知道多久，他才好不容易坐起來，結果一扭頭就看見隔壁那張床上的慘狀，心頭如遭一棒，呆滯之餘更不由得驚嘆，人酒後發起瘋來的破壞力是真的可怕。

總之，再跟賀司昶喝酒就是自尋死路。

他套了件襯衫下床，赤著腳在一堆亂七八糟的衣服毯子中找到了手機，一看時間已經是下午一點。賀司昶不知道去了哪裡，跑到洗手間也沒見人影。佟戈正想出門去客廳找人，就看見賀司昶從外面的露臺拉開門走進來，對上他興奮地睜大了雙眼。

「哥！你起來了！」

「嗯……」他邊應邊打哈欠，走到賀司昶面前準備摸摸他的手，「這麼冷一大早你在外面幹嘛？」

賀司昶心情很好的樣子，沒等他摸上就撲過來，臉頰凍得像冰塊兒還一個勁往他脖子上蹭，嗅來嗅去，嘴唇在鎖骨中間蠕動。「哪裡早？你還沒睡醒吧哥，你要不要也出去看看，竟然真的下雪了。」

「下雪了？」佟戈睏倦的精神瞬間一驚，打哈欠滲出的淚水都透著涼意，不禁一個寒顫，滿腦子就想著冷了，問他：「下得大嗎？」

「還好，地上已經積了一層，估計昨天半夜就下了。我也剛起來沒多久，出去一看，附近的地方都白了，雪花還在飄。」賀司昶感覺嘴邊皮膚冒起雞皮疙瘩，邊說著直起身來把外套脫掉。他鼻頭可能沾了雪，這會兒在屋裡化成水，亮盈盈的，劉海上也有些濕痕。

佟戈不知道是錯覺還是自己穿得單薄，見賀司昶剛剛穿著羽絨服站在自己面前，比起之前好像又高大不少，把他罩得牢牢的，面前的光擋了個嚴實。明明昨晚都沒這個感覺，於是他一愣神，沒過腦忽然問道：「誒你是不是又長高了？」

賀司昶因為他跳躍的思緒一愣，「有嗎？可能吧，我本來就還在長身體啊……」他抽紙擦了擦臉上的水珠，轉瞬不正經地對他笑。「而且應該不只是長高，別的地方也還會長。」

佟戈腦子都沒在轉，隨口「噢」了一聲，拖拉著步子準備去刷牙，才剛走到洗手間門口就被賀司昶飛快拉住了，眉頭微皺，指著他的腳說：「等會兒，先穿鞋。」

赤裸的腳丫子在地上委屈地縮了縮。

佟戈洗臉洗到一半，終於清醒了些，這才反應過來剛賀司昶什麼意思，想像了一下渾身一個顫。他正毛骨悚然時，在外面收拾的人突然衝到廁所門口，一聲「我操」把他嚇得手指差點戳進鼻孔。

他捧著水快速問：「幹嘛?!」

「哥，下雪了！」

沖水的聲音有些模糊不清。「窩知道啊，你說過惹。」

「不是！下雪啊下雪，山上的路也不知道好不好走？剛才我在外面就是想用手機放大了看看路上的情況……」賀司昶把疑慮發表完，接著話音一轉，優哉遊哉地說：「上次下雨這次下雪，老天這是存心讓你去不成嗎？」

佟戈囫圇洗完了臉，正按著水龍頭的手一抽，心中一陣詫異。自己昨天還想著這件事，今天怎麼竟然要賀司昶說才記起來！明明之前還隱隱憂慮過下雪，剛也壓根兒沒聯想到。操，酒後真的元氣大傷。

他心道可不能讓賀司昶發現自己這都給忘了，頂著滿臉水漬涼涼地瞥了眼罪魁禍首。「正和你心意是不是？又好讓你抓住機會逃掉了。」

賀司昶扒著門框，身高腿長杵在門口，很是不認同。「怎麼可能，我那麼想帶你去，我可是什麼都不怕。」

佟戈抹了把臉，「哼」一聲，推推他叫他讓路。

賀司昶偏不動，一人佔著大半個門，笑得欠揍。「那我們一會兒弄好去看看嘛，如果是實在走不了再回來。」

佟戈其實已經並不真的在意到底有沒有那個地方了，更別說他心裡是相信賀司昶的。他來之前就想過，就算現在能去成，也肯定和夏天時是完全不同的景象，說不定賀司昶說的漂亮已經變成一片荒涼，什麼都看不到。但是，這就像是一種有所象徵的儀式，一個在現實世界有所依附的專屬祕密，景不是最重要的，抵達才是意義。

更何況，還有件最最最可惡的事情是，他都計畫好了，要在那裡把禮物送出去的！不能泡湯。

最後他皺了皺鼻子，只能看著賀司昶點點頭。

❄

佟戈換衣服的時候，賀司昶在箱子裡翻來翻去，問他只說在找圍巾，這便讓佟戈憶起跨年那天的那條圍巾。那條圍巾自從給賀司昶戴過之後，就再沒回過自己手裡，雖然這人根本就不愛戴圍巾，也硬是不還給他。有一天佟戈就跟他說，如果喜歡他就去買一條新的送他，意思是別用他這個舊的。沒想到這人眼珠子一轉，當即就喜孜孜地答應不說，見他愕然還補充道，這樣更好，他新的舊的都有，可以換著用。他說話間眉飛色舞，看得佟戈啞然失笑，無奈自己賠了夫人又折兵。

賀司昶找了半天最後果然掏出那條，朝他晃了晃，就像是特意安排好的，連衣服都上下搭配起來，整個人帥得發光。圍巾灰棕低飽和的撞色針織紋理，與山林雪景相映也特別和諧，還隱約襯出他一些成熟的氣質來。佟戈自出門就扭頭時不時看他一眼，像在重新認識他一遍，心裡又多了份喜歡。

兩人慢慢踩著雪向上走，這雪說厚也不厚，只是踩的人極少，便積得快，也格外白，一腳踩下去還聽不到那種踩不到底的厚重嘎吱聲。但昨天枯葉破碎的哢嚓聲也被蓋住了，取而代之的是像冰沙一樣的輕細刺啦聲，走幾步沒有，走多了便有了。也只有在這山裡才能這麼快感受到雪的堆疊。

他們邊往前，口裡呵出的白氣邊消散在背後。

走到大約一半的時候，賀司昶忽然撞了下他的肩膀，笑望著他對視一眼，又大力清清嗓。他一臉莫名扔了個「有話快說」的眼神，賀司昶這才謹慎地跟他坦言，現在去了肯定也看不到當時的景象，叫他到時候不能生氣，罵自己隨便找個地方敷衍。

佟戈以為他做什麼這麼緊張，一聽是這個意思，當即會心一笑，渾身暖洋洋。但笑容還沒掛幾秒，旋即他又回過神來，伸出手憤然敲賀司昶腦袋。「我是那麼不講道理的人嗎，我幾時做過這種事情！」最後滿嘴不高興地被賀司昶哈哈哈捧著手包住，捂進了口袋裡。

往湖區去的路是修葺過有階梯的，所以相對好走，但賀司昶要去的地方有些隱蔽，沒有打理開闢出來，便有些難走。

兩人走到分岔的地方，賀司昶探身看了看，似乎還好，全無痕跡的白雪覆蓋著，讓那裡看起來像塊鬆軟的棉花田。

他轉頭跟佟戈說應該不難走，要不他先走過去看看。佟戈一聽，沒有猶豫，立馬就攥緊了他，說，不行。

賀司昶露出大白牙，笑瞇瞇在他嘴角啄了一口，大膽的目光比雪還亮。

他說，那你怕不怕，我們一起去。

佟戈眉梢挑動，擔憂的心思彷彿都被照沒了，下巴一揚，好似真不怕。瞧不起誰呀。

一進去果然跟賀司昶預想的差不多，路雖然野生，但是才下的雪是蓬鬆的，沒有凝結所以不滑，比起下雨的泥濘又好上太多，倒像一層防護墊。兩人小心翼翼走著竟不覺得危險，就這樣穿過小路繞一繞就到了。

目之所及是一塊不大不小的空地，靠近山的邊緣，樹和草都比其他地方少些，夠簇擁著站上好些人。此時到處都覆著薄雪，墨綠與純白交雜，根枝是黑褐色，像光輝下的投影。除了未經污染的一片空白要踩上去讓人有點不忍心之外，景色其實與四周並無二致。

但賀司昶重來此地，還是和佟戈一起，因此心情舒暢，興致昂揚地跟他描述，那時候夏天啊，這裡都是樹枝樹葉，擋得很嚴實，所以不好發現，自己也是散心的時候瞎晃悠鑽來鑽去找到的。這裡背靠湖水卻面向群山，範圍不大但視野開闊，即使坐著也可以看見遠處重巒疊嶂，天空繁星璀璨。最特別的是，他那天撞見了螢火蟲，雖然只有星星點點幾顆，但在這塊小小的地盤上已經格外奪目。

他當時心裡就想，這裡佟戈一定會喜歡。

「那你為什麼第二天要離開時才來跟我說？」佟戈淺淺笑著，站到他面前。他語氣並沒有其他意思，只是單純地想知道。

賀司昶呼口氣，神祕一笑，凝神注目說：「因為我要把它拿來當作留住你的藉口啊。」

他端正的表情和微微閃爍的眼光，霎時叫佟戈整個愣住了，就像堆在地上的雪人般僵硬。

賀司昶卻在說完停頓幾秒後，自己沒忍住先「噗哧」一聲笑了出來。「哈哈哈哈哈！」他托起佟戈的下巴把嘴捏成了一個圈，使勁搖晃，像取笑他，「傻了你，我也不是無時無刻都有勇氣啊！就是沒想好怎麼說吧，還不准我一時藏著掖著了！」

佟戈面上一熱，迅速浮起窘迫的神色，白皙清透的臉如同雪一樣反射出耀眼的光，鼻頭凍出的粉紅色也暈染開，圓鼓鼓的嘴唇因為抹了護唇膏所以清潤誘人。賀司昶看著，不知因哪一處而心動，低下頭纏綣的吻就在臉上化開。

淺淺吻畢，賀司昶又拉著佟戈在四面看，邊開著玩笑說：「我們倆大冬天這麼遠跑過來就看這個，怎麼感覺多少有點毛病……」

佟戈也跟著笑。

要是以前的他，絕不會在冷天還長途跋涉出門旅行，連家門可能都懶得出，最多也就程修叫得動他，那都還要看情況。但抵不過世事無常，再多的前提條件，也會有因為一個人而變成不值一提的時候。

佟戈挺開心的，目光跟著賀司昶，見他一身挺拔，面容輪廓分明，英氣俊朗，忽而道：「那我們得拍張照。」

賀司昶當即應聲說：「好！」然後眼咕嚕一轉接著說：「紀念我們……第一次來這個祕密之地！」

佟戈眉間一動。「嗯哼，是在跟我預約下一次嗎？」

賀司昶打了個響指。「對！你難道不想夏天來親眼看看嗎？你肯定想，別不承認。」

佟戈雙手揣在兜裡，狡黠地看著他。「就算我想，為什麼一定要和你一起來？」

「不跟我來你想跟誰來！」

他大聲呼喊，見佟戈站在樹梢下面，頑劣地伸手朝他頭上一揮，成群的雪「唰嘩嘩」一時間全往他頭上倒。佟戈只來得及一聲驚呼，根本顧不上表情管理，結果賀司昶不僅笑的聲音比他還大，還趁他撥弄雪花的時候，連忙掏出手機左劃「哢嚓哢嚓」連拍了十多張。

「賀司昶！」

賀司昶拍完就迅速把手機收起來，自己都沒看，就怕被佟戈搶走了。

但佟戈才懶得和他搶，就是咬牙切齒瞪著他，沒拍掉的雪沫還頂在頭上，像黑巧克力上撒的幾粒白砂糖。

他笑就沒停過，盲目地說：「哥，很好看的。」

「好看你收那麼快……」

「乖，回去給你看。」

賀司昶只在床上說過乖，所以他一說佟戈就條件反射，渾身一麻。「乖你的頭，你還乖上癮了。」

賀司昶滿臉「我錯了我還敢」，笑嘻嘻拉起他的手往外走。「哥，走，我揹你下山吧！」

「嗯？」佟戈一個趔趄，撲到他手臂上被拉著走，因為他乍然的提議不解。「怎麼突然……為什麼？」

「不為什麼，我想。」

「你是昨晚揹上癮了？」佟戈本想調笑他，結果一出口還把自己臊熱了，趕緊換一句：「我又不是小姑娘，我很重的，別以為你有點肌肉了不起，是想摔你自己還是摔我？」佟戈邊說，邊跟著他從野徑原路穿出去。

賀司昶卻興致盎然，渾然不在意。「試試嘛，不會讓你摔的。」

「你真是……」佟戈手指一曲，又想敲他腦袋。

走回岔路口往下就是主山道，賀司昶在他面前站定，指了指後背示意，彷彿佟戈不上來他就不走。

佟戈無奈地抓了把他後腦杓，從背後狠狠勒住了他脖子，輕輕跳到背上，低聲細語貼在耳邊。「你不摔我就不會摔，你好好走，顧好你自己。」

賀司昶「哈哈」往斜後方猛一抬頭，撞上佟戈的腦袋「砰」一聲響，開心得很。「哥，其實你害怕的對吧？剛進去的時候你也害怕。」

「……」佟戈不自覺嘴角上揚，好在他已經有些習慣了，對賀司昶的拆穿行為招架得住，不急不忙地說：「是又怎樣？」

賀司昶只是笑，甚至愉快地哼起了歌。

賀司昶的聲音比他好聽，上課的時候不論是哼唱還是練唱，都能聽出音色的優越。佟戈最初甚至還想過叫他試錄一下 demo，不過後面因為兩人關係原因便放棄了。

他微微笑著，不自覺凝神認真聽，想聽出賀司昶哼的什麼，聽著聽著，卻忽覺不妙，再一細思，便尷尬地想起自己好像忘了什麼。

他摟著賀司昶的手臂緊了緊。

「賀司昶……」

「嗯？」

「告訴你一件事。」

「我的禮物？」

佟戈瞳孔一震。

賀司昶反應也太快了，就像他在賀司昶面前是透明的一樣，搞得他底氣也沒了，撇起嘴不情不願「嗯」了一聲。

「你還記得啊，我還在想你今天回去之後還不提，我就要問你了！」賀司昶嘴角都要扯到耳朵邊了。「我其實快急死了，但這次就想等你先說，看你說不說。」

「我當然記得！」佟戈急忙應聲，在心裡嘆息，鼻唇疊在他後頸上蹭了蹭。「賀司昶，我跟你說，以前我送禮物都是看到合適的，買下來，送出去，對禮物的特別性沒什麼概念。你別笑我。我不會做手工也沒有奇思妙想，做得最多最拿得出手的就是寫歌了。寫歌送人和給人寫歌是不同的，我給別人寫，但還沒送過人，所以你是第一個。雖然……不是說我能寫得多好，或者多厲害，但……」佟戈忍耐著心裡浮起來的雞皮疙瘩，「它是只屬於你的。」

嫋嫋話音繞在耳邊，賀司昶後頸都麻了，一陣一陣地歇了又起。他最近發現，佟戈比他以為的更會說，這個人自己老說沒什麼信心，但特別會戳別人心窩子。卑鄙得很。

「哥，你這段話準備了多久，好~肉麻。」他發出令人討厭的音調，但實際已經樂開了花，走到一塊大些的臺階上停了一下，「不過，我喜歡。」

佟戈不客氣地腳尖一甩，踢了他一腳。

賀司昶讓他踢完繼續往下走。

「詞和曲都是你寫的嗎？」

「詞是我寫的，曲是佟戈寫的。」他一本正經地說。

賀司昶直笑，嘴裡酸酸甜甜的，想把人抱到前面來親一口。

「那你寫的時候是不是只想著我？你想了我多久？」

佟戈不說話，手指摸到他臉上捏起薄薄一層肉把嘴角扯得高高的，然後又摸著他的嘴唇，伸進去給他咬了一口。

賀司昶喉結滑動，把指尖含熱乎了才說：「好，我知道了。你要現在唱給我聽嗎？」

「……嗯，你想先回去也行。其實計畫原本是在剛剛那個地方送你的，但是你一直鬧騰，我就忘了。」

「那沒事！現在多好。」賀司昶心裡早就蜜蜂在螯，螞蟻在爬，只管一頓瞎說：「你看，我們下山，天上下雪，一路還沒有別人偷聽，我耳朵貼著你呢，你好好唱，唱得不好要重新唱的。」

佟戈在他背後揮拳頭。「管你好不好，我就只唱一遍。」

「那你把我手機拿出來，我要錄音。」

佟戈動也不動。

「那我不揹你了，你下來我看著你唱。你選吧。」

「行，你找別人當你哥給你唱去吧。」佟戈直起身子，也沒有用力掙扎，就冷酷地拍了拍他的背，叫他放自己下去。

「趴好，我不要別人。」賀司昶回頭。「你不當就我當，反正你昨天還叫我昶哥。」

佟戈再忍都要忍不住了，笑得滿身香氣要抖滿整座山頭，每個字的連接和尾音都帶著笑。

「行，昶哥……昶哥，你勉為其難先聽一遍吧，好嗎？」

賀司昶托著他往上顛了顛，點頭說：「好。」

冬日的歌聲便在山林道上緩緩漾開來。

我貪圖矜貴，同時不做期望，
是你自作主張，把情話都說光。
我漫無目的遊蕩，踩破月亮，
你說，我們去闖，不論荒涼。
路上無理無趣無聊，
無用的虛榮日日撲空，

踏板是風，而我鬆開腳，
無所謂禱告：
一日重寫詩行，
一日重譜曲調，
一日重蹈覆轍為你三分鐘心跳。
⋯⋯

佟戈的嘴唇一直貼在賀司昶耳邊，溫柔而清晰地傳遞著歷盡曲折的真心。他不需要看歌詞，不需要聽伴奏，因為每一句歌詞和旋律都如同此刻的雪，在許多個編寫的日夜裡落進身體，孵化成了不會忘卻的記憶。

雖然剛開口的時候還有些不好意思，但唱著唱著便越來越放鬆，雪落在後頸涼涼的，他靠著賀司昶的頭晃起腳來。

我堆砌樂章，疲憊夢遊吟唱，

是你眼裡有光，驚醒昏迷的慾望。
我岌岌可危的青春，在車窗搖搖晃晃，
你說，我們奔逃，不懼死亡。
沿途失魂失眠失控，
失去的悸動夜夜攪弄，
街邊綠燈轉紅，而我往前衝，
合著手祈求：
如果熱吻太短，
如果相愛太難，
如果明日靠站，祝我們旅途浪漫。
……

唱到最後一句，他忽然頓了一下，有種電影進行到結尾時，才發現自己已經淚流滿面的恍然——

原來他們走到這裡之前，已經停靠過那麼多站。

不過，停頓只是一瞬間，這裡也不是終點。

「與你，車毀也圓滿。」

他唱完，在賀司昶耳後印上一個吻，心想，反正路還很長。

他懷抱著永恆的太陽。

（全書完）

獨家特番／醒復見

1 相念

尤鶴看著沙發上那個捧著手機眼也不眨的人，無語地翻了個白眼。他走過去在他旁邊坐下，悠悠地開口：「生怕我不知道你和你的小男朋友感情甜蜜是吧？能有一點義氣嗎……」

佟戈朝他瞥一眼，手指動得飛快，嘴角還噙著笑，又迅速發了個表情包就丟開了手機。「我和他已經一個月沒見了，」佟戈眨眨眼。「有沒有感覺好一點？」

雖是調笑，但佟戈也沒說謊。

賀司昶大學開學後，恰好他也開始忙起來。因為不再做家教，他就多接了些工作，還要常出差，兩個人又異地，見面的機會便一直沒能湊出來。今天工作剛算是歇了口氣，就被尤鶴拎出來了，還只能在線上先哄一哄小賀。

而就在此刻，雲端戀愛也被迫中斷。

「情侶的戀愛把戲你以為我不知道嗎？分開個把月然後小別勝新婚，感情更升溫，呵。」

尤鶴嗤一聲，眼睛閃動著些許落寞。「我也就是酸……」

佟戈看他表情就知道他想到什麼了。

尤鶴跟那個人斬不斷理還亂，陷在原地進退兩難，所以他這些年幾乎沒有真正抒懷的時刻。今天約他出來，本來應該只是純粹玩一玩放鬆。不過情緒湧上來也就是一瞬間的事，佟戈自己也是敏感的人，所以深有體會。

但總是言語安慰也多少無濟於事。

他沉默半晌，起身撈起兩瓶酒，俐落地開了蓋在尤鶴面前晃了晃。

「我錯了，我先喝，今天陪你盡興好不好？」

佟戈的語氣很溫柔，漂亮的眼睛看著他，睫毛像擁抱時輕拍著後背的手掌上下浮動。

他愣了愣，按理說這種玩笑再鬥兩句嘴就過去了……但回過神來，似乎又懂了。

佟戈現在應該真的很幸福。他想。

於是他也彎起嘴角笑，接過酒瓶，朝對方的輕輕一撞，在叮噹脆響中說：「好啊。」

說要盡興，所以佟戈全程沒攔著，只估摸著對方的量，再讓自己留著些理智，以免最後兩個人回都回不去。

離開時已經凌晨兩點多了，佟戈拖著尤鶴出了酒吧。他雖然沒有尤鶴醉得厲害，但也只剩了一半清醒，費勁思考了一秒之後，果斷攔了車直接把人再拖回家。

沒辦法，他實在沒勁來去折騰。

果然這一路幾乎就耗盡了僅存的體力。進門後，他把尤鶴扔到沙發裡，艱難地摸到遙控器打開空調，自己毫無形象地癱在了地毯上。沉寂中發著呆。

他感覺雖然累，但精神還是亢奮的，加上剛一路吹了點晚風，意識倒又恢復不少。

他放空了一會兒回神，在身上摸了半天才揪出手機，開屏入眼就是賀司昶一、兩頁都翻不完的長串留言，一顆心「唰唰唰」好像就被填滿了。他滑到被截斷的地方一點點往下翻，隻言片語看得認真。臨終了，他才舔舔乾澀的嘴唇，點開最後一個黑黢黢的影片。沒有聲音，但能看見模糊的五官在一點點螢幕的微光中晃動。

賀司昶近來熱衷於給他發影片，通常都很短，幾秒鐘。有時候也不說話，就在做自己事的間隙看看他。佟戈剛開始覺得這也很平常，但沒過多久就回過味來，變得很喜歡。

這樣即使沒有在一起，也很真切地陪著他的感覺讓他很安心。

這個影片也很短，快兩點的時候發的，一共五秒，第四秒的時候畫面裡才有動靜，低沉的「晚安」伴隨著一個清澈的親吻聲戛然而止。佟戈被酒精浸泡的神經加速般「突突」顫動。

如果是平時的話，他一般會回一個晚安，但此刻，也許是躺在沙發上的尤鶴身上縈繞不去的那股傷懷，也許是久日未見的想念，諸多情緒的發酵讓他忽然想打電話，想即時見到對方。

也沒多猶豫，他撥了視訊電話過去。

但在任性的同時，他下意識還是隱隱覺得有些許不妥，所以默默想，如果十秒沒接的話就掛掉。

他把手指懸在紅色的按鈕上，本該短暫的幾秒鐘等來卻尤為漫長。飄忽的意識沒著落，他拇指稍動，畫面卻在第九秒的時候突然跳轉，然後重新開始了正計時。

「嗯？」含糊的低聲輕飄飄地從黑暗中飛出來。

佟戈還在愣神，就聽見窸窸窣窣動作的聲音，隨後似乎是對方把臉湊到螢幕前又叫了聲：「佟戈？」

低啞的嗓音還帶著睡意，但已經把佟戈撩得耳膜鼓噪。他眩暈的大腦還不能處理太複雜的訊息，所以幾乎每個反應都是直接而赤裸的。

「嗯。」他眼神帶著些許朦朧，笑意隱約，看了對方一會兒又把嘴唇湊過去，在鏡頭上親了一口。「我好想你。」

螢幕還是很暗，他其實看不太清賀司昶的樣子，只聽見對方靜默幾秒後說：「喝酒了？」

佟戈不高興了，熱意刺得他背後癢癢的。

什麼意思。想你就是喝酒了嗎。

他不想說話了。

過兩秒沒動靜便更煩燥，眼睛都耷下來，轉而道：「你是不是被我吵醒了。」

對面表情動了動，不知是不是在笑，聲音倒是依舊很有蠱惑性。

「嗯。被你吵醒了怎麼辦？」

佟戈翻了個身，趴在地上，感覺空調像失了效，熱得想脫衣服。

「那我掛了。」他蔫蔫地，手卻沒有動作。

安靜了幾秒，對方突然有些嚴肅地叫了他一聲。

「佟戈。」

他莫名其妙地隨之渾身一抖，聲音都顫了顫。「嗯。」

「我睡不著了。」

佟戈本就燥熱的皮膚陡然升溫，耳朵也熱起來。幸虧螢幕黑看不到。

他抿了抿嘴說：「尤鶴睡在沙發上呢。」

手機傳來輕輕的嘆息，對方似乎又湊近了些。「那你去浴室，我想看你。」

佟戈一顆心「咚咚咚」的，像雷聲巨響。他隱隱洩氣，說總是說不過賀司昶，拿捏他仿佛輕而易舉。

他走得不是很穩，腳踩著棉花，在黑暗中磕了好幾下，還繞路摸到床邊拿走耳機之後才走去浴室。他在門口猶豫了一下，只打開一個小燈。

屬於他的畫面便變得清晰起來。

「撞死我了……」他小聲說。喝過酒後變得柔軟的臉頰像水一樣，泛紅的眼眶和耳朵在水面輕輕地飄，此時皺起的眉目如同漣漪一圈圈蕩開。賀司昶那邊看著他半晌沒動，隱隱約約的輪廓靜止像是畫面的卡頓效果。佟戈自然地開始有些窘迫起來，這才後知後覺浴室幾乎沒有什麼空調作用，難怪熱得呼吸都亂糟糟。他扯了扯衣領，略有些惱意。「看見了吧。」

過了一會兒耳機才傳來一聲鼻音，厚重得像要把佟戈的手腳黏住。他忽然覺得這種看得見摸不著的處境太折磨人，正要說話，對方卻又發出一聲嘆息。「好了，你去做你的事，別掛，我聽著你睡。」

佟戈有些呆愣，忘了自己想說什麼，暖黃的燈光和潮熱的環境讓他在影片中看起來很濕潤。他明白了賀司昶的意思，卻心有不甘，說：「我也沒看到你呢……」

賀司昶似是低低地笑了。「我床上沒燈，乖，去洗澡，明天看。」

佟戈被他的語氣弄得有些羞恥，但另一方面卻又習以為常，心安理得。他頂著漿糊腦袋走來走去，之後兩個人都沒有再說話。

不知道賀司昶有沒有睡著，但他也確實一直沒掛斷，只在躺上床後失去意識之前想了想。

那就，明天見。

2 相見

佟戈轉了好幾圈才找到停車位，熄了火也沒有立即下車，而是翻了翻收納盒，摸出一根菸來。

他現在其實已經幾乎不抽了。之前換過一段時間的電子菸，但覺得沒什麼勁，也沒多大需求，所以後來就一直放著落灰。

剛停車的時候覺得場景似曾相識，回想了一番，想起當初賀司昶還沒畢業時，自己也這般來學校等他。如今換成大學，自己竟然還在。心裡驚起詫異的同時，也生出莫名的情緒。雖然不是什麼壞情緒，也還是讓他悵然一番。

但事不隨人願，摸出菸卻沒摸出打火機。他咬著乾巴巴的菸頭，無奈一笑，還是乾脆下了車。

他今天穿得很隨意，淺色短袖襯衫和黑色休閒褲，碎髮搭在額前，肉眼可見地想混成大學生。即使自己曾經也確實是從大學生過來的，但今天是第一次在賀司昶升學後來見他，便自然摻了很多別的心思。

不過他沒有知會賀司昶自己會來。

早上對方發來的「清晰露臉小影片」說今天上下午都課滿。佟戈一覺睡到下午，看到消息便心想，正好。

果然，從出發到這會兒已經傍晚了。

九月的日落晚上，校園的湖邊總是看晚霞的絕佳地點，總有一個或成對的學生駐足停留，拍照離去。佟戈靜靜站了一會兒，才掏出手機發訊息給賀司昶。

「你們學校的落日很漂亮。」

沒幾秒，對方就回覆了。

「美景.jpg」

「？」

佟戈看著這個孤零零的問號忽然心情很好，乾脆在角落尋了個階梯坐下來，呆呆地盯著落日的方向。

不一會兒湖邊吹起微風，涼快許多，他漫無邊際地發散思緒，感覺這樣等待的過程也很有意思。如果是從前的自己，或者，如果沒有賀司昶，那這些應該都與他毫無關係。外人看來瀟灑的遊刃有餘，還有背後重重遮蔽著的坦誠心意，應該也不會被他如此心甘情願地向他人傳遞。

他看著那顆流雲中緋紅的太陽心想，真好看。

迎面又吹來一陣風，這回卻敵不過背後席捲而來的另一陣風了。熱烘烘的身體抱上來的一瞬間，佟戈幾乎是渾身都顫抖了一遍，來人還未出聲，他就先笑了。

佟戈任由他抱了一會兒，儘管周邊有不少學生往來，他也沒把人推開。

他心想，我真是長進了啊。

巧的是，不止他一個人這麼想。

賀司昶把他拉起來，自己站在高一階的階梯，和他面對面，笑嘻嘻地看著他說：「哥，你居然沒把我推開！」

佟戈好笑又無語，表情看起來是淡淡的，「嗯。」又向上瞟他一眼，「不好嗎？」

賀司昶還是笑著看他，一會兒說：「怎麼突然來學校也不告訴我，昨天都沒說啊，是想給我驚喜嗎？」

佟戈看著他的脖子，目不斜視。「嗯。」

「是想我了嗎？」

佟戈看他喉結上下，卻還是別開視線，目無定點，但終究沒走開。

「……是。」

他沒看見賀司昶笑容散開的樣子，但那股熱氣又切實地籠罩過來，耳朵像掉進那片晚霞，嗡嗡地響著賀司昶的聲音。

「好想親你。」

賀司昶的行動力從來不用懷疑。在黃昏迅速暗下來的天色裡，他把佟戈帶到某個隱蔽的空間時，完美地配合了他的吻。

近鄉情怯的餘韻讓親吻剛開始還帶著溫情脈脈，但肌膚相親的方式總是直接得近乎粗魯，沒幾下就能暴露本性。賀司昶滾熱的手掌掐著佟戈的腰把他緊緊按在自己身上，讓他的胸口被擠壓著幾乎密不透風。

「唔……」親密的貼合似乎讓兩個人都滿足地哼出聲，賀司昶摟住他的腰往上提了提，下半身頂開他的雙腿，濕熱的唇舌舔開嘴角毫無保留地入侵。佟戈被這久違的濃烈氣息裹得嚴嚴實實，雙手也按捺不住胡亂揉著賀司昶的背，掀起對方薄薄的T恤抓在結實緊繃的側腰上。汗水瞬間濡濕了掌心，他有些貪戀這種觸感，捨不得放開，邊摸邊勾著舌頭順應對方的舔舐，爽得小腿開始打顫。

他這一個月來沒有做愛，偶爾一個人的紓解總是留著一大片的空缺，特別是賀司昶慣性激烈的方式讓別的什麼對他而言都難以取代。他忿忿又滿足，此刻僅僅是和賀司昶接吻就已經很舒服，手腳發麻的同時，一陣陣快感從小腹湧上來。他沒有辦法拒絕身體真實的感受，緊張地收緊雙腿，夾住男人的腰讓自己貼得更近。

賀司昶也快要瘋了。他本是想先親近一會兒再帶佟戈在學校逛一逛，儘管內心急切，卻更多地想讓自己看起來成熟穩重一點。他以為至少佟戈會適時地叫住他，但他同時高估了自己，低估了對方。他懊惱又興奮，滿足地喘息，舔著佟戈乖乖伸出的舌頭含進嘴裡，看著佟戈沉迷的眼睛，雙臂更加用力地把人禁錮在懷裡，胯下緩慢而有力地聳動。

激烈的交吻在情慾的蔓延中暫緩，佟戈被磨得爽快，陡然一個抽搐，逼他溢出淺淺的呻吟。賀司昶被他的反應取悅，笑眼盈盈放過他的舌頭，吮著紅腫的下唇，吞掉滲出的唾液，然後在他臉上四處輕輕地啄吻。他似乎很享受這有點溫吞的動作，邊玩弄耳垂，邊頂著他。

「哥，我也好想你……」

佟戈扭動著身子，張張嘴，卻喉間乾澀，說不出話來，只能揉著賀司昶的後腦杓，另一隻手輕顫著去扯賀司昶的褲腰帶。但他的身子幾乎是被架在賀司昶身上，動作施展不開就顯得特別笨拙，而這時，校園廣播突然打開，通訊站的音樂「噔」地迅速響徹校園，佟戈隨之渾身一抖，手也像定住般一動不動了。

賀司昶望著他濕潤又茫然的眼睛，忍不住笑，輕輕地在他鼻尖蹭了蹭。畢竟自己剛也覺得有些突然，心裡驚了一下，便沒取笑他。待平復了一會兒，賀司昶聽著那首還沒放完的歌，又望見窗邊緊閉的窗簾忽然想到了什麼，眼眸一動，說：「哥，你覺不覺得這個場景有點熟悉？」

佟戈其實就那瞬間一下沒反應過來呆住了，意識到發生了什麼之後，不得不對自己有點無語。他還沒來得及尷尬，就看見賀司昶在他臉上還有胸口拱來拱去，張著亮晶晶的眼誘惑他。

熟悉？

不知名的音樂還在繼續，昏暗空間內僅有的兩人的呼吸，熱烘烘的身體，親密貼合的姿勢……他倒沒有費勁想，記憶似乎也捨不得忘，就和往事對應。

他心頭飛快地閃過一絲酸澀，但很快消失，隨即眉梢微揚，隱隱的笑意收在嘴角，低頭看著那雙眼睛說：「不記得了。」

他毫不掩飾滿眼的惡劣，用同樣似曾相識的口是心非告解曾經的自己。

儘管一切恍如昨天，儘管彷彿才剛剛越過那個冬天，但因為眼前這個人，他如今已擁有了太多，也前進了太遠。

「騙子。」

賀司昶罵得親暱，佟戈便也不再刻意，主動地親上那一雙盛滿他的眼睛，總能聞出他的氣息的鼻子，說過無數次喜歡與愛的嘴唇。

他把偽裝散盡，留下赤誠真心。

「不騙你。」

「我愛你。」

國家圖書館出版品預行編目資料

中場過冬 / 妄言熱戀著. -- 初版. -- 臺北市：春光出版,
城邦文化事業股份有限公司出版：英屬蓋曼群島商家
庭傳媒股份有限公司城邦分公司發行, 2024.05
面； 公分

ISBN 978-626-7282-70-0 (平裝)

857.7 113006089

中場過冬

原著書名／中場過冬
作　　者／妄言熱戀
企劃選書人／王雪莉
責任編輯／劉瑄

版權行政暨數位業務專員／陳玉鈴
資深版權專員／許儀盈
行銷企劃主任／陳姿億
業務協理／范光杰
總 編 輯／王雪莉
發 行 人／何飛鵬
法律顧問／元禾法律事務所 王子文律師
出　　版／春光出版
台北市 115 台北市南港區昆陽街 16 號 4 樓
電話：（02）2500-7008 傳真：（02）2502-7676
部落格：http://stareast.pixnet.net/blog E-mail：stareast_service@cite.com.tw
發　　行／英屬蓋曼群島商家庭傳媒股份有限公司城邦分公司
台北市115台北市南港區昆陽街 16 號 8 樓
書虫客服服務專線：（02）2500-7718 /（02）2500-7719
24小時傳真服務：（02）2500-1990 /（02）2500-1991
服務時間：週一至週五上午9:30～12:00，下午13:30～17:00
郵撥帳號：19863813 戶名：書虫股份有限公司
讀者服務信箱E-mail: service@readingclub.com.tw
歡迎光臨城邦讀書花園 網址：www.cite.com.tw
香港發行所／城邦（香港）出版集團有限公司
香港九龍土瓜灣土瓜灣道86號順聯工業大廈6樓A室
電話：（852）2508-6231 傳真：（852）2578-9337
E-mail : hkcite@biznetvigator.com
馬新發行所／城邦（馬新）出版集團 Cite（M）Sdn. Bhd
41, Jalan Radin Anum, Bandar Baru Sri Petaling,
57000 Kuala Lumpur, Malaysia.
Tel:（603）90578822 Fax:（603）90576622 E-mail:cite@cite.com.my

封面及人物Q版插畫／MN
封面設計及封底插畫／Toby
內頁排版／芯澤有限公司
印　　刷／高典印刷有限公司

■ 2024 年 5 月 30 日初版
Printed in Taiwan

售價／380元

城邦讀書花園
www.cite.com.tw

ISBN 978-626-7282-70-0

請於此處用膠水黏貼

讀者回函卡

謝謝您購買我們出版的書籍！請費心填寫此回函卡，我們將不定期寄上城邦集團最新的出版訊息。亦可掃描 QR CODE，填寫電子版回函卡

姓名：＿＿＿＿＿＿＿＿＿＿＿＿＿＿＿＿

性別：□男　□女

生日：西元＿＿＿＿＿＿年＿＿＿＿＿＿月＿＿＿＿＿＿日

地址：＿＿＿＿＿＿＿＿＿＿＿＿＿＿＿＿＿＿＿＿

聯絡電話：＿＿＿＿＿＿＿＿＿＿　傳真：＿＿＿＿＿＿＿＿＿＿

E-mail：＿＿＿＿＿＿＿＿＿＿＿＿＿＿＿＿＿＿＿＿

職業：□ 1. 學生 □ 2. 軍公教 □ 3. 服務 □ 4. 金融 □ 5. 製造 □ 6. 資訊

□ 7. 傳播 □ 8. 自由業 □ 9. 農漁牧 □ 10. 家管 □ 11. 退休

□ 12. 其他 ＿＿＿＿＿＿＿＿＿＿＿＿＿＿＿＿

您從何種方式得知本書消息？

□ 1. 書店 □ 2. 網路 □ 3. 報紙 □ 4. 雜誌 □ 5. 廣播 □ 6. 電視

□ 7. 親友推薦 □ 8. 其他 ＿＿＿＿＿＿＿＿＿＿＿＿

您通常以何種方式購書？

□ 1. 書店 □ 2. 網路 □ 3. 傳真訂購 □ 4. 郵局劃撥 □ 5. 其他 ＿＿＿＿

您喜歡閱讀哪些類別的書籍？

□ 1. 財經商業 □ 2. 自然科學 □ 3. 歷史 □ 4. 法律 □ 5. 文學

□ 6. 休閒旅遊 □ 7. 小說 □ 8. 人物傳記 □ 9. 生活、勵志

□ 10. 其他 ＿＿＿＿＿＿＿＿＿＿＿＿＿＿＿＿＿＿

請於此處用膠水黏貼